現代詩人評論集

闡釋之雪

胡亮——著

目次 CONTENTS

左邊是哪一邊

——柏樺《左邊》閱讀札記

近年來，隨著經濟齒輪的加速運轉，思想與文學種族日趨邊緣化。曾經如此負重的詩歌，放下了若干似乎不應該的「包袱」，變得輕飄飄，如同一個從地球引力中解放出來的氣球。詩人也被確偵為手無寸鐵：他們被徹底看透，他們的革命童貞與政治幼稚病終於得到蔑視。於是，雙方都鬆了一口氣。出版社的僵硬臉孔也擠出了一絲笑容：他們敏感到某種變化並像魔術師一般迅速解開了麻繩和鐵鎖。這樣，中國大陸專治當代詩的學者，終於迎來機會填充餓肚子，就像一隻大饕餮。二〇〇三年初，《北島詩歌集》由南海出版公司出版。在此前後十數年內，胡寬、食指、多多、芒克、嚴力、楊煉、周倫佑、孟浪、李亞偉、海子等人的詩文集紛紛面世。忍冬花——林賢治推出的一套詩叢以此命名——終於開放，染滿舊塵，卻又懸掛著露珠。也許只有極少數的詩人，比如黃翔、老威、貝嶺，咬著牙與九頭牛拔河，輸掉了，然後小心翼翼地摟抱著這輸，擔心這輸出現破缺……所以作品不能出版。除此之外，我們還有少量的遺憾。比如，我們需要一部

《前朦朧詩全集》，一部《莽漢主義詩文彙編》，一部《徐敬亞文選》，一部《藍馬文選》，也渴求著一卷老江河或「立刻發生的詩人」[1]陸憶敏。當然，昔日遊俠兒，今日神往者，心有靈犀一點通，仍然共同期待著這樣一部至珍之書：《左邊：毛澤東時代的抒情詩人》。

《左邊》是詩人柏樺的自傳體長篇隨筆。柏樺在一九九三年八月開始動筆，次年春完工，共分為五卷：憶少年，廣州，重慶，成都，南京。一九九三年，在此前後，鋪天蓋地而來的是寂靜，更加寂靜，針與細塵相撞的轟響讓眾多詩人屏住了呼吸。然而回憶是不能阻止的，回憶甚至可以迎面撞碎大口徑的子彈。這回憶如此逶迤，交錯著激烈、恍惚、偷著樂和「且把酒低酌」。一九九六年，回憶大概已經締結了一個「共名時代」，一個壓抑不住的女編輯，維色，自作主張將《左邊》分五期連載於《西藏文學》，——這讓我對《西藏文學》產生了意外的繾綣之情。五年後，《左邊》由香港牛津大學出版社出版。此後若干年，在大陸，此書只見其名，不見其影，江湖中多有問訊。到了二〇〇八年，一個蟄居攀枝花的詩人，曾蒙，忽然萌發了一個奢侈的念頭，他要整個霸占第十一期《青年作家》的版面，推出《左邊》修訂本……讓人驚嘆的是，他居然得以遂願。然而，《左邊》被貼上了「小說」的標簽。小說，再沒有比這更安全更圓滑的文體了，因為小說所畫的，是鬼魅，而不是犬馬。然而《左邊》，正是一代詩人的聲色犬馬之書。

---

[1] 柏樺《左邊：毛澤東時代的抒情詩人》，江蘇文藝出版社二〇〇九年版，第二〇四頁。下引文字，凡未注明，均見此書。

一代詩人，故意的過度的聲色犬馬，與「君子之道」構成了鬆鬆垮垮的對峙。也許根本就沒有對峙，大路朝天、各走一邊而已。時間已經過得差不多了。我預感到，《左邊》很快就將正式出版。二〇〇九年，江蘇文藝出版社的于奎潮——他還有一個奇怪的名字叫做「馬鈴薯兄弟」——把我的預感變成了玲瓏現實。這次出版，《左邊》被刪去了一千餘字。越過書刊審查制度的鋒刃，被切除的那一小截疣子，我們相信也自有其命運，甚至還會繼續生長。這也算是潔本時代的妙處。

在西方學術界，「毛澤東時代」，或「毛時代」，早已成為一個慣用的概念。但是我仍然懷疑，在中國，是柏樺在完成自己的天造地設。毛時代，按照柏樺的理解，意味著秩序、順從、教條主義、關注精神而輕視物質的激情、鬥爭情結、細胞的反叛、莫名的激動和怒氣。這個時代具有強大的規定性。比如，一九七八年十月，那個渾身火焰的詩人，黃翔，在北京王府井大街張貼《啟蒙：火神交響詩》，所採用的方式，正是「大字報」；後來的莽漢主義，在遙繼古代文人任俠精神的同時，也延續了「造反派」的話語模式。柏樺選用的這個副標題，套用了本雅明《發達資本主義時代的抒情詩人》的書名。在這部小型名著中，本雅明福至心靈般地緊攥住波德萊爾，還有十九世紀的巴黎。而波德萊爾，他那「比冰和鐵更刺人心腸的歡樂」[2]，從某種意義上講，

[2] 波德萊爾《烏雲密布的天空》，轉引自柏樺《始於一九七九》，北島、李陀主編《七十年代》，香港牛津大學出版社二〇〇八年版，第五三六頁。據柏樺回憶，此一譯本出自陳敬容之手。查陳氏譯本，並無此詩，參見《圖像與花朵》，湖南人民出版社一九八四年版。再查郭宏安譯本，此句譯為「比冰和鐵更刺人心腸的快樂」，庶幾近之，參

正是《左邊》得以出現的一個提醒或動機。至於「左邊」，這個忽然陌生化的詞語，來路倒還清楚，只是含義頗為飄忽。早在一九八四年冬天，柏樺就在一首關於父親的詩中寫到，「左手也疲倦／暗地裏一直往左邊」；但是，後來父親發生了變化，「再不了，動輒發脾氣，動輒熱愛／拾起從前的壞習慣／灰心年復一年」[3]。是的，在這首詩中，肯定出現了兩種生活態度。但是父親後來的巨大寧靜要說服和安頓詩人還需要較長的時間，彼時的柏樺，還處於母親——一個「下午的主角」——的籠罩和複製之中。左邊，心臟的居所，就這樣指向一個強烈的春天，指向怪癖與宿疾，指向失血與脫水，指向震顫、焦灼、懸念、加速度、過動症和壞習慣，指向新左派思想和嬉皮士運動。

就像馬爾科姆・考利（Malcolm Cowley）在《流放者歸來：二十年代的文學流浪生涯》中所做的那樣，柏樺也詳細分析了其早年經驗：表達欲、懷疑論和恐懼感的下午、偷吃蛋糕、白熱化的母親、革命間歇的屍體與裸體之夢。這在證實一個時代的典型性的同時，也交代了柏樺何以成為柏樺。他已經不會成為一個軍人、工程師或小學教員，只剩下一條路，是的，只剩下一條路，他不能不朝向左邊尖聲歌唱：「熱血漩渦的一刻到了」[4]。柏樺的早年寫作向度就這樣與左邊嚴

見《惡之花》，上海譯文出版社二〇〇九年版。此外，另有張秋紅氏譯為「比冰與劍更震撼人心的歡樂」，弗若遠矣，參見胡小躍編《波德萊爾詩全集》，浙江文藝出版社一九九六年版。

[3] 《夏天還很遠》，柏樺《望氣的人》，臺灣唐山出版社一九九九年版，第二十二到二十三頁。

[4] 柏樺《瓊斯敦》，同上，第六十五頁。

絲合縫。惟其如此，柏樺才有可能注意到一代詩人，黃翔與啞默，食指、北島、多多與芒克，萬夏、李亞偉、胡冬與馬松，周倫佑、楊黎與藍馬。這是火神與酒神的方陣，他們展現了俄羅斯式的對抗美學和身體性的撒嬌美學，從對所指的偏離來到了對能指的偏離。這讓我想起另外一本與《左邊》相似的書，赫伯特・洛特曼（Herbert R.Lottman）的《左岸：從人民陣線到冷戰期間的作家、藝術家和政治》。該書談及一家午夜出版社，在這家出版社所有的出版物上都印著這樣一段宣言：「在法國仍有作家們拒絕俯首聽命。他們深深地感到，思想必須得有它的表達形式。行動要依照確定無疑的思想，但更是因為，如果不允許把它表達出來，精神就會衰亡。」[5]《左邊》無疑正是這樣一種表達，以及表達之表達。

必須談及萬夏，以及他的逆轉。萬夏是莽漢主義的急先鋒，正是他，打開了一個看不見的銹鐵籠子，放出了一頭喘息著、壞笑著的吊睛白額大蟲：當然，我指的是李亞偉。而當李亞偉嘯叫山林之際，萬夏卻擱置了莽漢主義向度上的寫作，落腳於另一個群體，「漢詩」，傾心於絲綢、民俗、中藥與讖緯，幾乎快要變成高濂、張岱、李漁一流人物了。「毛澤東時代的抒情詩人以長期習慣了的左邊形象從右邊出發了。」與萬夏的突變相比，柏樺的漸變有交錯、有進退、有搖擺，最終歸於右邊之右，歸於極右。這一點，是有前兆的。童年時代，柏樺就在一個缺少陽光

[5] 《左岸：從人民陣線到冷戰期間的作家、藝術家和政治》，薛巍譯，新星出版社二〇〇八年版，第一六六頁。

的花園裏「從左到右聞到什麼是舊時代的氣味」。我有理由相信，後來這氣味一直在他的鼻孔邊囂叫擾攘。於是，不得不有所調整。「當我贈與世界的力量漸漸減弱，我已把它喚回並集中在自己身上。」柏樺一邊把自己從象徵主義的迷狂和超現實主義的神經質中拖拽出來，在字裏行間加入一種「軟弱之力」[6]；一邊為張棗、陳東東、鐘鳴、韓東、王寅、龐培、潘維、楊鍵、長島等人詩文中那悄然回眸的漢風之美而長久地驚訝，孤單地激動。就這樣，柏樺一步步遠離了躁鬱的廣州、重慶和成都，來到了良辰美景、賞心樂事的江南。在一次談話中，柏樺不無得色，向我附耳泄密：「最近，我愛上了杭州。」後來，我們在《惟有舊日子帶給我們幸福》、《民國的下午》、《在清朝》、《蘇州記事一年》等詩篇緩慢沖涮出來的一個下游，毫不費力地讀到了《一六四二至一六五一：冒辟疆與董小宛》。這部書，恰好題獻給江南。柏樺在《左邊》中流露出來的嚮往，「冬夜學習圍棋，春夜翻閱舊籍古詞，夏天納涼飲酒，秋夜聽園子裏蟋蟀的清鳴」，最終被替換為中國十七世紀一對神仙眷侶的逸樂與忠貞之美，「生離死別就是這樣樸素，／單是為了今天的好風光，／我也要把這兩兩相忘，／也要把這人間當成天上。」[7]惟其如此，柏樺才有可能注意到，在火神和酒神的方陣之外，還有另外一支小分隊，安閒的，素簡的，枯靜的，緩慢的，落花與流水的小分隊，漫遊、隱逸與憑吊的小分隊。這個小分隊，拖著溫香軟玉的調子，唱

[6] 柏樺《自序》，柏樺《往事》，河北教育出版社二〇〇二年版，第七頁。

[7] 柏樺《水繪仙侶　一六四二至一六五一：冒辟疆與董小宛》，東方出版社二〇〇八年版，第十一頁。

起了左邊的輓歌和右邊的新生歌、自戀歌。

情況已經很清楚，在柏樺這裏，並不存在一口虛構的坩堝，他也從來沒有雞蛋炒鴨蛋的興致。《左邊》的冰火兩重天正來自作者立場和視角的漸變。水化為氣，氣凝成水：柏樺並非只有一兩趟遭遇。這樣，他既沖洗了個人的底片，又描摹出眾人的肖像，在個人與眾人之間，充滿了智慧對智慧的辨認、思想對思想的見證、文字對文字的呼應。柏樺將我們置身於同一個時代的不同密室，甚至是相互覬覦和碰撞的密室，讓我們親手觸摸那些剛剛孵化出來，半睜著眼睛，幾乎站立不穩的詩篇。現在，這些詩篇每每被證明為傑作。從這個意義上講，《左邊》不惟是一個詩人的心靈史和表達史，更是一代詩人的心靈史和表達史，是當代中國最接近《人・歲月・生活》的苦行與幻美之書。

也許有的人會將另外兩部類似的著作，鐘鳴的《旁觀者》與楊黎的《燦爛》，放在天平的另外一個托盤裏。是的，楊黎始終是頑童，他的坦誠無與倫比，這讓柏樺有時候顯得拘謹，放不開手腳，比如他在「美的行刑隊」中的表現：「但就像蛇已蛻下它的舊皮，我從一個昔日偉岸的女巨人到達一個哈哈大笑的女人，從一件紫衣到一件黃裙」。至於另一個天才，鐘鳴，猶如一個老吏，往往一劍封喉，幾乎不容增減一個字；而柏樺，天哪，我們已經記不清楚曾經多少次領教過他的譫語與夢囈，他的語無倫次！關於《左邊》的一意孤行的修訂本，我也並非沒有話說。作者增添了引文和注釋，甚至在「但一切已不可挽回……」這樣的結束語之後，又增添了第六卷：詩歌風水在江南。我們已經看到這樣做的後果：一部詩人之書，在一些局部，已經蛻變為學人之書。還有，在《左邊》的後半部，幾乎可以隨手拈出胡蘭成的痕跡，也是一個可以討論的問題。但是，柏樺會被高高地撬起來嗎？不！柏樺的重量來自於絕不袖手旁觀的激烈與孤注，他永遠陷落在漩渦，隨著這漩渦一起前進，並且輕鬆地把我們也拉下了水。是的，只有柏樺能夠帶領我們重返那個時代的氛圍，青年的現場，猶如重返一個絕響！

柏樺曾經擊節讚嘆過上海詩人陳東東的一首詩，寫到了南京雞鳴寺，並為「不能憶起並錄於此」而頗為惆悵。我手上藏有陳氏詩文集五種；經過翻檢，在詩集《海神的一夜》中找到了這首《舊地（古雞鳴寺）》。多麼奇妙，當我剛讀完《左邊》，這首詩如此湊趣地契合了我的心境：

我重臨這空闊久遠的舊地
見一個導師
停止了布誦。[8]

二〇〇九年六月十三日

---

[8] 《海神的一夜：陳東東詩選》，改革出版社一九九七年版，第八十一頁。

輓張棗兼及一種美學和一個時代

二〇一〇年三月八日，詩人張棗以肺癌不治而逝世，享年僅四十八歲。一個朋友，也是張棗的朋友，黃彥，告訴了我這個來自德國圖賓根的噩耗。我並不認識張棗。第二屆羅江詩歌節，在宴飲與會議的阡陌之中，我們也許有過一面之緣。但是，我不能確鑿地知道到底哪個黑胖子才是當年秀氣逼人的賈長沙，正如我不能透過熱烈揮霍的生活去發現他內心的音樂。張棗在簇擁之中：他也不能辨識那些靜悄悄的讀者。後來，黃彥有意彌補這個遺憾。接著，接著就是死。當其時，我忽然念及一千二百多年前的兩行古詩：「曲終人不見，江上數峰青。」這兩行古詩，是唐人錢起《省試湘靈鼓瑟》的落句。試帖詩似乎並無太多傑作傳世，而錢起獨能流芳，「神助之耳」。查《舊唐書・列傳第一百一十八・錢徽》及《唐才子傳・卷第四・錢起　子徽》，均持此說：「即以鬼謠十字為落句」。湘靈鼓瑟為哪般？哀楚客也：屈原，以及比他少活十五歲的張棗。當然，這兩行古詩讓我覺得如此趁手，並非僅僅因為死神生造出來的那種空白感；也許更重要的，是喚起了我對張棗的美學風格的仔細辨認，以及，對其詩歌的更為熱烈的簇擁。

「曲終人不見，江上數峰青」：既呈現了人事與物景的突兀轉換，也喻示了消逝與永恆的親密關聯，構建了幾乎不可窮盡的高妙之境。一九三五年十月十四日，朱光潛在《答夏丏尊先生》的一篇文章中，以這兩行詩為典範，將此種美學風格稱之為「靜穆」（serenity），並舉華茲華斯《The solitary reaper》句，「Breaking the silence of the seas/Among the farthest Hebrides」，作為絕妙的異域參證，——因了郁達夫那篇《沉淪》，此詩在國內頗有人知曉。朱光潛同時認為，屈原、阮籍、李白、杜甫都過於憤怒，而陶淵明渾身靜穆，所以偉大[1]。也難怪，唐以後詩人，比如秦少游、滕子京，乃至大才子蘇東坡，都在自己的創作中直接剽用錢起。蘇東坡《江城子》下闋，「忽聞筵上弄哀箏。苦含情，遣誰聽？煙斂雲收，依約是湘靈。擬待曲終尋問取，人不見，數峰青」，固然有後來居上的趨勢，卻仍然得面對「崔顥題詩在上頭」的尷尬。而張棗，他不願意抄襲現成的錦綉，卻一心要掌控那無形的金針。這根金針，並非錢起的獨門暗器，而是中國古典詩歌的核心機密，——可惜的是，自宋以降，這個機密逐漸失傳了。正是張棗，為了讓寫作「代表周圍每個人的環境，糾葛，表情和飲食起居」[2]，他從鋪天蓋地的西學語境中脫身出來，

[1] 參見《說「曲終人不見，江上數峰青」——答夏丏尊先生》，《朱光潛全集》第八卷，安徽教育出版社一九九三年版，第三九三至三九七頁。

[2] 唐曉渡、王家新編選《中國當代實驗詩選》，春風文藝出版社一九八七年版，第一〇九頁。

試圖接近和進入這個偉大的傳統。一九八四年，他完成了《鏡中》，以這樣兩行作為落句：「望著窗外，只要想起一生中後悔的事／梅花便落滿了南山」[3]。這個讓許多人先是錯愕不已，繼而拍案叫絕的神來之筆，同樣呈現了人事與物景的突兀轉換，喻示了消逝與永恒的親密關聯，讓我們不能不視之為錢起再世。而「南山」，卻是要將我們引領到何處？恰好正是陶淵明，——正如在另外一些作品中，他將我們引領到《詩經》、柳宗元和前工業社會。《鏡中》並非孤例。就其經典性而言，我們甚至還可以找出另外一首完全可以與之媲美的短詩《木蘭樹》；如果僅僅著眼於一個方面，亦即現在我們所關心的靜穆之美，那麼大家還會留意到《何人斯》，「你進了門／為何不來問寒問暖／冷冰冰地溜動，門外的山丘緘默」；以及很少被人論及的《預感》，「真是你嗎？雖然我們預感到了，／但還是忍不住問了一聲／／星輝燦爛，在天上」。張棗另有一詩，大概完成於客居德國期間，《死亡的比喻》，不但構建了同樣高妙的美學回廊，而且如此清晰地預言了其盛年之死。讓我們稍稍平息內心的驚駭，俯耳聆聽那多年之前就已經出現的讖語：「多麼溫順的小手／問你要一件東西／你給它像給了個午睡／涼蔭裏游著閒魚」。「午睡」一詞，讓人心驚肉跳。夜晚還沒有來臨，中途的小憩已經收穫了大夢。死神如此溫順，而詩人更甚。由此可見，已經不能不有盛年之死。詩人每每不避讖語：當詩神清點自己的孩子，

[3] 張棗《春秋來信》，文化藝術出版社一九九八年版，第一頁。下引詩句，凡未注明，均見此書。

死神也就清點著同一群孩子。這些話，說來已經沒有太大的意義，除了增加近來的沉痛和將來的憂慮。所以，我得回到輕鬆的美學層面上來，讚一句：好個「涼蔭裏游著閒魚」！表面看，這行詩還不僅僅是旁逸斜出，而與上文語勢完完全全地割裂了；暗地裏，詩人摘葉飛花，再次將有我之境切換為無我之境。有我之境與無我之境，均常境也；由動之靜，方得至境。當然，張棗之靜穆，既古雅，又清新，充滿了唯美主義的甜味和南方的陰冷之香，與朱光潛之所謂，又有大不同。惟其如此，很多年前一個初冬的黃昏，詩人柏樺——在一首詩中，張棗稱之為「和諧的伴侶」——在讀到《鏡中》和《何人斯》之後，就發出了這樣的感慨：「這兩首詩預示了一種在傳統中創造新詩學的努力，這努力代表了一代更年輕的知識分子詩人的中國品質。」[4]後來，在我們的一次交談中，柏樺說得更加明確：不再僅僅是中國品質，而是「中國身分」。

中國傳統之偉大，能夠配享任何讚美之辭。正因為如此，中國人易於滋生狹隘的民族意識和文化意識。無數活生生的生命被徹底俘獲：他們安於這座富足的高牆大院。而張棗之為張棗，恰好在於一種新的態度，也可以說是一種新的能力：深入，淺出，在歷史語言、個人經驗和異域文化之間，求得了完美的平衡：一邊是「吳剛的怨訴」，另一邊則是「色米拉懇求宙斯顯現」。當

[4]《左邊：毛澤東時代的抒情詩人》，江蘇文藝出版社二〇〇九年版，第一一六頁。

然，對於精通多種語言、精研多種文化的張棗來說，求得這種平衡，可以說是易如反掌。他有更加讓人驚奇之處，比如，即便言及「皇帝」，也能夠賦予一種新鮮欲滴的現代性。同樣讓人驚奇的是，張棗後期那些以異域文化為背景或材料的作品，比如《惜別莫尼卡》、《在夜鶯婉轉的英格蘭一個德國間諜的愛與死》、《德國士兵雪曼斯基的死刑》、《希爾多夫村的憂鬱》、《卡夫卡致菲麗絲》、《跟茨維塔伊娃的對話》和《紐約夜眺》，即便採用一種英式和意式相混的十四行詩體——在一些作品中，他前八行用莎士比亞體，後六行用彼特拉克體——也同樣能夠讓我們感受到漢語的心跳。緊箍咒早已經被解除：是的，自由！是的，自由的張棗！到了一九九七年，詩人臧棣再也抑制不住內心的讚嘆，他在一首「為張棗而作」的《解釋斯芬克斯》中寫到，「你仍然是最棒的：偉大到令人／能有機會暗自慶幸」。

就在同一年，張棗也寫了一首詩，「贈臧棣」，喚作《春秋來信》。詩中那個聲音，「我，就是你啊」，到底是誰發出的呢，臧棣還是張棗？這個似乎已經沒有分辨的必要。張棗和臧棣，像兩面對照的鏡子，也就是說，他們從對方遭遇到自己，就像美少年那喀索斯，冷落了林澤仙女，只管痴情地凝視著水中倒影。所以，我已經在張棗那裏看見過臧棣，正如我在臧棣這裏看見了更多的張棗。二〇〇五年十月，臧棣啟動了「叢書」系列寫作。第二年，在蜜一般的東京——世事多麼難料，這蜜，現在已經窨成苦酒——臧棣的寫作一發而不可收，先後完成《生日快樂叢書》、《天知道叢書》、《兩茫茫叢書》、《花心叢書》、《活見鬼叢書》、《祖國叢書》等七十餘首。至於他更早嘗試的「協會」系列，很難說不是緣於相似的形式感[5]。是的，就這樣，臧棣為他險峻的玄想、名貴的知性覓得了一隻神祕的托盤。當這種形式感呼嘯而過，我們要問，那個扳機究竟握在誰的手裏？——大家不會沒有注意，早在一九九二年，張棗就已經完成了一首詩，恰好就叫《祖國叢書》。「他正穿上我的形象衝鋒陷陣」[6]，很多年前，張棗在詩中談及那條唯美主義的金魚，鄧南遮，也就是徐志摩傾心折服的丹烏雪農，曾經有過這樣的感慨。這感慨，現在看起來有點像個，對，有點像個安排。當然，比較兩首《祖國叢書》，我們也會發現兩個詩人的差異：一個是玄學的口語化，一個是古典的現代性。所以，張棗是不是孤獨的呢？詩人樹才曾經對我說到，張棗自去圖賓根，其旋風般的才華就開始承受德語的壓抑，所以他轉而翻譯一個法語詩人：陡峭的勒內・夏爾。他曾說服樹才將夏爾《紅色的飢餓》的漢譯文，「你太美了，沒有人意識到你會死。／過一會兒，就是夜，你同我一起上路」，改為「你太美了，沒有人意識到你會死。／然後，就是夜，你同我一起上路」，認為這樣才算達到完美，——其精細敏感如此。樹才還說到，有一次，張棗去巴黎看他，通宵談論音樂和詩，但並沒有談及似乎應該談及的荷爾德林，反而糾纏於通靈者蘭波，——此前，我就已經在張棗的《斷章》一詩中找到過蛛絲馬跡：「夢的醉舟駛進秋天」。「醉舟」，正出自蘭波，已經成為法蘭西的活詞，而非德意志的

[5] 參見臧棣《宇宙是扁的》，作家出版社二〇〇八年版，第一至七十四頁。

[6] 張棗《鄧南遮的金魚》，陳超編著《二十世紀中國探索詩鑒賞》，河北人民出版社一九九九年版，第九三九頁。

死字。是的，張棗獨居語言和天性的異鄉，冷得發抖，悶得發慌，卻在千里萬里之遙，在一些美學密友——比如臧棣、柏樺，也許還有鐘鳴——的手心裏，漸漸捂熱了。這種呼應的陸續達成，說明張棗之水除了被耗損，也被汲取，被添注，最終形成了一個小小的流域。

斯人已逝。流光溢彩的八十年代也已經磨成「芬芳的塵埃」。《唐才子傳》的作者，元人辛文房，曾經這樣羨談錢起時代：

> 緬懷盛時，往往文會群賢畢集，觥籌亂飛，遇江山之佳麗，繼歡好於疇昔，良辰美景，賞心樂事，於此能並矣。況賓無絕纓之嫌，主無投轄之困，歌闌舞作，微聞香澤，冗長之禮，豁略去之，王公不覺其大，韋布不覺其小，忘形爾汝，促席談諧，吟咏繼來，揮毫驚座，樂哉！[7]

現在，讓我們用以羨談另一個時代。

二〇一〇年四月十二日

[7] 辛文房《唐才子傳》，卷四。

非非主義與當代佛學無意識闡釋

——讀《藍馬圓來文論集》，重證早年一個觀點

一九八八年，詩人藍馬住在成都轉輪街，——現在，那條街，連同彌漫其間的瑜伽、交談、烤鵝和夏天都已經不復存在。那可真是一個「動輒熱愛」的時代。到了深秋，為了安寧，又像是為了等待一個風暴，藍馬搬進了郫縣四川工業學院附近一個村莊，終日與圓來喝酒，談詩，論道。藍馬經常半夜起床寫寫畫畫，後來我們知道，他在那期間啟動了長詩《需要我為你安眠時》的第一章和第四章。翻開此詩，就會讀到：冬天的時候，或者更加早一些……不久前，藍馬在乾掉幾杯啤酒之後，忽然對我說到：那時候田野上的霧多大啊，而現在，是氣候，還是氣氛變了呢……當然，我們還得繼續回來閱讀這首長詩：

在冬天就要來臨的這個秋天，看村子裏
花兒通過果實而墜落了，

在泥土所能承擔的同樣的淪落中，花和果融為一體，
奔向那立刻開始的消失，並在任何一種消失中，
都保證：不要被再度驚醒[1]

佛陀已經降臨，而藍馬還不能清晰地覺察到。那個村莊的名字，「鐵門」，也發出了無言的提示，——容我饒舌幾句，這個名字讓人忽然念及「鐵門限」。宋人范成大《重九日行營壽藏之地》詩云：「縱有千年鐵門限，終須一個土饅頭」。鐵門限就是鐵門檻，後來曹雪芹在亦真亦幻之地建造了一座鐵檻寺，「不遠」就是饅頭庵。何以喚作饅頭庵？「因它廟裏做的饅頭好」[2]。曹雪芹忒精滑，輕輕一筆，就把本意和深意都蕩開了，那些上當的，都是才子佳人小說培訓出來的甜蜜小讀者。來到鐵門村，藍馬胸揣一個土饅頭：被他一一擊斃的文化、價值和形容詞都是這個土饅頭的「餡草」[3]。我的意思是，在此之前，作為一個傑出的理論創造者，藍馬已經完成：他陸續寫出了《前文化導言》、《前文化系列還原文譜》、《新文化誕生的前兆——唯文化、反

1 《需要我為你安眠時》，《藍馬圓來詩歌選集》，中國戲劇出版社二〇〇九年版，第二頁。下引詩句，凡未注明，均見此書。

2 參見曹雪芹、蔡義江《增評校注紅樓夢》，作家出版社二〇〇七年版，第一七二頁。

3 王梵志《城外土饅頭》，張錫厚《王梵志詩校輯》，中華書局一九八三年版，第一九九頁。

文化、超文化》、《語言作品中的語言事件及其集合》；不久後又寫出了《形容詞與文化價值》和《非非主義第二號宣言》。作為一個流派，非非主義的本體論、認識論和方法論都已經清晰呈現：通過超語義的寫作，剔除那些黏附著的文化與價值，讓生命恢復到、回歸到先驗智慧領域。一九八九年八月，藍馬在受到質疑——後來反覆證明，這些質疑完全是單方面的過度敏感——之後，提交了一篇文章，《什麼是非非主義》，其主要論點可以這樣抽出：這個世界被文化掉了；文化了的世界，僅僅是文化了的世界，它不是本來的世界；文化不過是一種人類方法，而且是人類可以有的多種方法當中的一種方法；當今人類所熟悉、所接受、所占有、所理解並生活於其中的是文化世界；這個人類被文化掉了；文化人類不等於本來人類；文化人類和文化世界都需要還原，向非文化、前文化和超文化方面還原；語言還原是所有還原的關鍵，語言還原把詩人捲入哲學使命[4]。到了今天，我們已經發現，這篇旨在「說清楚」的供詞，除了層層呈遞給少司命和大司命，還可以一字不改地呈遞給繆斯女神。也就是說，只有一個藍馬，只有一個前文化理論。他只有自己的意圖：詩學的，而非政治學的意圖。他在自己的意圖中找不到他人的意圖，也不願意硬造出他人希望找到的的意圖……這該讓多少人失望過啊。

當其時，藍馬並非羅蘭·巴特的信徒，亦非釋迦牟尼的法嗣，他或許受到過維特根斯坦的影

[4] 《藍馬圓來文論集》，中國戲劇出版社二〇〇九年版，第二十三至二十七頁。下引文論，凡未注明，均見此書。

響，但這種影響，更多是《名理論》之類著作行文風格的影響。前文化理論就這樣劈空產生了。此後，就來到鐵門村。那段時期，藍馬常常為朋友們大段大段地背誦瓦雷裏的《海濱墓園》，——後來我問他，是眾口稱讚的卞之琳譯本嗎，他已經搞忘了，也許他所記住的，只是瓦雷裏，對，只是瓦雷裏——圓來至今對此記憶深刻。可是，為什麼是瓦雷裏？難道藍馬也有與他相似的經歷和經驗，「多好的酬勞啊，經過了一番深思，／終得以放眼遠眺神明的寧靜」[5]？——這是毋庸置疑的。後來，我們又發現，還有更加深刻的原因，這且按下不表。

我在上文中並沒有提及著名的《非非主義宣言》，究其原因，則又牽涉到另外一樁秘事。一九八六年，在一列從西昌開往成都的火車上，藍馬和周倫佑如約交換審讀《非非》第一期的稿件。然而，周倫佑並沒有完成自攬寫宣言的任務，於是臨時將藍馬《前文化導言》第五節《前文化與非非藝術》抽出作為《非非主義宣言》，並這樣強調：

非非，乃前文化思維之對象、形式、內容、方法、過程、途徑、結果的總的原則性的稱謂。也是對宇宙的本來面目的「本質性描述」。

[5] 瓦雷裏《海濱墓園》，《英國詩選，莎士比亞至奧頓，附法國詩十二首，波德萊爾至蘇佩維埃爾》，卞之琳編譯，湖南人民出版社一九八三年版，第一八六頁。

這件事情極富象徵意味。另外一件事情則同樣富於象徵意味：《前文化導言》第七節，《非非詩歌中的前文化還原》，專門論述感覺還原、意識還原和語言還原，同時也被抽出，由周倫佑加以稀釋展開，形成了另外一篇文章，亦即後來更加著名的《非非主義詩歌方法》。後來，周倫佑特別展示了其《非非主義詩歌方法》手稿原件，並作出這樣的說明：

> 《非非主義詩歌方法》的總體創意和前言、第二節、第三節以及第一節的標題《非非主義與創造還原》、著名的「三逃避」、「三超越」原則由周倫佑先寫成，臨近發稿時，為趕時間，周倫佑臨時決定將從藍馬《前文化主義》一文中刪節下來的一小節文字略作刪改後，補入《非非主義詩歌方法》第一節作為基本內容，然後將《非非主義詩歌方法》改為二人共同署名。[6]

這段文字的高明之處在於，通過主與次、源與流、先與後的顛倒敘述，也說出了一些基本事實，而歷史畢竟已以另外一種版本行世。而藍馬，早在這段文字問世前十年，亦即一九九七年，就已經皈依了佛門。二〇〇八年，當我向他言及近來江湖事，他說道：這些事只與藍馬有關，與我何

6 周倫佑主編《懸空的聖殿：非非主義二十年圖志史》，西藏人民出版社二〇〇六年版，第三七六頁。

干？隨即誦道：是非是是非，非非是非非，是非非非非，非非非非非。——其淡泊超脫如此。但是我們不禁要問：前文化與非非主義，或者說，藍馬與周倫佑，何者為體，何者為用？在體與用的交叉糾纏之中，何人不斷彰顯，何人迅速隱遁？

周倫佑也是天縱之才。他於一九八八年完成的《反價值／對既有文化觀念的價值解構》與前文化理論尚有暗合之處；後來陸續提出「變構理論」、「紅色寫作」與「體制外寫作」，以振衣於千仞之上的話語造勢，獨自將非非主義引領到後非非主義，——當然，這已經與藍馬沒有任何關係。正如非非主義另外一個重要成員，楊黎，由羅布－格裏耶式的平面寫作，或謂之白描寫作，而語感，而廢話，最後以種種行為主義聲名大噪，也已經與藍馬沒有任何關係。非非主義，如果真有這樣一個流派，已經呈現出一花三葉的格局。三葉者：紅、白、藍而已矣。如果只討論前文化理論，那麼，也許只有藍馬的寫作可以與之相印證。一九八八年，他完成了長詩《世的界》。誰又能忘記這件如此奇特的作品呢，——當我在電腦上打出「世界」，然後在這兩個密不透風的漢字之間硬插入一個「的」字，忽然就聽到裂帛之聲：藍馬的利劍已經洞穿了堅硬的甲冑。當然，周倫佑的《頭像（一幅畫的完成）》也在一定的程度上與前文化理論相呼應，——後來，他徹底割斷了這種呼應。兩年後，反而是一個非非主義群體之外的詩人，于堅，進行過一次非非式命名，「要把另一隻烏鴉／從它的黑暗中掏出」[7]，這正是藍馬式命名：把一個詞從它的

[7] 《對一隻烏鴉的命名》，于堅《一枚穿過天空的釘子》，臺灣唐山出版社一九九九年版，第二十五頁。

語彙中掏出。為了適當地彰顯藍馬在非非主義理論建構和文本實踐中的個人化貢獻，後來，圓來發明了一個新的術語：「藍馬非非」。

二〇〇九年底，在朋友們的攛掇之下，《藍馬圓來文論集》終於出版了：「寶石已擋不住任何一種光輝」。有意思的是，藍馬為他的一系列舊文增加了若干注釋。這些注釋不妨如是理解：文化即世間；非文化、超文化即出世間；語義即妄念；世界即名相；退出文化、語言和世界即放下萬緣；前文化還原即破除所知障；還原之至境即實相無相；前文化狀態即本來面目和大歡喜之境；人人皆有非非性即眾生皆有佛性。所以，有一天，當圓來發問：何為非非？藍馬答曰：斷二邊。圓來笑了，不再發問。二邊者，有和無、色和空、常和斷、生和滅、垢和淨、增和減之所謂也。斷二邊，乃佛學了義之說。非非，或可借用《金剛般若波羅蜜經》——藍馬本人最愛讀的還是《壇經》和《維摩詰所說經》，這一點與中國大多數文人極為相似——的現成語，訓為「非法。非非法。」非法與非非法，亦二邊也。所以，或可再次借用《金剛般若波羅蜜經》慣用語式，「佛說般若波羅蜜。則非般若波羅蜜。是名般若波羅蜜」，將非非表述為，「佛說非非。則非非非。是名非非。」佛學元代碼系統可以清晰地再現前文化理論。這一切都在表明：前文化理論「以語言學的方式直搗了本心」，無非是佛學的當代無意識闡釋。所謂無意識闡釋，意指闡釋之初，被闡釋之物並未先入為主地對闡釋者構成暗示和影響。早在一九八七年，當藍馬接下詩人和游方僧京不特（此人又曾叫做「京特」）的禮物，《壇經》，他對此就已經有所覺察。一年後，藍馬寫到：「連不必說的，都說過無數次了，而必須說的，還一直未曾說出過」。二十一年後，藍馬將此語修正為：「必須說的那一切難以言說的，都曾被偉大佛陀說到過，說出過了。」現在，可以再次回到《海濱墓園》了。讓我們驚訝的是，瓦雷裏，就像另外一個藍馬，他也面對著並且跳出著那無處不在的名相困局：

那些女子被撩撥而逗起的尖叫，
那些明眸皓齒，那些濕漉漉的睫毛，
喜歡玩火的那種迷人的酥胸，
相迎的嘴唇激起的滿臉紅暈，
最後的禮物，用手指招架的輕盈，
都歸了塵土，還原為一場春夢。[8]

讀畢末一行，我們不禁更加驚訝：翻譯家卞之琳，為了精確地傳達瓦雷裏絕對靜止的理念，他在三十年前從漢語中挑選出來的一個關鍵動詞，恰好就是「還原」。看來，這個動詞已經被注定。

[8] 《海濱墓園》，《英國詩選，莎士比亞至奥頓，附法國詩十二首，波德萊爾至蘇佩維埃爾》，卞之琳編譯，湖南人民出版社一九八三年版，第一九〇頁。

其實，圓來早已把《海濱墓園》視為非非詩，——正如藍馬將金斯伯格的母親，娜阿米，死前寫給兒子的一張便條，「艾倫，結婚吧！不要吸毒。鑰匙在窗臺上。鑰匙在陽光下。鑰匙在老地方」[9]，也視為非非詩。剩下來的筆墨，我們要集中談一談剛才提及的這個被佛陀安排到藍馬身邊來的人。一九八九年，圓來畢業後回到故鄉江油，——那個地方，也被視為李白的第二故鄉。他在一個叫做「二郎廟」的山溝裏繼續寫詩，研究佛學，長達十年之久。第二年，他和一幫朋友建立了OM詩派，——其中一個成員，Z，在一首《平靜的閃耀，如同真理》中寫到，「『我觸到的已是另一個世界』」。後來有人說他瘋了；圓來對我解釋說：他並沒有瘋，他是需要瘋。啊，一個「需要瘋」的詩人！第三年，圓來完成長詩《永遠為您》，「我——就是您從自己的光明中抓出的一把光明」，如果我們將此語理解為獻給藍馬，他會辯解說，其本意是獻給上帝。倒是從他的另外一首長詩，完成於一九九一年的《天國》，我們可以找到明確的傳記性意圖，或者說，找到本事：

不斷回憶起貓頭鷹的雙眼和獅子慵懶的老藍，

[9] 不知藍馬所據何本。另譯為：「鑰匙在窗上，鑰匙在窗上的陽光裏——我有鑰匙——結婚吧，艾倫，別吸毒——鑰匙在櫃裏，在窗上的陽光裏。」參見金斯伯格《卡迪什——給娜阿米・金斯伯格，一八九四至一九五六》，《金斯伯格詩選》，文楚安譯，四川文藝出版社二〇〇〇年版，第二一三頁。

被眾多的圓形念頭套住：皮膚怎樣裹電？
心啊心啊心啊！他終生的念頭不過是——
「安」的一聲，去安眠。

其時，藍馬已經改定《需要我為你安眠時》全部四章。從第四年亦即一九九三年開始，圓來完成了一系列的文章，《道情詩小史》、《語言的超驗》、《語言學與學佛淺談》、《中國古典美學與現代詩》；此後五年，他完成了《關於「純詩」的隨想》；此後十年，他又完成了《略談非非主義詩歌》、《我的「非非觀」》、《藍馬非非研究》。這一系列的文章旨在挑明：前文化理論即佛學，非非詩即超驗詩亦即遊仙詩、道情詩。純詩、藍馬非非、佛學，終於在圓來這裏合為一體，——正如若干年前，在海峽的另一邊，詩人洛夫將超現實主義、純詩和禪合為一體[10]。遊仙詩自魏晉玄學興起以來，曾經一度成為詩歌史上的流風勝景，郭璞的《遊仙詩》十四首，早已為世人熟知；而道情詩的提出，就我目力所及，始於一個唐朝和尚，皎然，他在《詩式》一書中，將王梵志的《我昔未生時》明確指認為道情詩：

[10] 參見《詩人之鏡》，洛夫《詩魔之歌》，花城出版社一九九〇年版，第一四三頁。

我昔未生時，
冥冥無所知。
天公強生我，
生我複何為？
無衣使我寒，
無食使我饑。
還你天公我，
還我未生時。[11]

這首詩，正是非非詩。非非主義，或者說，前文化理論，終於在古今中外的詩歌殿堂上引起了巨大而和諧的共鳴。如果僅僅著眼於狹義的非非主義，我們可以這樣表述：藍馬，圓來，還有Z——天知道呢，也許還有其他更加沉默的詩人——通過他們的寫作，構成了非非主義中最為隱秘，也許還是最富生機的一支力量。迄今為止，還沒有任何一個學者揭明此一點。所以，目前關於非非主義的一切介紹與闡述，都是片面的，偏頗的，至少是不完整的。

[11] 參見皎然《詩式・跌宕格二品》，何文煥輯《歷代詩話》上冊，中華書局二〇〇四年版，第三十二頁。

至於藍馬關於前文化理論的最新應用研究，「幸福本有，痛苦本無」，「本然則幸福，使然則痛苦」[12]，以至幸福學的建立，則需要另撰一篇專文，這裏就不贅言了。

最後，還有一個小交代。我們都知道，藍馬就是王世剛；然則圓來何許人也？圓來，原名蒲紅江，生於一九六七年，比藍馬小十一歲，當年是四川工業學院汽車運用專業的學生，成都大學生聯合詩社的重要發起人，詩社會刊《陣地》的主要撰稿者。詩人早已星散，刊物亦已夭死。然而，即便到了今天，他的激情也沒有完全消失。你瞧，在酒酣耳熱之際，他又開始高聲朗誦藍馬《長歌集》中的名句——我們心目中的名句——

她們是從玉石裏面跑出來的
她們是從翡翠裏面逃出來的
她們是從大理石裏面滾出來的
她們是從力量的根部，穿過層層水晶，浮出來的

二〇一〇年五月六日

[12] 參見藍馬《痛苦與幸福：我們必須面對的人生考題》，四川大學出版社二〇〇八年版，第七十四、七十六頁。

白金和烏木的氣概，一種混血的熱情

——重讀《青年詩人談詩》

一個時代是不是也有其少年期呢？這個問題自然不消回答。當我翻開《青年詩人談詩》，那些在頁面之上、紙張之間跳動著的決絕、粗糲和莽撞，就連帶把我也捎回了自己的少年期。啊，少年期，少年期，這是每個人回憶中的野蜂蜜，甜，帶著澀，混合了綠林與水滸的香味……然而，當我們終於成年，當一個時代終於成年，誰願意繞開鼎盛期的輝煌，轉而細數那一星兩星纖細的幼火？所以，到了今天，像《青年詩人談詩》這樣的舊籍，已經漸漸被淡忘。

《青年詩人談詩》印行於一九八五年，收入北島以降二十九位詩人五十一篇詩論，是北京大學五四文學社「未名湖叢書」之一種。「未名湖叢書」，我們知道的還有彌足珍貴的《新詩潮詩集》上下冊，頗有當時已風行的「走向未來叢書」的新銳觸角和簡樸風格。當然，與其說這是書，還不如說是小冊子，內部備忘錄，只出一期的民刊，或者像編者老木——一個即將畢業的學生——所標明的那樣，「教學參考資料」。當然，老木的初衷正是將此書作為《新詩潮詩集》的一個附錄，一個副本，或者一系列並非完全對應的箋注。所以，這套書被一起擺放在一架平板車上，平板車呢，由幾個高年級同學擺放在北京大學的三角地。三冊售五元。剛剛入讀北京大學的一個學生，陳國平，立即借錢買下，「這套書……使我下決心做一個詩人」[1]。這個陳國平，果然做一個詩人，就是後來兼擅批評的西渡。這不是孤例，風吹過的地方都有傳奇……同為八五級的褚福軍，也在相似的搖撼與刺激之下，順應生活自身的激流，後來成為了大名鼎鼎的戈麥：將詩稿扔進廁所、將肉身沉於萬泉河的戈麥。

在此之前，我並未讀過《青年詩人談詩》。所謂重讀，不過是語境替換之後的第二次凝視而已。所以，我面對的已經不是毛茸茸的現場，而是一堆歷史性文獻，是餘溫，迴響，以及某種可能性。我說「某種可能性」，包含著隱晦的虛榮心：在這次重讀中，我，作為沃爾夫岡・伊塞爾（Wolfgang Iser）所說的「暗含的讀者」，將逐漸具體地顯現出來。

一

毫無疑問，北島是作為最初的中心，或者說重心，出現的。全書開篇就是他的無題短文，還有更短的短文，比如後面出現的嚴力的詩話、田曉青的語言論、崔桓的一篇論文提綱。但

[1] 參見西渡《燕園學詩瑣憶》，西渡《守望與傾聽》，中央編譯出版社二〇〇〇年版，第一八〇至一八一頁。

是，沒有比這篇短文更重要的了。北島以他獨有的冷硬、直截和果敢，宣布了人的覺醒：「詩人應該通過作品建立一個自己的世界，這是一個真誠而獨特的世界，正直的世界，正義和人性的世界。」[2]這個表述有贅詞，有贅語，然而在贅詞與贅語的湧濺之中，我們感知到一種急迫、時不我待和敢為天下先。與此同時，在人的覺醒與民的馴順之間，已經產生巨大的齟齬。正面的倡導潛藏著負面的批判，詩學的矛頭陷入了政治學的軟肋：這讓北島成為一個英雄。所以，詩人，很多時候有待特定時代的成全：才氣也需要運氣。同收入本書的另外一些文章，比如駱一禾的《春天》、海子的《民間主題》，那種撒豆成兵般的思想和語言，已經遠遠超出北島此文，然而，這個事實一點也不影響我們更高地評價北島。所以，緊接著，舒婷就以《生活、書籍與詩》和《人啊，理解我吧》兩篇文章與之相呼應：「願所有對自由的嚮往，都有人關注」，「我願意盡可能地用詩來表現我對『人』的一種關切。」更多的呼應還要陸續達成：江河，林莽，梁小斌，王家新……連顧城，這個將全部熱情和靈魂「系在昆蟲翅膀上」的詩人，也在《剪接的自傳》中出人意料地寫道：「我所屬於的一代人，是必須奮鬥才能存在的一代人。」這個話題，下文還將重新拾起，這裏姑且打住。

[2]《青年詩人談詩》，北京大學五四文學社一九八五年印行，第二頁。下引文字，凡未注明，均見此書。

二

我曾經將今天派詩人分為左翼和右翼：對抗美學與非對抗美學。北島，多多，芒克，「雖千萬人吾往矣」，正是典型的左翼人物。那麼舒婷和顧城呢？被人為地「選擇」為右翼人物。現在看來，持這個觀點，正說明我還沒有能夠完全洞悉六七十年代的祕密。

舒婷講到，為了懲罰課堂上的母愛教育，她的班主任被調到一個僻遠的山區。母愛是自私的，不純潔的，資產階級的：一個革命者就這樣分了心，走了神，落了後。面對此類荒謬，舒婷的申辯氣質和叛逆精神與生俱來。她發誓要寫一部艾蕪《南行記》那樣的書，「為被犧牲的整整一代人作證」。時間已經過去了四十多年，我們並沒有等到這部證詞。但是舒婷已經可以問心無愧：「老師，假如愛是你的罪名……那麼，它仍是我今天鬥爭和詩歌的主題。」對愛和人性的堅持，給舒婷帶來了今天已經難以想像的大麻煩。「四五」運動之後，全國範圍追查「反動詩詞」，老父親懇求舒婷燒掉詩稿，她回答說：「不是還有哥哥和妹妹嗎？你就當我這個女兒已經死了吧。」這個回答，讓我想起另外一個十二月黨人般的故事。當年，在北京東城的一個四合院裏，李南、桂桂、程玉——唉，她是程濳的小女兒——等人第一次為《今天》工作時，北島與她們進行鄭重的談話，末了說：「如果有人找你們麻煩，你們什麼也別承認，都推到我和芒克頭上。」[3]北島的話激怒了這幾個女青年，而舒婷，則傷害了提心吊膽的老父親。不管怎麼樣，我們已經可以清晰地看到：他們站在一起，構成了一個齊整的小分隊。

說到燒詩稿，顧城的回憶也許溢滿了歡樂。一九六九年，顧城十三歲，他跟隨下放的父親，詩人顧工，從北京來到一個乾草和泥土的村落。爺兒倆在豬棚裏對句，寫詩，然後裹入稻草塞進土灶，——到了現在，每念及此，我的耳邊都充滿了字與詞的吱吱尖叫。「火焰是我們詩歌的唯一讀者。」也許小顧城認為，詩稿本就是柴禾：父親的沉痛經歷還不能，也沒有必要，說服他也必須謹小慎微，……更加謹小慎微。直到後來，「他打碎了迫使他異化的模殼，在並沒有多少花香的風中伸展著自己的軀體」。連在被抄家後唯一剩下來的書，法布爾，也不能安撫這個躁動的靈魂了。一九七九年，他寫出了《一代人》：黑夜給了我黑色的眼睛／我卻用它尋找光明。所以，顧城並非只是一個唯靈浪漫主義者。他後來隱居在法布爾裏面，隱居在花島、水鄉、鹼地和麥田裏面，隱居在豆莢、狐狸和爬蟲裏面，其實是為了尋求絕對的自由。當這種絕對的自由忽然成為不可能，他體內潛藏的暴力就如同一隻輕易的氣球，張嘴就吹大，吹大就炸裂。一九九三年十月八日，在新西蘭激流島，顧城將斧子砍向了妻子謝燁。如果顧城沒有去國，斧頭將砍向哪裏呢？他也許將證明：他不是凶手，而是一個試圖躲起來的十二月黨人，逼慌了，甚至可以站在小分隊的最前面？

---

[3] 參見徐曉《荒蕪青春路》，徐曉《半生為人》，同心出版社二〇〇五年版，第一四五頁。

既然如此，何必分左翼與右翼。

三

必須再次提及田曉青，這可是個謎一般的人物。在短文《詩・語言》中，他寫到，「除非迫不得已詩人竭力避開語言」，「語言是詩人的最後手段」。事實上，他正是那個最吝惜筆墨、最漠視發表的詩人。翻開《新詩潮詩集》，在他名下，我們能夠幸運地讀到五首半。我喜歡《失去的地平線》：一代人的無力感之歌，一線希望之歌，破滅和挽留之歌。至於《季節的傳說》，由於生硬地襲用《荒原》，很快讓我皺緊了眉頭。當然，最好的還是長詩《偉大的閒暇》，雖然是節選，已足以讓人驚豔：短句接長句，快板加慢板，色、情、禪的漩渦與瀑布。除此之外，二十五年來，我們在應該讀到的時候，幾乎都讀不到他的任何作品：從中國文學出版社一九九八年版《中國知青詩抄》，到武漢出版社二〇〇六年版《被放逐的詩神》。他就這樣消失了，由一個退役者，變成了不知所蹤的皮貨商和廣告人，混雜於芸芸眾生，不求聞達，怡然自得。後來，同為《今天》早期成員的徐曉在一篇文章中這樣談及田曉青：

寫作對於我，是現實生活向理想生活的逃避，我指望通過寫作梳理自己，表達自己，提升自己，而曉青遠沒有我這樣功利，他渴求的僅僅是一種狀態。他之所以十幾年如一日，平和冷靜地面對瑣碎，就因為他能夠保持這樣一種狀態。這不是他為寫作設計的，而是他為自己的生命設計的。這是他自己和自己做的一筆交易。用他自己的話來說，寫作是他的壓倉物，他因而不會像顧城那樣翻船。曉青一定從中領略到了別人所無從領略的境界，所以，他知足常樂，他的這種別無所求常常使我感動。[4]

由此可見，田曉青已經得到大自在。我們不必追問他的長詩足本以何種方式、在何種範圍流傳，也不必索隱是什麼人、在什麼情況下將此詩認定為「八十年代漢語寫作的頂尖之作」。讓我們記住他的叮囑，「呵，人們，請不要以你們的餘生揣度我們偉大的閒暇」。

值得注意的是，當我們放開田曉青，繼續閱讀《青年詩人談詩》，來到柏樺的《我的詩觀》，「從這個意義上說詩是不能寫的，只是我們在不得已的情況下動用了這種形式」；再往下走，來到島子的《與新詩探索者印證》，「詩是我們在不得已的情況下動用的一種形式」，我們就會再次領受那些奇妙的心心相印。

[4] 同上注，第一五五頁。

四

在這篇文章中，王家新要提前出現。因為正是此人，將北島式對抗美學注入了俄羅斯式對抗美學的大海。在《沉思》、《關於詩的一封信》、《談詩》三篇文章中，王家新關於技藝的表述，無論是「詩是經驗」，還是「寫的是現實而又把人導入超現實的境界」，是「非個人化」，還是「無理之妙」，不管是一種歸總，還是一種創設，都是次要的，附麗的：相對一個精英主義抱負。他更為強調的是，「從筆尖上開始一點一點地滴下自己的血」，讓作品「從內部透出思想的火光」。所以，如果真有一個今天派，如果今天派真有一個發軔期和發散期，我願意把王家新作為今天派發散期的代表性人物。

到了後來，葆有一種俄羅斯式對抗美學態度也能成就一個沉痛的詩人：帕斯捷爾納克那「轟響的泥濘」來到了王家新的北京[5]。

憂患的，控訴的，承擔的王家新，「流亡」的王家新，他也曾經以空靈沖淡的組詩《中國

[5] 參見柏樺《從模仿到互文——論帕斯捷爾納克對王家新的喚醒》，柏樺主編《外國詩歌在中國》，巴蜀書社二〇〇八年版，第九十七至一〇〇頁。

畫》，「渾然坐忘於山林之間」[6]，為當代詩第二浪潮貢獻了水花。
但是，他終於不能成為第三代人。

五

當代詩的第二浪潮，是以對傳統的自覺為前提的。

從《生活、書籍與詩》一文來看，早在七十年代，對於舒婷而言，李清照、秦少游與普希金、泰戈爾就已經是具有同等效應的影響源。但是，她是不自覺的。到了一九八四年，顧城在《詩話錄》中回答王偉明說：「傳統在我們身上生長，掙扎，變得彎曲，最後將層層迭迭開放出來，如同花朵。」顧城已經有了認識的自覺，但是並沒有促成寫作的自覺。同時具有兩種自覺並成功實現文本生成的是江河和楊煉。在《隨筆》中，江河不點名地提及一位偉人的詩學，古典加民歌的詩學，並稱之為「形式主義者」；然後他寫到，「傳統永遠不會成為一片廢墟。它像一條河流，湧來，又流下去。沒有一代代個人才能的加入，就會堵塞」。這與楊煉在《傳統與我們》中的表述何其相似乃爾：「傳統……像一趟用看不見的掛鉤連接起來的列車，活在我們對自己環節的鑄造中，並通過個人的特性顯示出民族的特質。」江河與楊煉的傳統：一種現在進行時態的

[6] 王家新《山水人物》，《王家新的詩》，人民文學出版社二〇〇一年版，第二十一頁。

傳統。在寫作中，半個江河留在《今天》，半個江河來到這片曾經屬於盤古、女媧、誇父、后羿和精衛的厚土中間，小心翼翼地接過一代代傳過來的古精靈。於是，我們就讀到了組詩《太陽和他的反光》：不僅僅是重寫神話，而是打探我們心靈的根源。一九九九年九月，太原，我和潞潞忽然談及江河，他馬上激動起來：「多麼好的詩人！」後來，江河選擇出國：肯定不是為去接受異域文化。許多年過去了，他是否仍然如同翟永明在一篇美國旅行記中提及的那樣，住在紐約那個「意大利黑手黨控制的小區裏」[7]？他還寫詩嗎？或許憋壞了？為什麼寧願忍受？……他消失得比田曉青還要徹底。至於楊煉，他整個兒都來了，披肩的長髮如此豔麗，如此熱烈。隨著其全部作品的陸續出版，我們已經逐漸看清楚，當年轟動一時的中型組詩《諾日朗》，不過是巨型組詩《禮魂》的一個局部。對，甚至連《半坡》和《敦煌》也只是一個局部。楊煉這種窮盡和坐擁的氣魄，以及他的華彩、恣肆和衝動，懾服了一代更年輕的詩人。在《青年詩人談詩》的作者簡介中，我們屢屢讀到這樣的夫子自道：「受到江河尤其是楊煉的影響進行史詩的探索。」

循著《青年詩人談詩》的交叉曲徑細加清理，江河和楊煉的後繼者大約可以分劃為三個向度。其一，以石光華為代表。他認為要肯定楊煉比否定他更加困難。在一封書信的摘段裏，他指出楊煉的作品與中華民族的「實踐理性」相悖。為此，他稍微推開後者，「在一彎月亮、一脈清風、一聲蟬鳴中，感受和發現了無限和永恒」，最後臻於「物我同一」、「仁禮一體」之境。

[7] 《科羅娜十九號》，翟永明《紐約，紐約以西》，四川文藝出版社二〇〇三年版，第一七九頁。

詩：為了人與自然的和諧。石光華一步一步剔除楊煉的暗示，從《東方古歌》、《混沌之初》來到了《黑白光》，自詡《黑白光》「希望使抒情詩獲得某種未來的意義」。然而，這些作品，今天已經難以得睹。翻開《後朦朧詩全集》，讀到的將是石光華的另外一批作品，應該更加成熟，「看山水一片清明」[8]。與石光華參差相近的，還有宋渠和宋煒，——他們的詩與文總是共同署名。這一次，他們帶來《這是一個需要史詩的年代》，作為全書的壓軸戲。宋氏兄弟強調了「思索」的力量，認為比「覺醒」更重要。但是他們在作品中展現出來的那種舊式文人的家居無為生活，散淡與雅致，珍惜與滿足，似乎並無「思索」的容身處，——也許，這正是「思索」的結果?!值得注意的是，在宋氏兄弟這一批作品的背後，存有一個神祕的「柴氏」：比如，他們有一首詩，《與柴氏在房山書院讀幾冊舊藉》；另有一個組詩，《戊辰秋與柴氏在房山書院度日有句，得詩十首》。柴氏何許人也？這已經成為當代詩歷史上的另外一個謎。翻開《後朦朧詩全集》，當我們讀到宋氏兄弟的《門戶之見》，「門關戶閉，宅第一派清明」[9]，明知不是，仍然樂於將柴氏指認為石光華，——似乎也沒有什麼大的不妥當。其二，以牛波為代表。這位畫家詩人，抛出《略論青年詩人的「古老」以及關於正常生長的一般性看法》，他的紙頁與厚書之論，與江河、楊煉如出一轍。但是請注意，他轉而又提出，「一切就在我們之中存在著」，「任何一

8 《大宗師》，萬夏、瀟瀟主編《後朦朧詩全集》上卷，四川教育出版社一九九三年版，第四八三頁。

9 同上注，第二〇五頁。

件新製造的東西上都描繪著古老」。所以，他從新式電鍋上看到了魚形紋，而他就願意直接寫一寫這口新式電鍋。這種態度，似乎再次刷新了詩人們的傳統觀。後來，唐曉渡和王家新主編《中國當代實驗詩選》，以牛波開卷，絕非偶然也。其三，以海子為代表。這個大質量的天體，曾經也是一顆小衛星。他提交的《民間主題》——目錄上錯列為《談詩》，後面又誤將該文標題及篇前引詩混入正文——其實就是長詩《傳說》的序言。這首長詩，海子用以「獻給中國大地上為史詩而努力的人們」。海子的思想和語言從來都是非線形的混沌系統……如同天風海濤，鑽石滾動……讓我們來傾聽其中較為清晰的吉光片羽，「是啊，這世界需要的不是反覆倒伏的蘆葦，旗幟和鵝毛，而是一種從最深的根基中長出來的東西」，「史詩是一種明澈的客觀」，這些觀點與其他詩人並無大異。但是，很快，被喚醒了史詩衝動的海子就從印度沿用另外一個詞語作為自己的理想：大詩。所謂大詩，在海子看來，必然超越民族和國度，乃是人類之詩。駱一禾在海子《土地》代序中曾經談到海子大詩的文化背景：從西方古代史詩向東方古代史詩——主要是《羅摩衍那》和《摩呵婆羅多》——轉換；以及其想像空間：東至太平洋以敦煌為中心，西至兩河流域以金字塔為中心，北至大草原南至印度次大陸以神話線索「鯤鵬之變」貫穿的廣闊地域。[10] 海子有此抱負，所以很快就從《傳說》來到夢想中的《太陽・七部書》。這固然不是江河、楊煉所能夢見的，也不是海子所能勝任的。所以，他在《詩學：一份提綱》中表達了「一種隱約的欣

[10] 駱一禾《我考慮真正的史詩》，張玞編《駱一禾詩全編》，上海三聯書店一九九七年版，第八六二至八六三頁。

喜和預感」：「人類經歷了個人巨匠的的創造之手以後，是否又會在二十世紀以後重回集體創造?!」[11]集體創造已經成為不可能，應該交付給集體創造的沉重理想勢必壓垮這個瘦弱的詩人。

這就是第二浪潮：它甚至將一些志不在此的詩人也席捲進去。比如歐陽江河，臨時寫出《懸棺》；翟永明，臨時寫出《靜安莊》。

六

徐敬亞的出現恰逢其時：他代表了當代詩「自己的」發言人。他置身於一代青年之中，從而把自己與謝冕和孫紹振都區別開來。《空間・跳躍・線條・表面層》是徐敬亞關於當代詩前兩個階段的美學觀察，或者說美學引導。此類文章，前面還有顧城的《關於詩的現代技巧》，後面則有牛波的《試比較詩歌、音樂、繪畫在形式上的關聯》。毫無疑問，顧、牛二氏只是現身說法，傳托個人的衣鉢，只有徐敬亞具有批評家的自覺：他的視野幾乎容納了所有青年詩人的創造。豈止如此而已：徐敬亞更大的魅力來自於一種思想家式的快雪機鋒。不過，像《空間・跳躍・線條・表面層》這類文章好比佛家所謂有為法，難免「著相」。所以顧城在《詩話錄》中轉而說道：「忘其形才能得其魄……可惜許多死於章句的人都不這麼想。」《金剛般若波羅蜜經》云：

[11] 西川編《海子詩全編》，上海三聯書店一九九七年版，第九〇一頁。

一切有為法，如夢幻泡影，如露亦如電，應作如是觀。果真如此：全新的美學思想已經在泛現代主義的鄰地上破土而出，後現代主義也急於露出端倪。北島時代很快就會成為歷史，而徐敬亞也將疲於他的美學跟踪。

七

還得回過頭去看。顧城在《學詩筆記》中已經提出，「一句生機勃勃而別具一格的口語，勝過十打美而古老的文詞」。梁小斌——他的文章題目極端老實：《我的看法》——則希望將一切了不起的發現，「通過孩子的語言來說出」。這些當然都不是真正的源頭：因為顧城和梁小斌的作品，在這個革命性的向度上，並不具備立法意義。

值得注意的是上海詩人王小龍——這個王小龍，在一九七九年的一個悶熱的下午，曾經和朋友們一起討論用詩來消滅官僚主義的可能性。這種理想主義的呆子氣，恐怕已經永遠消逝了——一九八二年七月，他在兩個朋友，詩人菲菲、藍色，的啟發之下，完成《遠帆》一文，開始反思和質疑那種「一兩星星，四錢三葉草，半斤麥穗或懸鈴木」的現代詩意象丹方。意象，以及夾雜其中的書卷氣、脂粉氣，已經如此讓人生厭。王小龍願意重提陳獨秀的「三個推到三個建設」，再次掀起一場白話文運動。他說：「我們希望用地道的中國口語寫作，樸素、有力，有一點孩子氣的口語……賦予日常生活以奇妙的、不可思議的色彩。」在此後完成的《自我談話錄：關於實驗精神》中，他進一步堅定和迫切了「學會自己走路」的想法。就在一九八二年，王小龍完成《心，還是那一顆》、《外科病房》等一系列作品。傑作《出租汽車總在絕望時開來》寫於何時已經難以考證，在此之前後則無疑義。到了一九八六年，他甚至又寫出《紀念航天飛機挑戰者號》。親切，新穎，跳脫，率真，幽默，口語魅力展現無遺。王小龍並不是一個孤獨的先驅：同行者已經排成了耀眼的天使隊。韓東是同時出現的，一九八二年就完成《有關大雁塔》，次年又完成《你見過大海》。于堅亦起步於一九八二年，但是要等到第二年才完成《作品三十九號》，第三年才完成《尚義街六號》。李亞偉要晚一點，遲至一九八四年底，他才完成《中文系》。到一九八七年，阿吾完成《相聲專場》，被張遠山譽為「漢語中最傑出的漫畫」[12]。一九八八年，藍馬完成《世的界》，伊沙完成《車過黃河》。僅僅六年時間，口語的涓流已經匯成解構主義的浪潮：當代詩的第三浪潮。這可能是王小龍始料未及的。作為今天派及今天派後裔的相對者，王小龍們的華麗轉身讓他們成為真正意義上的第三代人。

到伊沙完成《餓死詩人》，時間已經進入九十年代。一個鋪天蓋地的後口語時代出現了：口語最終被口語淹沒。

但是仍然讓我們記住王小龍：他已經快被徹底忘掉了。

12 《漢語的奇蹟》，雲南人民出版社二〇〇二年版，第七頁。

八

如果說王小龍是源頭性的，那麼，翟永明已經在另外一條秀水上泛舟中流，接引著過去和未來。讓人慶幸的是，她也應邀參加了老木主持的這場美學聚餐。我注意到了翟永明在《談談我的詩觀》中所使用的那個詞組：「毀滅性預感」。就在《青年詩人談詩》印行的同時，翟永明又完成了另外一篇文章，《黑夜的意識》，再次言及這種「與生俱來的毀滅性預感」。很顯然，臧棣正是從第二篇文章中注意到我之注意。後來，他在訪問翟永明時專門設計了一個與此相關的問題。後者回答說：「這種『與生俱來的毀滅性預感』也許類似動物對自然界災變的本能預知，它支配著我的生活與我的詩歌中的主題、動機，甚而支配著我的詞彙。」[13]事實上，正是這個潛伏著的小東西，包括與之相表裏的疾病意識，讓翟永明在一九八五年寫出組詩《女人》，逐步「在一切玫瑰之上」現身出來。林子和舒婷終於成為過去，未來的女詩人面臨著巨大的陰影。

當然，翟永明絕非一個自戀者。從一開始，她就存有更加寬闊的理想。在《談談我的詩觀》中，她接著說，「我作為女性最關心的是我的同性的命運，站在這個中心點上，我的詩將順從我

[13] 《完成之後又怎樣？——回答臧棣、王艾的提問》，翟永明《紙上建築》，東方出版中心一九九七年版，第二四一至二四二頁。

的意志去發現預先在我身上變化的一切」。這種關心貫穿了她的思考和寫作。後來，我們將會陸續讀到她的一些文章。這些文章表明：一方面，她逐漸意識到女性自身的局限性給女性詩歌帶來的局限性，於是從女權主義慢慢撤退，試圖發出非性別意義的獨立聲音，關注人類普遍的命運，真正回到文學和藝術本身。這種觀念的確立，使得翟永明的寫作增加了客觀性和場景性：啊，《咖啡館之歌》！然而，這種增加，在我看來，又何嘗不是一種減損。另一方面，她從來沒有淡忘過作為一個整體的女性詩歌，她激動於同齡的，更年輕的，甚至還年輕的，文學與藝術的閨中密友。有好幾次，她想要編選一本《中國現代女詩人詩選》，試圖挑選出所有的，玫瑰中的玫瑰。讓我們記住這些被她一再低喚的芳名：陸憶敏、張真、伊蕾、唐亞平、海男、唐丹鴻、小君、小安、劉濤、陳小蘩、藍藍、周瓚、呂約、尹麗川、巫昂……

她們的翅膀已經全部開張：不是為了占領半個天空，而是為了自由飛翔。

九

翟永明很少，或者說根本就沒有提及過王小妮。

然而，今天看來，在《青年詩人談詩》的所有入選者中，王小妮幾乎是唯獨一個越寫越好的詩人，「自然」，爐火純青，不容我輩置一詞。

十

老木的賓客已經星散，一些人甚至消失得無影無踪。一平是誰？張小川是誰？崔桓又是誰？我們已經不能知道他們的半點消息。上文已有提及，崔桓只留下一個論文提綱：《聚集在沙灘上的人》。這個提綱，顯示了非同一般的歷史眼光。比如，她將「新詩潮」分為三個板塊：《今天》詩人及詩，老一代人中的新兵，追隨者。一直要到此後很多年，學術界才能夠像崔桓那樣，用「今天派」取代「朦朧詩」這個輕薄的稱謂。對我來說，最感興趣的還是她對第二浪潮的敘述構架：區域性詩人群和刊物，呼喚史詩的詩人，虛構個人童年譏諷成長的時代及強調城市感受的群體代表。當其時，「他們」、「整體」和「莽漢」剛好成立，「撒嬌」即將誕生，「非非」尚在醞釀。在茫茫竹海之中，崔桓已經聽到哪些嫩笋的拔節聲？第三節更是一個謎：虛構個人童年譏諷成長的時代？她說的是顧城？顧城可不具備「譏諷」的品質。如果顧城位處第一章第一小節，那麼她說的或是車前子？當時，《三原色》已經發表近兩年。城市感受？天啦，宋琳、張小波、孫曉剛和李彬勇的詩合集《城市人》還要在兩年之後才會出版。那麼，她說的又是誰？而且還是一個群體？

崔桓似乎並未完成這篇可期待的論文：不是歷史，而是關於歷史的一種獨特敘述框架，就這樣胎死了。到了今天，聚集在沙灘上的人，連同崔桓本人，都已經面目模糊。

十一

通過對作者的選擇，《青年詩人談詩》展現了一種雙城記般的地理學視角：毫無疑問，我指的是北京和四川。北京詩人，四川詩人，各據一桌，煮酒論英雄。這也大致符合三十多年來現代詩發展與嬗變的事實。當然，遺珠之憾是不可避免的。比如，像多多、芒克、黃翔、西川、孟浪這樣的詩人都未能占得一席。但是，我寧願相信，個中原因，恐怕還在於他們當時根本就沒有理論建設的積極性。一九八四年，歐陽江河已經完成詩學長文《受控的成長》發表於香港《大拇指》詩刊，顯露了淵深的學養和機智的識見，也未能占得一席，似乎應該歸咎於那無處不在的偶然性。至於周倫佑和藍馬，他們要在《青年詩人談詩》印行後的第二年，亦即一九八六年，才在西昌月亮湖畔完成《非非主義詩歌方法》。也在同一年，宋琳們才完成《城市詩：實驗與主張》，京不特才完成《撒嬌宣言》，——可惜的是，這個宣言迄今仍沒有獲得應有的重視，朱大可在《流氓的盛宴》一書中的相關論述，堪稱精確獨到，詩歌研究界亦無反響應和之聲。繼續往後走，到了一九九三年，李亞偉才完成《流浪途中的「莽漢主義」》，于堅才開始寫作《拒絕隱喻》。所以，我們已經需要另外一部書來與這段歷史相對稱。

二十五年過去了。

當年的青年詩人已經慢慢衰老。我們的北島已經六十一歲。還有一個比他年長的詩人，蕭馳，已經六十二歲，早已轉入古典詩學研究領域。最年輕的海子設若不死，也已有四十六歲，快要逼近知天命之年。

感謝老木：他為我們保留了一個時代逐漸翻紅的青春。

二〇一〇年六月一日

隱身女詩人考：
關於若干海子詩的傳記式批評

野鴿子
——這黑色的詩歌標題　我的懊悔
和一位隱身女詩人的姓名
——海子《野鴿子》，代題記

近年來，海子研究已經成為一門顯學，舉凡思想探析、文本讀解與傳記寫作，均取得了一些重要成果，已有多位學者以此鳴世。然而，「隱身女詩人」案一直是難以破解的斯芬克斯之謎。海子的幾位傳記作者，要麼陷入迷霧，要麼妄自猜想，要麼繞開困局，均未能給出準確的答案。本文則試圖在相關研究中有所突破。當然，我的目的，乃是重新啟用「過時」的傳記式批評（biographical criticism），更有效地闡釋海子留下的一系列相關作品。揭秘與獵豔，固非本人之志趣也。

一

一九八八年五月十六日夜，海子完成了一首七十七行的短詩，《太陽與野花》[1]，特別標明「給AP」。在海子所有作品中，這一件，無論從何種角度看來，都顯得十分特別。如果單單考察其形式感，我們馬上就會震驚於全詩中人稱的錯亂與清晰。是的，只能這樣評價：錯亂與清晰！比如，第一行的「他」，第三行的「我」，第三十八行的「海子」，都如此確定地指向了太陽，亦即抒情主體；第二行的「她」，第三十二行的「你」，都如此確定地指向了野花，亦即抒情對象；而第三、四、六行的「你」，擁有一個櫻桃的母親，——櫻桃，已經明顯偏離野花之於落寞、低賤、素潔和「竟歲無人采，含熏只自知」的意義指向，——這肯定意味著全詩在主題和主角上的旁逸斜出；至於第二十二行的「你」，相當男性化，無疑已是泛指。毫無疑問，詩人同時擁有多個視點（point of view），並在這些視點之間游移不定，終於構建出繁複搖曳的敘事學：他有時候使用全知之眼，看到「太陽是他自己的頭／野花是她自己的詩」，甚至發現了海子「自

[1] 西川編《海子詩全編》，上海三聯書店一九九七年版，第三九一至三九四頁。下引海子詩文，凡未注明，均見此書。

由的屍首」；有時候使用半知之眼，比如太陽之眼，以觀野花，「你們還可以成親／在一對大紅蠟燭下」，又如野花之眼，以觀太陽，「去看看他　去看看海子」。海子曾經說過，詩歌不是修辭，而是一團烈火。此詩中視點的頻繁轉換，顯然並非出於形式主義的窮講究。之所以不得不如此，乃是因為海子同時疊加了生命中幾段不同的情緣，「在技術處理上還存在著一個意象上另一個意念的附著、覆蓋，以及退出，這樣一層層的絲膜錯雜」[2]。讀罷全詩，我們會發現作者的一條附注，「刪八十六年以來許多舊詩稿而得」，由此亦可見，此詩絕非一時一地一人一景之作。因此，與其說是視點的頻繁轉換，不如說是視點的倉促集結，乃至最終不能歸於一統。

櫻桃女兒，海子在日記和詩歌中均稱之為B，乃是中國政法大學一九八三級學生，來自內蒙古，父母均為高級知識分子，後來成為海子的初戀，並設法在《草原》上發表了後者的若干作品。海子曾為之寫下不朽的詩篇：《給B的生日》。但是，正如《太陽與野花》所顯示的，「你的母親是櫻桃／我的母親是血淚」，或許還有其他原因，最終導致兩人早早分手。一九八六年十月，海子在《淚水》一詩中寫道，「在十月的最後一夜／我從此不再寫你」。這場絞機般的愛情幾乎粉碎了詩人的心，同年十一月十八日，他在一篇日記中寫道，「今天是一個很大的難關。一生中最艱難、最凶險的關頭。我差一點被毀了。」接近兩年之後，B又出現在《太陽與野花》的

[2] 燎原《撲向太陽之豹：海子評傳》，南海出版公司二〇〇一年版，第二四八頁。下引燎原觀點，凡未注明，均見此書。

開端，雖然一閃而過，亦可見海子之念念不忘。但是，很顯然，B僅僅是此詩的一個序言：為了後文中AP的正式出場。

然則，AP何許人也?燎原認為，AP實為兩人。細細考察《太陽與野花》，全詩不同處確有差異化的表達，明顯存有多重指向；第二十行，「兩位女兒在不同的地方變成了母親」，則提供了較為明確的信息；另有一個外圍事實，海子向以單個拉丁字母，比如B、S，指代其生命中的重要女性，亦可作為這個觀點的參考。據燎原等人研究，P是海子的一位同事，已婚，有孩子，其老家應在青海德令哈。海子於一九八三年到中國政法大學工作，第二年就在《不要問我那綠色是什麼》一詩中寫及青海湖。在《太陽與野花》定稿半年後，海子又完成一首《無名的野花》，再次在一種致幻般的氛圍中，寫及青海湖邊的野花、大草原上的恍惚的女神；同一時期還在多件作品中寫及青海公主，可能就包含著對於P的臆想。一九八八年七月二十五日，海子坐火車經青海德令哈，寫下那首肝腸寸斷的《日記》，「姐姐，今夜我不關心人類，我只想你」，顯然就是獻給P的囈語。燎原進而指出，P即是《野鴿子》一詩中的「隱身女詩人」。《野鴿子》完成於一九八八年二月。同年同月完成的另外一首詩，《一滴水中的黑夜》，「野鴿子」再次出現，並與一位「女王」構成互涉，「這些陌生人系好了自己的馬/在女王廣大的田野和樹林」。在海子的心理指認中，P是一個姐姐，好比導師，A是一個妹妹，接近情人。《太陽與野花》有句，「是誰這麼告訴過你：/答應我/忍住你的痛苦/不發一言/穿過這整座城市/遠遠地走來

／去看看他　去看看海子」，就明顯出現一個三角關係：善良的P最懂得海子的孤獨和絕望，她把解救的希望寄予A。但是，目前沒有證據顯示P是一位詩人，她最多只是海子才氣的「欣賞者和引導者」[3]。

必須附帶說明的是，B和S亦非詩人，——B尚能欣賞海子詩，S則對海子詩可能帶來的現實齟齬抱有極大的擔憂。

二

邊建松認為，《日記》一詩原本獻給西藏女詩人H[4]，則又不準確。因為還要在完成此詩數日之後，海子才翻閱唐古拉山，在八月初到達拉薩，初次，也是最後一次，見到H。如果單從內容來看，《日記》的悲傷、孤獨和空蕩，則又與H堅拒海子莽撞示愛的事件構成了嚴絲合縫的呼應，——或許，在見到H之前，忐忑不安的詩人就隱約預知並提前領受了這種悲傷、孤獨和空蕩？H年長海子近十歲，與後者密友駱一禾交厚，此前可能與海子有過書信往來，當時離居拉

[3] 參見周玉冰《面朝大海，春暖花開——海子的詩情人生》，安徽文藝出版社二〇〇五年版，第一九五頁。

[4] 參見《麥田上的光芒：海子詩傳》，江蘇文藝出版社二〇一〇年版，第二〇五至二〇六頁。下引邊氏觀點，凡未注明，均見此書。

薩，與一條大狗相伴。可能以其品性芬芳、思想純淨、境界高遠，燎原借用馬原一部小說的書名，稱之為「拉薩河女神」。她能夠與燎原等坦言海子夜訪事，亦可見其胸襟。她的名作，《我的太陽》，以及散發出來的邊地文化氣韻和成熟女性魅力，對於以「太陽」自許的海子來說，構成了強烈的召喚。H似乎已經成為最大的嫌疑。但是，她亦不可能就是那位「隱身女詩人」。因為在見到H之前半年，海子就已經完成《野鴿子》一詩。

三

剩下來的，需要被證明的，只有A。A已經與「隱身女詩人」重疊在一起。現在，我們必須循著另外一條線索繼續從頭起步。

一九八七年八月，海子完成《十四行：玫瑰花園》。很明顯，此詩隱藏著詩人與某女詩人徹夜談論但丁及貝亞麗絲的本事。詩人寫道，「四川，我詩歌中的玫瑰花園／那兒誕生了你——像一顆早晨的星那樣美麗」。我們已經在青海和西藏陷得太久，現在，必須依照海子本人的指引，由西北而西南，來到另一塊土地。

在其短暫一生中，海子至少兩次進入過四川。

第一次是在一九八七年一月。他乘坐北京直達成都的列車，未至成都，便在廣元站下車，然後換乘汽車，去了川北藏區九寨溝，繼而折回，來到川東北山區的達縣盤桓數日後，乘汽車赴萬縣，換乘江輪，順長江而下，回到安徽安慶。九寨溝地處四川盆地向青藏高原過渡的坎前邊緣區，作為旅遊聖地，現在已經馳名於世界。然而，九寨溝被評為國家級風景區，卻遲在一九八四年；被評為世界自然遺產，則遲在一九九二年。一九八七年，九寨溝尚處於保護區向旅遊區的過渡期，名氣不甚大，人跡不會多。一月，正是體驗九寨溝冰雪世界的最佳期。海子此去，或如燎原所言，乃是為了朝拜諾日朗：想來諾日朗瀑布已然冰凍，而諾日朗雪山當更加晶瑩——一九八三年五月，楊煉在《上海文學》發表組詩《諾日朗》以來，此詩就一度成為詩歌界高度關注的焦點和熱點，並引領了當代詩歌史文化地理向度上的史詩寫作潮流，很多四川詩人，比如宋氏兄弟，廖亦武，石光華，部分的翟永明和歐陽江河，都是後起者，我們的海子，也正是聲氣相通的後起之秀。巧合的是，在九寨溝的山谷森林之間，鑲嵌著數以百計的湖泊，猶如鑲嵌著一塊塊藍水晶。當地人就稱之為海子。海子此去，或為與若干海子聚首亦未可知。這種地氣上的契合感，引導了海子最後的行蹤。經查，一九八七年十月，海子曾憶寫有《九寨之星》一詩。此詩僅有八行，抒情對象之人稱，迅速由第四行的「她」轉變為第七行的「你」。值得注意的是，海子把九寨溝的海子喻為女神點亮的一盞燈，卻把「你的一雙眼睛」喻為鏡子中的兩盞燈。這顆九寨之星，是否就是兩個月前在《十四行：玫瑰花園》中曾經出現過的那顆星？不管怎麼樣，海子的九寨之行，隱約出現了一位女性。當他到得達縣，寫下《冬天的雨》，這位女性已經逐漸清晰：

「一隻船停在荒涼的河岸／那就是你居住的城市」。那麼，海子此行，乃是去見當地一位年輕的異性朋友？這個觀點的確立，有賴於排除另外一種可能：海子去見正在老家度寒假的徐永。徐永，男，詩人，一九六五年生於四川萬源，北京大學中文系一九八三級學生，以《矮種馬》一詩享譽校園，曾任「五四」文學社社長、《啟明星》主編。徐永進校前，海子已畢業，但是兩人相熟則無疑問，——均在一九八六年，前者寫下《竹籃》，後者寫下《魚筐》，亦即著名的《在昌平的孤獨》，表現出相似的題材攫取和不同的情感皈依。萬源與達縣毗鄰，今同屬達州市轄。然而，經徐永回憶，他絕未與海子在達州見過面，——他甚至不知道海子到過達州。可見海子一直保守達縣之行的祕密，其目的，可能正是幫助某個人「隱身」。然而，這祕密最終還是被他自己的作品泄露：《冬天的雨》，以及《雨鞋》，明確標明寫於達縣，——從所署時間來看，海子至少在達縣停留兩天，從當月十一至十二日。另一件作品，《雨》，被海子另一位密友，詩人西川，認為大概就是《冬天的雨》的重寫稿或改定稿。這些作品徑用第二人稱「你」，明顯地隱藏著若干本事：特別是與一個「仙女」雨中共傘的本事。《冬天的雨》中詩人「隨身攜帶的弓箭」後來再次在《太陽與野花》中出現，「一張大弓、滿袋好箭」。而在完成《九寨之星》的同時，海子還完成了一首《野花》，提及一位「雨和幸福／的女兒」。綜合考察這些信息，我們將毫不猶豫地把這裏的「你」與A重合為一人。《雨鞋》則顯示，此前海子與A曾有通信。據多人研究，此行中，海子曾與A同遊達縣境內的州河及七裏峽真佛山。回到安慶後，海子寫有《給安慶》一詩，有「可能是妹妹／也可能是姐姐／可能是姻緣／也可能是友情」之句，泄露了他對S與A的感情預期。海子離開四川後不到五個月，他的作品《獻給韓波：詩歌的烈士》、《水抱屈原》、《但丁來到此時此地》發表於達縣《巴山文藝》第六期「啟明星詩卷」，——經考證，這次發表機緣的促成，正是徐永及其朋友——另一位達州詩人凸凹——的努力之功，可能與其他人沒有什麼關係。值得注意的是，在《但丁來到此時此地》一詩中，海子寫道，「樹丫裂開，淺水灌耳／在香氣的平原上／貝亞德麗絲／你站在另一頭，低聲歌唱」。貝亞德麗絲就是海子在《十四行：玫瑰花園》中寫及的貝亞麗絲。在一九八六年八月的一篇日記中，海子使用的則是王維克先生在上個世紀三十年代翻譯《神曲》的譯名：貝亞德。貝亞德麗絲，這個佛羅倫薩少女，在九歲時引發但丁的愛情，當其二十五歲夭死之後，就一直是但丁詩篇中永恒的女神。海子在《巴山文藝》選發《但丁來到此時此地》一詩，已然自視為但丁，並將A視為貝亞德麗絲，亦即此詩的收件人，其苦心與深意自不待言。

第二次是在一九八八年三至四月。海子陪母親遊覽北京後，懷揣尚未完成的長詩《太陽》，直奔成都，先去川南，觀瞻樂山大佛，並在沐川宋氏兄弟的房山書院盤桓十餘日，繼而回到成都，先後住在詩人萬夏和尚仲敏處，並與歐陽江河、翟永明、石光華、劉太亨、廖亦武、鐘鳴、楊黎等見面，還曾當眾朗誦廖氏《大盆地》一詩，盤桓數日後方回北京昌平。很顯然，這是一次詩歌之旅。四川詩人，特別是整體主義詩人，帶給海子的詩學暖意，以及其中一位詩人帶給他的背後傷害，都讓海子刻骨銘心。據一些當事人回憶，在成都期間，海子可能有過約會。此行結束回昌平後，四月二十三日，海子即寫下《跳傘塔》一詩——跳傘塔，乃是成都市區一個小地名——「我在一個北方的寂寞的上午／一個北方的上午／思念一個人」。這首詩的第六節共有五行，則更為重要，「已經有人／開始照耀我／在那偏僻擁擠的小月臺上／你像星星照耀我的路程」。幾天之後，時間來到五月，海子又寫下《星》，「星／我是多麼愛你」。這裏的跳傘塔之星，曠野之星，是否也就是八個月前在《十四行：玫瑰花園》中曾經出現過的那顆星？如果是，A或曾趕赴成都與海子見面亦未可知。在沐川期間，宋氏兄弟中的宋煒曾為海子算過卦，言及海子的詩已然形成一個黑洞，要將他吸將進去；又言及，海子在成都有一個女友，今後不會在一起。第一卦顯然應驗；第二卦不知準確否，卻影響了海子傳記作家燎原，後者認為A老家在達縣——該縣毗鄰神農架，畢業於北京某大學，工作於成都某醫科大學，並稱之為「神農氏之女」，云云。另一位傳記作家周玉冰，顯然受了影響之影響，在此基礎上對海子與A的兩次交往均作了繪聲繪色的文學性摹寫，並將A稱為「安妮」，工作單位則由一所大學變成一家醫院。大學而兼醫院，難道是指華西醫科大學？倘若真的如此，海子或另有所遇，——在完成於一九八八年八月的《雪》中，明顯可以看到，「草原」和「成都」，都是海子的情感寄托地。

根據余徐剛的資料，在一九八九年初，海子曾第三次來到四川。然而證據不足，可能乃是誤記。但是余氏直言海子的夢「留在了四川」[5]，卻又具有某種直覺上的精準。

四

海子另有一件作品，《病少女》，完成於一九八七年二月，即離開達縣的次月。此詩寫及一家三口為他送行的情景，特別寫到一個小姑娘，「病少女　清澈如草／眉目清朗，使人一見難忘／聽見了美麗村莊被風吹拂」。很多論者以為，一家三口即是A的一家三口。那麼，A是病少女母親還是病少女本人呢？這個問題頗難回答。邊建松就否認《病少女》與A有關；但是，邊氏同時認為，此詩是經驗綜合的結果，不一定確有其事，則又未必。一九八八年二月，海子《大風》詩中又出現了相似意象，「想她頭髮飄飄／面頰微微發涼／守著她的母親／抱著她的女兒／坐在盆地中央／坐在她的家中」。奇怪的是，此詩之地理信息再次指向四川。病少女一案，或者另有本事亦未可知。真是「正入萬山圈子裏，一山放出一山攔」。

[5] 參見《詩歌英雄：海子傳》，江蘇文藝出版社二〇〇四年版，第二〇四頁。

五

一九八九年的春天不可避免地到來了。

我們當然會發現，在此期間，海子連續寫下《太平洋上的賈寶玉》、《獻給太平洋》、《太平洋的獻詩》，牽腸掛肚於在一年前就已經移居海外的B。但是，同時，海子還寫下《桃花》（共二首）、《桃花開放》、《你和桃花》、《桃花時節》、《桃樹林》，似乎在很大程度上指向了A。無論這個直覺準確與否，都不影響我做出這樣的判斷：海子對A的幻想和創造仍在不斷膨脹。三月九日，在自殺前的第十七天，他刪定當年一月就草成的詩稿：《月全食》。「月」，自然是「星」的演繹，——如前所述，此類意象已經被海子寫為系列作品，埋藏下重要的線索。這首詩開篇就寫到，「我的愛人住在縣城的傘中／我的愛人住在貧窮山區的傘中，雙手捧著我的鮮血」，無不與達縣之行及《冬天的雨》、《雨》、《雨鞋》等詩中的諸多細節相吻合、相映射。惟「我的愛人」一語，可能是萬念俱空之後的譫囈，也有可能是撒手之前的閃念，剩下來的唯一稻草：海子藉此暫時漂浮在世俗的水面上。但是，決心已定，舌頭顫抖，斧頭閃現，空氣緊張，死神的腳步已然戛戛而來。海子已經看到自己的鮮血：他希望最終由A用雙手捧著他的鮮血。

六

那麼，A是不是一個詩人呢？

根據邊建松的研究，AP實為一人，就是A。邊氏曾得見並引述過A寫給海子的信件。這些信件分別寫於一九八七年一月海子去達縣之前和一九八八年四月海子回昌平之後，據邊氏摘引的部分內容可以判斷：A長期住在達縣，工作與算盤和數字有關，閒時嘗試著寫一些自白式的詩歌，對海子的一些作品也不是太懂，曾邀請海子去達縣一遊，並對後者抱有某種情感上的期待——這是海子第一次四川之行選擇那樣一條奇怪線路的重要原因。兩人的現實關係，應該處於傾慕與克制之間。換言之，最後中斷為遙遠的友情。

據此可知，A有可能即是達縣女詩人D。D，生於一九六七年，中專畢業，專職會計，業餘寫詩。與海子交往時，年僅二十歲，小海子三歲。近年來，D完成了較多作品。對阿拉伯數字的敏感屢見於《辭職報告》、《求職書》、《任命書》、《計數器歸零》諸詩。曾寫有多篇作品，比如《州河，女人與瓦罐》、《我聲音多麼卑微》、《蟬音》，紀念其在州河及七裏峽真佛山的行踪。讓人驚異的是，D也寫下為數不少的桃花詩，似在與海子相酬唱。在《又見桃花》中，出現了「牧羊人」，與《太陽與野花》中海子對A的祝福，「那個牧羊人／也許會被你救活／你們還可以成親」，也構成了呼應。但是，也許D並沒有領受海子這種了猶未了的祝福，多年以後，她寫下《行船調——寫給自己的生日獻詞》一詩，再次憶及這一折「躺在詩歌裏的愛情」。二○○九年，海子逝世廿載。在上一年的春天，D自言，當她看見那些抽穗的麥苗時，不禁悲從中來，當即寫下《最後的詩章——給海子》，「既然，在這三月無法讓文字歡愉／那麼，讓曾經的美麗，風乾的記憶／譜寫一曲最後的歌謠」。近來，D另有《空白》、《三月，不敢想桃花》二詩，亦為紀念海子，或者說想念海子之作，風格樸實真切、直白深摯。D在自己的詩中特別提及海子的《女孩子》，應予特別注意。《女孩子》，不詳何年所作，有「她用雙手分開黑髮／一枝野櫻花斜插著默默無語」之句，與《冬天的雨》中一些詩句頗有牽連，「這都是你的賜予，你手提馬燈，手握著艾／平靜得像一個夜裏的水仙／你的黑髮披散著蓋住了我的胸脯」。D還有一詩，《在暮色中靜下來》，雖未明確標示為海子而作，但是似乎具有更為清晰可辨的海子風，對面隱藏著一個再沒有比海子更合適的聆聽者，「親愛的人，如果有一天我聽不見你的聲音／我是幸福的／如果有一天，你讀不到我的眼神／你，也應該是幸福的」[6]。

為進一步求證，筆者對假設當事人進行了短信採訪。據D答覆：早在一九八七年，她便知道海子，並嘗試寫作；後來中斷二十年，直至二○○七年讀到大量海子作品，才重拾詩筆；她視海

[6] D的簡介及作品均見民刊《芙蓉錦江》二○一○年第二期，第五十三至六十三頁。這似是D首次集中發表較多作品，奇怪的是，明確標明紀念海子的幾件作品卻沒有一並錄入。

子為詩神，常常在自己的作品中將「你」設定為海子；她從未與海子有過書信和現實往來，卻對海子葆有「個子中等，黃黑膚色，落有鬍鬚，深沉不苟言笑，能洞穿世事，悲憫而有大愛」的印象；她同時斷言筆者「肯定在達縣找不到海子見的那個人」。

世間居然有這等巧合事。

七

達縣還有兩位女詩人：T和W。T生於一九七四年，夭於一九九三年。此女雖然甚有才華，然而一九八七年尚不足十三歲，想必還不能與海子對談但丁，——願她在天之靈得聆海子哥哥的詩教。W出身書香，寫詩，畫畫，據聞美麗不可方物。有關信息顯示，其年齡甚或比T更小。

舍此，達縣再無女詩人矣。

八

「我不能忍受太多的祕密／這些全都是你的」，海子在《月全食》的最後一節如是說。不能忍受的已經離世，願意忍受的始終緘口：這個問題恐怕將難以解決。

真是完美無缺的隱身。

當然，我們的思考也許還應該存有另外的向度。一九八六年八月，海子在一篇類似詩學斷片的日記中寫到，「其實，抒情的一切，無非是為了那個唯一的人，心中的人，B，勞拉或別人，或貝亞德。她無比美麗，尤其純潔，夠得上詩的稱呼。」由此可見，在海子看來，他生命中的重要女性似乎都可以稱之為「隱身女詩人」。

既然如此，哪怕A終於現身揭秘，我們也不能理直氣壯地指認，只有A，才是那位「隱身女詩人」。

九

現在必須歸結到海子的《四姐妹》上來，「荒涼的山崗上站著四姐妹／所有的風只向她們吹／所有的日子都為她們破碎」，四姐妹，不多不少只有四姐妹——在B、S、P、A、H之中，海子剔除了誰？我有一種感覺：如果P確實存在，他剔除的應該是H。

這篇膠柱鼓瑟、捉襟見肘的傳記式批評就要煞尾了。我認為，傳記式批評之本意，絕非將個人化隱私上升為歷史性問題。恰恰相反，與一切文本中心主義者相接近的是，傳記式批評的前提和原則，雖然還不是文本（text）的主體性、獨立性和自足性，但是最終仍然要回到文本本身。我深有體會的是，一些文本的幽深與陡峭之處，無論怎樣細讀（close reading），都難以求得合乎邏輯、令人信服的闡釋；而傳記式批評一旦介入，這些看似蹊蹺的問題就會迎刃而解。一切都有因由：千般玄妙都來自柴米油鹽的真實顆粒。

當然，傳記式批評在考訂本事的同時，不免恰恰誤將作品和作者進行改寫和曲解。美國哲學家亨利・亞當斯在寫給自己的弟弟——小說家亨利・詹姆斯——的一封信中，這樣解釋寫作其自傳《亨利・亞當斯的教育》的初衷，「本書只不過是墳墓前的一個保護盾。我建議你也同樣對待你的生命。這樣，你就可以防止傳記作家下手了。」[7]我的這些努力，可能在一定程度上也損壞了海子墳墓前的保護盾。傳記攪渾詩歌，或者說，詩歌攪渾傳記，都是批評的失敗。所以，我在行文中添加了新批評式的圓滑：牢記text一詞的拉丁語源texere[8]，保持對文本的適度信任，對傳記性因素的必要警惕。

二〇一〇年十月三十一日

[7] 參見許德金、崔莉《傳記》，趙一凡、張中載、李德恩主編《西方文論關鍵詞》，外語教學與研究出版社二〇〇六年版，第八九七頁。

[8] 意為「編織」。

回到帕米爾高原

——亞洲腹地的詩歌之旅

從二〇一〇年十月十四日到二十三日，我參與了一支小分隊的孤旅：另外四名成員全是公務員，——如同我自己也在極力扮演的那種角色。大多數時候，這種扮演已經達到忘我的境界。我小心地看守著內心的祕密，不讓詩歌之金重於加薪的可能和晉職的心願。我獲得了僕人般的大眾化，提前塞住了一張又一張嘲諷之口。是啊，我沒有淵博的知識，更沒有高貴的思想，他們無機可乘，拿我就是沒有辦法。在這十天裏，我像他們一樣，為看到的一切發出驚呼：烤羊肉、混血美女、草原玫瑰、沙漠純種野馬、火燒山、針葉闊葉混生林、丹霞和高原冰峰。如果對此一一加以敘述，本文就會如人所望地墮落成新疆導遊手冊。然而，布袋與錐常常不能分別存放：我還是不間斷地露出了馬腳。這馬腳越來越扎眼，——要在小分隊裏求得一種安全的共性已經不可能。這個小分隊的孤旅，就這樣生硬而奇妙地裹挾著其中一個人的孤旅。

一

烏魯木齊對我來說意味著什麼？十四日，當三個半小時的漫長飛行結束之後，烏魯木齊意味著又一個省會。這座混血之城，已經徹底漢化，甚至徹底全球化：在陽光和叫賣聲的晃動之中，輕易就看到成都的瓷、成都的玻璃和成都的不銹鋼。我試圖揭開牆面上的一幅牡丹圖或梅花圖——多麼拙劣的「中國畫」啊——仍然不能找出一角嫵媚的波斯織毯。說到波斯，這讓歌德頂禮的詩人之邦，我不免輕微地興奮起來。我知道，波斯已經不遠，波斯就是伊朗。可是，龜茲在哪裏？高昌和樓蘭又在哪裏？一群少女從街角轉過來，唯有她們的眼睛，還保留著昔日西域的一汪藍碧，勾起我無限的幻想：王位，經卷，玉石，泉眼，圓月彎刀。這群少女很快將從第二個街角轉過去。烏魯木齊再次模糊起來。也許，只有昔日草原遊牧民族受環境之困而形成的某些習性，比如烤羊肉，在成為旅遊招徠的同時，仍然意味著歷史提醒，在詩人沈葦看來，甚至還反方向地包含著一種生態覺悟：

一串肉在火上尖叫就是一隻羔羊

在火上尖叫，是一百隻羔羊在火上尖叫[1]

第二天晚上，我就與這個詩人在老回民餐館見面了。他衣著閒適，面容沉靜，左右開杯，絕沒有半句無聊的酒經。席間，詩人忽然談及，有資料顯示，早在七千年前，和田玉就已經在歐洲出現。然後，他的眼睛開始發紅發亮，好像那些在內心收養已久的異獸再也壓不住野性子。話匣子終於打開，新疆一點點地還原為西域。大家都微醉了。

這個沈葦，原本江南人，卻早已將新疆視為第二故鄉。如果說前者哺育其生命，後者則鍛造其靈魂。他用全部的寫作，證明了自己就是那個必須來此的人。沈葦與新疆，誰對誰更具重要性，已經很難分別。這種美妙的遇合，只能由神來安排。地氣、血性、文脈與神蹟就這樣被一一斟酌。我曾經震撼於他的短詩《吐峪溝》。吐峪溝位於鄯善火焰山，是中國伊斯蘭教最大的聖地。沈葦此詩前四行全用駢語和對仗，單調的句式承載著方生與已死、須臾與永恒的無語交談，頗有古絕句之風。然而，熟讀現代詩的讀者，仍然捏著一把汗：這種死板將如何收場？第五行，人得以出現。六七兩行，在滿盤皆輸的巨大可能中，詩人氣定神閒，輕輕地扳回勝算：

1 《混血的城》，《沈葦詩歌精選：我的塵土 我的坦途》，新疆人民出版社二〇〇四年版，第一三六頁。下引沈葦詩句，凡未注明，均見此書。

當他們抬頭時，就從死者那裏獲得
俯視自己的一個角度，一雙眼睛

沈葦只寫七行，已經敵過另一位江南才子，潘維，的八十二行長詩《吐峪溝村》。潘維之才，與沈葦原在伯仲之間。然而，《吐峪溝村》過於用力，用力便著相，著相反失衡。這一局，潘維已然輸定。可惜的是，後來在喀什，由於飛機晚點一天，我們不得不取消了吐魯番之旅，終於與吐峪溝失之交臂。這種遺憾，怎麼說呢，致命，而又如此迷人。

詩歌的引導仍然在繼續。沈葦完成了《占卜書》，在借鏡突厥語的同時，已經曲折地營養了漢語，——「你們要這樣知道」。而層出不窮的新柔巴依（Rubai）寫作，卻在向遼闊的西域大地和西域文化致敬。我們來讀新柔巴依的第一首：

醒來吧！黎明的大幕徐徐拉開，
黑夜不是撤退了，而是已為白晝殉葬。
是誰派遣了太陽的孤旅？光芒之箭
射中天山之峰：一頂中亞的皇冠。

這首詩的一些特點，比如呼喚語，明喻，對時空轉換的敏感，置於大自然對面的詩人之眼，都呈現出典範的古波斯風。需要提醒的是，這首詩還暗含著一首詩，隱藏著另外一個天才詩人、兩個傑出翻譯家。在此後的行程中，他們將在適當的地方等著我……在那兩千公里之外，十個世紀以前……在那著名的黑汗王朝。

現在，我要去摘取中亞的皇冠。

二

穆天子的玉人、丘處機的金丹和成吉思汗的鐵瓦都已經杳無踪跡，只有瑤池泛碧，散發出茫茫水霧，反覆纏繞遠峰之雪。昔人不再，天山依然。我感到更為真切的，反而是梁羽生塞進來的那個世界。十七日中午，當我下得天山，就背負著七柄虛擬之劍，開始向北環遊古爾班通古特沙漠：從東邊進入，經卡拉麥裏、恰圖爾庫、北屯、布爾津、沖忽爾抵阿爾泰山腹地，在神的後花園尋喀納斯湖怪不遇，卻在彼處的一處牆面上讀到了沈葦的《喀納斯頌》，「我願意變成／景物中遺棄的嬰兒，用一聲啼哭／去發言，與讚美、咏嘆／去參與湖水的蕩漾、群山的綿延」；後來由西線返回，經烏爾禾、克拉瑪依至石河子，已是十九日下午。當日下午，似乎順從某種神祕力量的牽引，我們不經意間竟然來到北三路，來到新疆生產建設兵團軍墾博物館。

我對建國初期的集體主義和英雄主義神話充滿了好奇。這些神話包含著政治奇蹟、馬拉松式的奉獻、過火的純潔、扭曲的羞恥感和殉道者的鐵石心腸。去年在大寨，我已經得知村支部書記陳永貴曾搬運過的碎石頭，可以在太原和北京之間鋪一個來回。後來，他果然沿著這條碎石頭之路去到副總理辦公室。當我踏進軍墾博物館，這條本不存在的碎石頭之路又在眼前晃動起來。我翻拍著一張張發黃的照片——豐收歸來，摘棉花看誰摘得快，哨卡，三個少女戰士學習文化，農暇籃球比賽，騎兵英姿——補習著一個熱血沸騰的時代。在這塊素有小西伯利亞之稱的荒原上，連艱苦也是歡樂，當年四處洋溢的歡樂一直流淌到今天，似乎讓「今天」也顯得黯然失色。可是，這些從四面八方趕來的青年男女，他們內心的複雜性已經被這座博物館徹底地平面化，我不能找到他們的憂愁和愛情，正如我在艾青的神情裏找不到懷疑和抗訴。

參觀即將結束，艾青忽然就出現在我的面前：啊，頭髮反梳的艾青，青筋突出的艾青，白色短襯衣的艾青，從眼角和嘴角露出微笑的艾青，你是你自己，還是畫像作者或彼時文化語境的一個意圖？我一時間茫然不知所措，思想鏗鏗鏘鏘，穿越無數歷史的暗角和假象，回到半個多世紀之前。胡風案發之後，全國形勢驟變。一九五七年九月，《詩刊》發表《艾青能不能為社會主義歌唱》一文，劈頭猛喝一聲，艾青渾身顫抖。一九五八年四月，艾青帶著高瑛和不足一歲的兒子艾未未到北大荒落戶，他想回應《詩刊》，證明象徵主義的軟弱和革命現實主義加革命浪漫主義的強大，在那裏寫出兩首長詩《踏破荒原千里雪》、《蛤蟆通河上的朝霞》。一九五九年十一月，艾青來到新疆採寫英雄人物，玉門關的冰雪也不能熄滅那日日蒸騰的憂心與激情，他登上海拔五千米的天山騰格裏峰，寫出《運輸標兵蘇長福》。一九六〇年九月，艾青決定留在石河子繼續改造，接來妻小後，一住十五年，先後完成《荒原》、《第一犁》、《山東來的黃毛丫頭》、《綠洲筆記》、《沙漠在退卻》等作品。我們的詩人艾青，不間斷地從偉大的聶魯達和維爾哈倫撤離出來，當他終於完整地撤離出來，我們看到，他自己也趨於消失：那深沉、痛苦和求索的靈魂已然陷入漫漫的冬眠期，蛻變為一個「積極」而「正確」的工農兵記者，「泯然眾人矣」。然而，這種壯士斷腕般的努力也不能換來一份安全平靜的生活。一九六六年來了：噩運不可逆轉。詩人被揪出示眾，怒火中燒的人民為他換黑衣、貼白條，然後吐口水、潑墨汁。王震的庇護已然失效，艾青全家遷往古爾班通古特沙漠邊緣的冰天雪地，住進母羊臨時下崽的地窩子。所謂地窩子，即是垂直下挖形成的土坑，壘石成台，戳洞為櫥，上搭木條，敷以乾草，旁留斜坡，作為出口。艾青的五年地窩子生活已經難以複述：那不是什麼大不了事件，而是時代的死角、囚徒的隱私。艾青本人「連嘆息也沒有」，也沒有留下半個字的記錄：中國的古拉格群島就這樣被悄然埋葬。所以，漢民族出不了自己的索爾仁尼琴。在艾青畫像的下邊，我讀到了傳誦一時的《年輕的城》，洋溢著標準化的幸福：

數這個城市最年輕
它是那樣漂亮
令人一見傾心

這首詩已經成為石河子的驕傲。可是，又有誰知道，這首詩恰恰證明了一個大詩人的自殘：退卻、順從和看眼色，輕易戰勝了人格的獨立和詩學的自由。我不免從中讀出巨大的悲哀。詩人生前編定的四川文藝版三卷本《艾青選集》，未收錄此詩；流傳更廣的人民文學版《艾青詩選》則更為乾脆，只收錄一九四二年之前的作品。其中款曲，或有含蓄傳達。一九七六年清明，我才一歲，在遙遠的北京發生了四五運動。天安門人潮洶湧，歸來的詩人已經六十六歲，他置身其中，淚流滿面。兩年後，艾青寫出長詩《光的讚歌》，終於用「光」，實現對自己三十年代核心意象「火把」與「太陽」的隔世對接；同一年，他寫出短詩《魚化石》，完成對一代人的哀悼和確認。

從博物館出來，我的七柄虛擬之劍已經悄然破碎，如土委地。彼時彼地，我不免產生一個疑問，地窩子的油燈在小未未的生命之路上留下了什麼樣的光明，又留下了什麼樣的陰影？是安於受難者處境，還是充當辯難者先鋒？近年來，我注意到他對麻木的警覺，對良知的堅持，對真相的迷戀。就在我抵達軍墾博物館的前一個月，他出版了新書《此時此地》，開卷就可以讀到《這漫長的道路》。我不能同意他關於現代主義的定義，「現代主義是對傳統人文思想的質疑和對生存處境的批判性思考」，這個定義，顯示了公共知識分子視角對現代主義諸藝術理念的選擇性攫取和選擇性放大，從而滋生一種「無邊的現代主義」情懷；但是，我願意推薦和參與討論他關於中國現代主義命運的描述：

> 中國還沒有形成有規模的現代主義運動，這個運動的基礎是人性的解放和人道主義的普照。民主政治、物質財富和全民教育是現代主義生存的土壤，這些對一個發展中國家來說僅僅是理想追求。[2]

三

二十日晨，我們再次從烏魯木齊出發，這次折而向南，飛越塔克拉瑪幹，前往喀什噶爾。飛機在沙漠的空間中穿行，我卻感覺到心靈在詩歌的時間裏逆溯。當然，不是回到清人洪亮吉，回到明人陳誠，回到元人耶律楚材，回到宋人黃文雷，回到唐人岑參，回到魏人左延年，乃至回到

[2] 《此時此地》，廣西師範大學出版社二〇一〇年版，第三頁。

漢武帝，他以西域天馬自譬的胸襟與志向。是的，艾青之後，我不願意再回到一系列漢文化視角，或者說漢化文化視角。我要以喀什噶爾為原點，沿著另外一條線路逆溯。比如，向前一點，是十九世紀詩人阿不都熱依木・納扎裏；再向前一點，是十九十八世紀之交的尼扎裏；再向前一點，是十八十七世紀之交的穆罕默德・伊明，他更讓人熟知的名字是海爾克提，離開阿巴克霍加的宮廷，他以叫賣街頭烤羊肉為生，其敘事詩《愛苦相依》廣為流行，「情人眼底，／毀滅堪稱天堂」已是名句，與之參差同時的還有則勒裏和諾比提，史稱「後三子」；再向前一點，是十五十四世紀之交的魯提菲，他有敘事詩《古麗與諾魯孜》傳世，與之參差同時的還有阿塔依和賽卡克，史稱「前三子」；再向前一點，是十二世紀末的盲人尤格納克，他帶給我們《真理的禮品》；當然，再向前一點，就要逼近我們將要面對的兩個偉大人物。就這樣，我來到黑汗王朝，亦即通常所說的喀喇汗王朝，也來到了維吾爾文學的喀什噶爾時代。

可是，我們的線路安排似乎有意要錯開這個時代。先是，來到阿巴克霍加麻扎，裏邊埋葬著七十二位霍加；據傳又埋葬著乾隆的香妃，現代興奮點和旅遊招徠術促成了一次華麗轉身般的更名，現在，人們已經徑將阿巴克霍加麻扎稱為香妃墓。我所震驚的不是香妃墓那種殘闕夕照的動人之美，而是環香妃墓修建的層層疊疊的平民麻扎：隆起在地面的長條形黃土堆，無數無名者的最後痕跡，在時間的罡風裏一點一點地化為飛塵。然後，來到艾提尕爾清真寺，正值禮拜時間，我們被婉拒約一個小時才得以入內。最後，是混合著南疆、突厥、波斯、天竺甚至地中海氣息的職人街和大巴扎。職人街尚可沉浸玩味，大巴扎已是購買暗示。第二天下午，我決定脫離組織，單獨行動。是的，我不僅要去尋找闊孜其亞貝希巷，還要去探訪玉素甫（Yusuf）麻扎。

車子拉著我不情願地啟動了，十幾分鐘後，把我倒出在體育路和天南路的夾角處。風沙吹動，樹葉嘩響，衣襟飄飛，天地之間似乎只剩下我一個人。當我邁入大門數米，不知從什麼地方鑽出一個婦女，喊我回去買門票，——當然，這是我所樂意的。就像補充一個小小的儀式，讓我得以端正自己的敬畏、追加詩歌的尊嚴。進了陵園，仍然不見第二者。灰藍色的尖頂樓和圓頂樓如此冷冽清寂，牆壁上掛滿了《福樂智慧》摘句書法，落葉和塵土在地面上浮游：我們的大詩人玉素甫就長眠於此。當我輕手輕腳走進主殿，瞻仰到玉素甫的畫像，以及畫像之後的藍綠色大麻扎，立即感到一陣眩暈。這是在偉大智慧面前的缺氧反應嗎？我不能確切地知道。我穩住身形，慢慢轉到麻扎後面，猛地發現一個乾瘦的小夥子，彎著腰，拍著照，獨自尋找著什麼，又感到一種吾道不孤的溫暖。

玉素甫約於一〇一八年，一說一〇一九年，出生於巴拉薩袞。巴拉薩袞位於七河流域楚河河谷，今屬吉爾吉斯共和國托克瑪克市，唐代屬安西都護府，漢文典籍稱之為碎葉。在玉素甫出生的三一七或三一八年前，即唐武后長安元年，偉大詩人中之尤其偉大者，李白，也出生在那裏。碎葉，這個名字，以及它所指代的那塊土地，是多麼遙遠啊，——彷彿已經在歷史深處消弭於無形。五歲時，李白內遷至綿州昌隆縣，即今四川江油市，距我的出生地僅有兩百公里。時空的伸縮，真是神出鬼沒，好像真有如來的手指在其間輕輕翻覆。李白是出世和棄智的典範，玉素甫則恰好相反，這在《福樂智慧》第十一章中交代很清楚：「願它為讀者引路」[3]。玉素甫在巴拉薩袞開始動筆寫作《福樂智慧》，一〇六八年東行至喀什噶爾，最終於一〇六九年在這座偉大的城市完成全書。該詩計一萬三千二百九十行，由兩篇序言、八十五章正文、三個附篇組成，通篇使用回鶻語，他自己稱之為突厥語：

這突厥語言猶如無羈的羚羊，
我將它捕獲，加以馴養。

玉素甫將詩獻給了喀什噶爾的統治者桃花石・布格拉汗，榮膺哈斯・哈吉甫即御前侍臣名號，被稱為玉素甫・哈斯・哈吉甫。正如其他眾多的詩人，玉素甫卒年也不詳。

《福樂智慧》通篇採用對話體。對話者計有四人：國王日出，大臣月圓，月圓之子賢明，隱士覺醒。這種安排簡單而又巧妙，我立即產生了濃厚的興趣，閱讀前試著對四人的死亡秩序作出猜測，均一一得到證實：月圓先逝，賢明始出；覺醒繼之，遺言以托。詩人自己頗有自托為月圓

[3] 《福樂智慧》，郝關中、張宏超、劉賓譯，新疆科學出版社二〇〇六年版，第五十頁。下引《福樂智慧》詩文，凡未注明，均見此書。

之意，但是，我相信他最後已經全部附身於覺醒。因此，他死在第二次。在第八十一章中，山居、草食、粗衣的蘇菲主義者覺醒最後一次布道，講解知足、來世和信仰，每句話都清清楚楚、明明白白，獨有一語，牽出話端，忽然中斷，拋給聽者，值得細細揣度：

今世是頓美餐，享用者的名字——
讓你說吧，我不敢妄言。

後來，賢明向日出轉述過這些遺言，不知日出作何如想，作何如答。情況已經很清楚，《福樂智慧》乃是一部勸喻詩。詩人分門別類、不厭其煩地論及各種職務應該具備的條件，對待各色人等應該採取的態度。後世仿作，比如歐洲《守法鏡》、德國《親王的箴言》、俄國《雄辯的演說家》及英法《君王寶鑒》，無不類此。詩人沈葦對《福樂智慧》中波連浪接的教化之語頗有微辭，他提出一個大膽的建議，「此詩可以只讀開頭和結尾，即開篇的抒情詩和附篇的哀歌」，認為它們稱得上真正的「鳳頭豹尾」[4]，正是從詩的角度看問題、下結論。事實上，《福樂智慧》比詩大，它是黑汗王朝精神世界的百科全書。

[4] 沈葦《柔巴依：塔樓上的晨光》，新疆美術攝影出版社二〇〇六年版，第六十九頁。

《福樂智慧》之有別於此前維吾爾詩歌，正如黑汗王朝之有別於漠北草原回紇王朝和高昌回鶻王朝。十世紀初，摩尼教已經衰落，佛教正當興盛。後來伊斯蘭教強力擴張，經過一百年的此消彼長，當年玄奘在南疆播撒的種苗就已經被連根拔除。在塔克拉瑪幹沙漠中，今天還可以找到很多伊斯蘭教聖人墓，記錄著兩種宗教力量的戰爭史。我在參觀玉素甫麻扎的第二天，再次獨自行動，鑽進墓士塔格西路和艾日斯拉罕路的夾角，在兩位漢族老人的熱心帶領下，穿過小巷和民居，找到兩座破敗而不失威嚴的麻扎：阿爾斯蘭汗麻扎和賽依提艾裏艾斯拉罕麻扎。大門緊鎖，只能隔圍牆以望。老人說，前者是王，後者是將軍，死於與佛教徒的戰鬥。又說，前幾年，麻扎裏還住著守墓人。啊，守墓人！沈葦曾在一首以此為題材的詩中寫到：

他身上有整整一個淪落的時代
一座巨大的虛空。那裏：沉默深處
祕密在懷孕，美在懷孕

守墓人已經消失。可以斷言，他們的家族一定還存在。阿爾斯蘭汗當年的天恩已經融入這個家族的血液，他們生而為守墓。時代的變化讓遙遠的承諾和代代相傳的職務顯得十分尷尬，現在，他們只能在內心牢記祖先的遺訓。阿爾斯蘭汗是誰？據傳，新疆第一位信仰伊斯蘭教的統治者撒圖克・布格拉汗的女兒，阿拉努爾・加百列，與一隻獅子交媾，生下一個英雄，就是薩依德・阿裏・阿爾斯蘭汗。獅子，Arslan。可以斷言，正如一切類似的傳說，阿爾斯蘭汗乃是野合的結果。這個阿爾斯蘭汗在向英吉沙方向追殺佛教徒時殞命。那麼，我所看到的阿爾斯蘭汗麻扎就是薩依德・阿裏・阿爾斯蘭汗麻扎嗎？不管怎麼樣，昔日西域佛教中心，終於慢慢演變為南疆伊斯蘭教聖地。《福樂智慧》開篇就寫到，「一切讚美、感謝和頌揚，全歸於至尊至貴的真主」，這意味著維吾爾文學在進入喀什噶爾時代的同時，也進入了全新的伊斯蘭時代。

當然，作為三條絲綢之路的交匯點，喀什噶爾吸收其他外來文化也體現出驚人的好胃口。《福樂智慧》談及的契丹商隊、印度羅闍和凱撒使臣，都刺激著、挑戰著這一胃口，又不斷從中獲取異域和他者的營養。我們稍稍分析《福樂智慧》採用的詩體，就會發現另外一些有趣的蛛絲馬跡。比如，詩人幾乎徹底摒棄了高昌回鶻詩歌著名的頭韻，主要運用阿拉伯和波斯古典詩律中的阿魯孜韻律瑪斯納維（Masnawi）體，這是一種典型的敘事詩體，兩行一聯，偶行押韻，數行一換韻；間或插入波斯柔巴依體，四行一首，或偶行押韻，或一三四行押韻，或四行通韻。沈葦曾經引述過一首玉素甫完成於一〇七〇年的柔巴依就屬於最後一種情況：

在這世上我已遂心願，
對貪欲我也緊閉了雙眼。

對今生的求索我已厭倦，
萬念俱泯，再也無話可言。

《福樂智慧》的第一篇序言是散文體。這篇序言稱，「從來沒有人用布格拉汗語言、突厥人的辭令編撰過一部比它更好的書。」可是誰又能知道，這句看似倨傲，但又確乎具有某種程度把握性的斷言，有可能只經過五年，最多不超過十四年，就被另外一位偉大人物打破了。他就是麻赫默德‧喀什噶裏。

四

在喀什噶爾的三天中，我其實在第一天就曾前往疏附縣。喀什師範大學的實習導遊講到，附近有聖人山和聖人墓。可是，汽車沒有稍作停留，仍然直奔帕米爾高原。路邊晃過一座又一座麻扎，大都是貧民麻扎。直到二十二日晚，將飛烏魯木齊，候機時，在書店閒翻，打開一疊喀什噶爾明信片，我才知道錯過了什麼。是的，我錯過了麻赫默德‧喀什噶裏麻扎。就在疏附縣烏帕爾鄉阿孜克村，曾經咫尺之遙，不料擦肩而過。

麻赫默德約生於一〇〇八年，比玉素甫大十歲，先輩曾是黑汗王朝的汗，少年時遍遊亞洲腹地特別是中亞各國。一〇五七年，另說一〇五八年，他父親的統治出現危機，最後發生宮廷政變。麻赫默德逃出國都喀什噶爾，經布哈拉、泥沙普爾至巴格達，「遍歷了突厥的城鎮和村落，查明了突厥、土庫曼、烏古斯、奇吉爾、樣磨、黠戛斯等語言的詞彙和韻律」[5]：從此，一個王子逐漸消失，而一個天才的語言學家將在十五年的流浪中被真主之手慢慢打磨成器。一〇七二年，亦即《福樂智慧》成書三年後，堅信「道德之首乃是語言」的麻赫默德在巴格達動工建造一項偉大的工程：編撰《突厥語大詞典》。經過四次增刪，最終於一〇七四年，另說一〇七七年或一〇八三年，完成這部巨著，共收入七千五百個辭條，盛滿了突厥大地的傲慢與偏見、光榮與夢想。全書探幽抉微，詮詞釋義，「在提供新東西方面達到完備的程度，使其價值和優美都達到極高的境地。」這也是世界上第一部用阿拉伯語注釋突厥語的大詞典，編著者成功地實現了自己的夢想：讓突厥語與阿拉伯語像兩匹賽馬一樣並駕齊驅。如果說《福樂智慧》是黑汗王朝精神世界的百科全書，那麼《突厥語大詞典》就是黑汗王朝精神世界和物質世界的百科全書。大約在一〇八〇年，古稀之年的麻赫默德跟隨一支商隊，從巴格達回到故鄉，在高級經文學院課徒為業，最後可能活到九十七歲。現存麻扎被烏帕爾鄉清真寺裏九十高齡的老阿訇庫爾班霍加首先發現，考古學家進行了查證和確認。從明信片看來，背後是黃色山頭，側邊是零落成泥的貧民麻扎群，麻

[5] 麻赫默德・喀什噶裏編著《突厥語大詞典》第一卷，校仲彝等譯，民族出版社二〇〇二年版，第三頁。下引《突厥語大詞典》詩文，凡未注明，均見此書。

赫默德麻扎的禮拜室和主墓室則以旋轉的鋼藍色呼應著遠處的墓士塔格冰峰……

麻赫默德可能並非詩人。但是，他「以箴言、韻文、諺語、詩歌、民謠、敘事詩和散文片段修飾」這部語言學巨著，使之具備了十一世紀中亞文獻萃編，或者說碎編，的意味。全書引用了三百多首詩歌，僅四分之一為兩行詩，事實上就是瑪斯納維的一聯；其餘四分之三全是四行詩，事實上就是柔巴依。這一點，確鑿地昭示了十一世紀中亞詩歌的流風時尚，那就是柔巴依和擬柔巴依。《福樂智慧》與之相反，只使用或插入少量的柔巴依，標明玉素甫渴欲從這種流風時尚中獨立出來，以求得某種更為個人化的表達方式。但是，詞典絕非個人化之物：詞典意味著提取整個世界的公約數。所以，詞典所引詩更能重現那個天花亂墜的時代。

根據耿世民先生的研究，《突厥語大詞典》中的詩歌主要包括以下主題：自然風光，冬與夏的辯論，與回鶻人作戰，與唐古特人作戰，悼念英雄艾爾統柯，愛情，狩獵，節日，學習和盛滿智慧的格言[6]。這些詩洋溢著人類青少年時代的率真、純潔、活潑和勇武，具有以簡勝繁、以少勝多的感染力。這種感染力迎面吹拂，讓你一而再再而三地為白白浪費的無窮心機滋生出複雜的現代性羞愧。我們來摘取一些小小的片段吧。關於「勞苦，艱苦，困苦」，在諺語中是這樣用的，「勞苦不會白費」，編撰者同時強調，這與真主的啟示相似；而在詩歌中則是這樣用的：

[6] 參見耿世民編選《古代維吾爾詩歌選》，新疆人民出版社一九八二年版，第八十七至一三〇頁。

因為愛上你，
身受萬般難，
求得早相見，
高山也平坦。

「到，到達」在詩歌中是這樣用的：

她射出蠱惑人的利箭，
謊言沒擊中我的心坎。

「夜」在詩歌中是這樣用的：

夜晚我起身走了，
看見黑狼紅狼了，
我剛把硬弓支起，
它們朝山崗逃了。

這些詩歌，表述圓轉，意義單純，具有相對完整性，可以視為獨立的作品。但是另外一批詩歌，具有很強的割裂感和片斷性，似乎隱藏著宏富的上下文，比如：

我對他說：親愛的，
你怎樣穿過遼闊原野，
翻越重重高山，
來到了我們這邊？

應該是從具有相當篇幅的作品中摘錄出來的。語言學家的吝引，往往只為我們保留一鱗半爪，到了今天，神龍已經不見首尾。這個特點，在諸多描寫戰爭的詩歌裏表現得更為突出。是的，只剩下了某次夜襲，追擊，長矛較量，脖頸湧出紅水，處理敵酋，毒酒與毒藥，難以歸鞘的刀，或者勝利換來的黃金與寶石。那些曠日持久的戰爭，只剩下這些殘缺的瞬間，稍縱即逝的吉光片羽。《突厥語大詞典》裏面有千百張嘴，每張嘴只講到一小塊碎瓷，我們很難把所有碎瓷勉強粘合成一個或數個完整的巨瓶。但這並不阻礙我作出這樣的猜測：可能有一部乃至數部卷帙浩繁的史詩，特別是英雄史詩，長期存放在麻赫默德的手邊；甚至可以這樣大膽斷言：《突厥語大詞典》的編撰既是田野考察的結果，也是書籍解析的結果；換言之，編撰者為一些辭條配置了例詩，而一些詩歌則有可能反過來提醒編撰者應該添加的辭條。如果是這樣，麻赫默德就省事了：六百三十八頁的工作量不會像我們想像的那麼大，完全有可能在不算太長的時期內細細完成。

《突厥語大詞典》深刻地影響了後世中亞文學。柔巴依經過一代又一代文人的雕琢打磨，就像水晶球一般折射出動人的光彩。同時，這種原本已經非常宮廷化的小詩體不斷向廣袤的民間擴散演變，吸引了維吾爾族草根階層，以及鄰近其他各族草根階層的廣泛參與，最終成為中亞民歌的重要形態。瑞典語言學家、考古學家貢納爾・雅林，就曾經在喀什噶爾採擷過兩首柔巴依民歌[7]。為了牽涉出本文另外一個主題，我特別在這裏轉引沈葦採擷過的一首柔巴依民歌：

在四十處馳名的凹地山谷中，
哪一處沒有柯爾克孜人的白骨？
在四千棵長在山上的白樺樹上，
哪一棵沒有柯爾克孜人的斧痕？

[7] 參見貢納爾・雅林《重返喀什噶爾》，崔延虎、郭穎杰譯，新疆人民出版社二〇一〇年版，第一五五頁。

五

柔巴依來自波斯。

一般認為，波斯詩人之父魯達基，「多種歌喉的夜鶯」，是這一詩體的創造者或定型者。魯達基生於八五八年，卒於九四一年。頻繁的貿易和戰爭完全有可能把他的柔巴依傑作迅速帶到喀什噶爾，來到玉素甫和麻赫默德，乃至更早一些詩人的面前，最終引發突厥文化圈的柔巴依之潮。

但是，最偉大的柔巴依詩人並不是魯達基，而是莪默・伽亞謨（Omar Khayyam）。他於一〇四〇年，或說一〇四八年，生在波斯極東呼羅珊州首府納霞堡，一個盛產突厥玉的地方。家族是做帳篷的，即所謂「天幕製造者」，他自己則成了一名數學家、天文學家和無心插柳柳成蔭的詩人，系於其名下的柔巴依逾千首，其中六十首左右較為可信。他的兩個朋友，一個作教王的宰相，一個作殺人宗派的首領，後者最終刺殺了前者，讓他覺得憂傷和必須對抗這種憂傷，於是醇酒婦人成為快樂之源。莪默・伽亞謨大約活到一一二三年，在死後的七百三十六年內，作為一個詩人，他一直默默無名。美國人愛默生（Ralph Waldo Emerson）曾經讚賞過波斯七大詩人，莪默不在其列。莪默復活，還需要等到英國人愛德華・菲茨傑拉德（Edward FitzGerald）出來。一八五九年，菲茨傑拉德像莪默鬼魂附體一般，對原本凌亂互文的大量柔巴依進行恰如其分的編排、剪接甚至重寫，固定了aaxa或aaaa韻式，區別於英文四行詩（quatrain）abab韻式，並以其超凡的品味和獨到的腕力將之創造性地譯為英文，出版了《莪默．伽亞謨之柔巴依集》，錄詩七十五首，第二年就激起維多利亞時代著名詩人斯文朋（A.C.Swinburne）和羅塞蒂（D.G.Rossetti）的驚豔，逐漸擴大影響，最後引發震動，一時間洛陽紙貴，其版本之多僅次於《聖經》。此後，這本書廣泛地進入英語世界日常生活，《牛津引語詞典》就曾摘引其中半數以上詩句。《洛麗塔》的作者，納博科夫，就至少兩次在小說中暗示讀者，他對《莪默．伽亞謨之柔巴依集》的諳熟程度超乎一般。雖然菲茨傑拉德一直拒絕在這本書署上自己的名字，但是西方人已然將此書視為菲茨傑拉德與莪默共同創造的不朽經典。莪默進入漢語，則歸功於另外一個傑出的翻譯家郭沫若。一九二三年，郭沫若根據菲茨傑拉德譯本第四版也是最好一版譯出《魯拜集》，錄詩一百另一首。當年，聞一多就發表《莪默．伽亞謨之絕句》[8]，在指陳瑕疵的同時，對郭譯擊節讚賞，特別指出第一首「氣充神旺，筆酣墨飽」，「把本來最難譯的一首詩譯得最圓滿」，又說第十二首雖然是直譯，「然而神工鬼斧，絲毫不現痕跡」，可以與菲茨傑拉德相視而笑：

[8] 《聞一多全集》第三卷，北京三聯書店一九八二年版，第三六九至三八七頁。

樹陰下放著一卷詩章，
一瓶葡萄美酒，一點乾糧，
有你在這荒原中傍我歡歌——
荒原呀，啊，便是天堂！[9]

聞一多亦有天縱之才、海闊之學，居然對郭譯作出如此高的評價，讓人十分訝異。但是，當我們一次又一次取讀郭譯，特別是吸收聞一多建議後的修訂本，就會越來越相信：《魯拜集》已然成為郭沫若、菲茨傑拉德和莪默共同創造的不朽經典。郭沫若之後，出現過新月派詩人朱湘的選譯。一九八二年，上海譯文出版社印出黃杲炘的重譯本。六年後，湖南人民出版社印出張輝從波斯文直接譯來的原貌本。然而，又有誰能夠取代天才與天才之間的相互滋潤和照耀？讓我們現在取讀郭譯第一首，這舌頭之源，並重新升起沈葦曾經在新柔巴依第一首中升起過的敬意：

醒啊！太陽驅散了群星，
暗夜從空中逃遁，

9 《魯拜集》，中國社會科學出版社二〇〇三年版，第八頁。

燦爛的金箭，

射中了蘇丹的高瓴。[10]

值得注意的是，柔巴依在波斯又被稱作塔蘭涅（Taraneh），其意就是小調、斷章或絕句。當代學者楊憲益進而指出，從時間和地域來看，柔巴依極有可能是從唐代絕句演變而來[11]。聞一多顯然早就已經注意到這個問題，不但直接將柔巴依譯為絕句，而且特別強調，「這些文字在孤高的悲觀主義的暗影之外，隱約地露示一種東方的錦雉與象牙的光彩」。郭沫若則說得更加明白，「讀者可在這些詩裏面，看出我國的李太白的面目來」[12]。由此可見，形式與思想從來就血肉相連，娶得形式的新娘，往往不能謝絕思想的嫁妝。絕句之西行與東傳，由是成為比較文學史上「影響回流」的著名公案，其婉曲通幽，可以與一千多年之後，中國古典詩歌催化美國意象主義詩歌、美國意象主義詩歌催化中國白話詩歌相媲美。

10 同上注，第三頁。

11 參見《中國比較文學年鑒》，北京大學出版社一九八七年版，第二四六頁。

12 《序言》，《魯拜集》，中國社會科學出版社二〇〇三年版，第六頁。

六

從疏附縣繼續西行，穿過美麗的疏勒綠洲，就進入葱嶺古道。蓋孜河水渾濁而咆哮，河床及兩岸都堆滿石頭。全是石頭，石頭，石頭。偶爾看到三四隻羊，可能在找草；也能看到一兩個人，肯定為尋玉。我們沿著峽谷緩慢上行，來到布倫口恰克拉克湖，湖的清淺讓人不安，然而水草豐美，水鳥翔集，心裏幾疑來到江南。對岸白沙堆積成山，流淌著的山，乾淨而靈動。繼續上行，就來到卡拉庫裏湖，這個湖海拔高，湖面大，顏色深，是帕米爾高原的聖湖，——是的，我們已經置身於帕米爾高原，置身於這天山、昆侖山和興都庫什山共謀出來的巨大板結，冰山之父慕士塔格就矗立在前方，頂戴著羊脂玉般的冠蓋，顯得如此年輕，如此古老，彷彿剛剛送別玄奘東歸的背影，馬上就迎來我們西來的步履。

在這片高原上，居住著塔吉克族、哈薩克族，還有柯爾克孜族。在蓋孜邊檢站，我看到兩個柯爾克孜婦女，或者說，我寧願相信她們是柯爾克孜婦女：一個大紅頭巾，粉衣橘裙，另一個深紅頭巾，藍衣黑裙，都半跪在地上，在陽光的晃動中，用鋼條不停地抽打著一堆羊毛。我知道，那是為了賣個好價錢。我的母親曾經用相同的辦法對付過半僵棉花。關於柯爾克孜族的來歷，有一個殘酷而反諷的傳說。古代有一個阿爾汗，為了占有少女阿娜勒，誣陷她與哥哥亂倫，便用亂箭射死哥哥，誰知妹妹不甘屈服，當場用匕首自盡。阿爾汗盛怒之下，將兄妹二人焚骨成灰，倒入溪水。公主和大臣的四十個女兒飲了溪水後全部懷孕。阿爾汗只得將他們悉數驅逐。後來，他們生下二十個男孩、二十個女孩，互相匹配，世代繁衍，終於形成柯爾克孜族。柯爾克孜，意即四十個少女。《元史》對此亦有記載，不過說法有異，認為柯爾克孜族由四十個漢地少女和烏斯男子通婚形成。由此可見，前面所引民歌出現「四十」、「四千」字樣絕非偶然。

柯爾克孜族就是《突厥語大詞典》中言及的黠戛斯，漢文典籍中也稱之為堅昆、護骨代、吉利吉斯、紇裏迄斯或布魯特。這個民族創造了偉大的英雄史詩《瑪納斯》。一般認為，這部史詩產生於八至九世紀，並在此後的十個世紀中不斷生長豐富。最早記錄發表《瑪納斯》的，是十九世紀五十年代混入柯爾克孜族地區收集情報的沙俄間諜喬坎・瓦利哈諾夫。他是一個哈薩克貴族。從已經整理出來的部分看，這部史詩貫穿著一個重要的思想：團結起來反對異族的掠奪和欺凌，為爭取自由幸福的生活而戰鬥。能夠演唱《瑪納斯》的民間歌手被稱之為瑪納斯奇。當代最偉大的瑪納斯奇是阿合奇縣切力克部落的朱素普・瑪瑪依，能夠熟記全部《瑪納斯》，共計八部二十萬行。如果天佑其人，此翁已有九十二歲高齡，堪稱當世活荷馬。朱素普・瑪瑪依打開遙遠低沉的嗓音，伴著琴聲，通常這樣開唱，並一直從天黑唱到天亮：

戈壁上留下了石頭，

石灘又變成了林海，
綠的原野變成河灘，
山澗的岩石已經移遷。
一切都發生了巨大的變化啊！
可是祖先留下的史詩，
仍在一代代地流傳。

這部史詩，預言並證明了文字的力量。我站在帕米爾高原，忍不住這樣想像：慕士塔格的融雪與無窮無盡的《瑪納斯》匯成洪流，奔湧而下，遍地開花，澆灌著亞洲的腹地，耐心地沖涮著每一個人的思想和靈魂。這塊土地真是有福了。

七

二十一日，喀什噶爾刮起大風，飛機推遲一天。我的四位「同伴」已經厭倦了喀什噶爾，厭倦了這漫長的旅程。他們一邊心不在焉地玩撲克，一邊抱怨天氣和航空公司。而我，心懷竊喜，假裝參與。二十二日晚，飛機準時起飛，不久就經歷一次很厲害的起伏。有人發出尖叫，大家都有些緊張，鄰座的維吾爾族姑娘卻表現得很平靜。後來閒聊得知，她是喀什噶爾人，才畢業兩個月，在烏魯木齊一家醫院當護士，經常往返於兩地之間。問，你讀過《古蘭經》嗎？答，沒有。《聖訓》呢？也沒有。你父母呢？可能讀了一點點。那你喜歡什麼？我弟弟喜歡歷史，我喜歡功夫片，飛來飛去那種，對，成龍！飛機很快抵達烏魯木齊，住進機場附近一家酒店，我開始聯繫西南科技大學的一個朋友，研究英美文學的胡志國先生，請他代查《突厥語大詞典》購買事宜。消息迅即傳回：《突厥語大詞典》漢文版，三卷，孔夫子舊書網有售。我鬆了一口氣，倒頭大睡。二十三日上午，又經過三個半小時的飛行，這次似乎很快，我們就回到了成都。現在，我願意摘取蘭州詩人葉舟《回望新疆》的第三聯和第十四聯，作為這次孤旅，以及這篇拙文的結語：

一群鳥，飛出新疆。
鵝黃色的菜地裏，埋著黃金的詩行。

像影子，翻過中亞細亞的穹頂。
像酒，被火焰收取。[13]

二〇一一年一月二十四日

13 《邊疆詩》，甘肅人民美術出版社二〇〇七年版，第一二三至一二四頁。

面對著寫作面對著什麼

一、與語言

（一）每個詩人都面對著一座語言的遺址。

（二）當然還有參天大樹：我們要如此曉得，在李白，或莎士比亞的果實裏都飽含著奶白色的漿液：他們安然等待著一次又一次的痛飲。

（三）你就是那個幸福的倒黴蛋嗎？很快就已經醉個半死；當然，如果醒來，你已經被另外的濃蔭籠罩。當你的臉龐淡去了酡紅，就還原為一種可怕的豆芽白。

（四）從這個意義上講，李白，或莎士比亞，恰是語言的暴君。他們的劍譜已經失傳，留下的只是遼闊而堅固的舊山河。

（五）應該警惕每一個既有的隱喻：這些隱喻的水底往往盤踞著輕蔑之蝮。

（六）在十面埋伏中也要勇於拔出匕首，現在輪到你的義舉：你必須投身於一場，不，一場又一場的肉搏，直逼詞的連環寨。

（七）每一個詞，及其色調、氣味和韌性，不是現成而是無數可能；每一個詞，與另一個詞的距離、關係和友誼，不是現成而是無數可能：它們都在等待屬於自己的豔遇。

（八）當你終於挑中那個詞，就要置之於狼荒之地，用心血滋養，使之生髮出絕然異樣的枝葉。

（九）這樣，我們已經面臨寫作的千古兩難：得用語言謀害語言，還得用語言療救語言。

（十）毋忘每時每刻參加語言的葳蕤。

（十一）想像力之必要：要敢於像瘋帽子那樣發問：烏鴉為什麼像寫字臺？

二、與生命

（一）難道不是如此？生命乃是寫作之源。

（二）寶石並非出自極地冰山，它們就深埋在咫尺之遙的後花園：不只是皮膚、心臟、肺、肝、胃，以及隨時隨地的落屑、結石和炎症，更重要的是生命的創口：道就在裏邊流湧。

（三）寫作不過是對生命的諦聽和逼視。

（四）或者說：寫作是一種接。

（五）並沒有任何偉大可言，越往後你越容易發現：生命最終將低於一隻蜉蝣，低於一株鐵鏈草，低於雜沓的蹄印，低於蹄印旁那朵無心的糞便，低於傷痕累累的沉默的大地。

（六）隨便一陣亂箭，就可以射住你的陣腳。

（七）這世界最終讓你心如死灰：這是寫作的理由，還是不寫作的理由？

（八）為了生命的尊嚴，寫作，然而反而將給前者帶來更大的傷害：這是我們第二次面臨寫作的千古兩難。

（九）寫作並不能扳轉任何一隻車輪，也不能刺殺任何一粒子彈。

（十）對世界的質問常常歸結於對自我的質問，這樣，你那劃出去的鋒芒必須收回，而世界仍將一意孤行。

（十一）生命的嶙峋感由此轉化為文本的嶙峋感。

三、與時間

（一）這恐怕是一個難以回答的問題：時間的面孔有三張呢，還是只有一張？

（二）對於你來說，過去與將來皆如虛妄，你只能不斷來到這綠油油、滑膩膩的現在。

（三）重重語境已然將你五花大綁。

（四）這現在時態，這現在進行時態，籠罩著一切明晦，過去時態的寫作與將來時態的寫作由此成為不可能。

（五）然而寫作原本就是不可能之可能：你必須一點一點剔除現在時態的遮蔽。

（六）時間的他律必須讓位於寫作的自律。

（七）這句話必須說得更加明白：你得讓過去活過來，還得讓將來提前去死。

（八）當你無望地株守著今日之囹圄，仍然要將手中的鑰匙分別送交昨日之鎖與明日之鎖：這是我們第三次面臨寫作的千古兩難。

（九）有一道鐵絲網不可穿越，有一套金縷衣不可拒絕：這裏還得談談死亡，——舍此而外，又有何公平可言。

（十）從死亡的方向回頭看，萬事萬物就會原形畢露。

（十一）死亡之眼乃是永恆之眼。

四、與自然

（一）自然不僅是取譬之所。

（二）傷春與悲秋的人如此傲慢：春花秋月不過是抒情的借物。
（三）至於後工業時代的傲慢，怎麼說呢，眼看只剩下了快，這是一場吹氣球的比賽：不是看誰先吹大，而是看誰先吹炸。
（四）所有祕密都已經被洗掠一空：那個翻遍帕米爾高原的妄人，最後也沒能覓得哪怕一小塊翡翠的芳踪。
（五）我們已經與河流、土壤和空氣反目成仇。
（六）人棄萬物以自棄。
（七）這裏便需要重複前面隱約說過的一個意思：生命必須回到自然的課堂。
（八）天地有大美而不言：石頭無意於內心之玉；這一株海棠從不為了另一株；攀援的凌霄花不必感激橡樹；蜜蜂用尾刺就得喪命；狐狸不願意藏起尾巴；花斑豹不知道樹葉蓋住了一個洞；死去的大象緩慢地腐爛；螞蟻在象牙和鼬鼠牙之間忙碌：它們不願意細細分辨，更無暇顧及那散落一地的金銀。
（九）得對每一種植物和動物心懷歉意。
（十）得做賊心虛。
（十一）唉，你是一個無罪者嗎？你得代表有罪者去懺悔：這是我們第四次面臨寫作的千古兩難。

五、與政治

（一）這個龐然大物，是材料，也是環境。

（二）你不吃羊肉，也得惹上一身羊膻味：由此可見純藝術之不可能。

（三）所以這裏更多地討論政治作為環境。我們所需要的，是開明的環境，還是嚴峻的環境呢？這幾乎不容我們選擇。

（四）可以選擇的是：做一個委屈的承恩者，或是一個幸運的受虐者。

（五）偉大者的自由，恰恰在於能夠主動戴上一頂不自由。

（六）只能這樣，表達那不可表達的：這是我們第五次面臨寫作的千古兩難。

（七）為了誰？為了誰，誰就辱沒你。

（八）是的，陪伴你的，是一柄斷戟，一塊斷碑，而不是玫瑰和柔荑之手。

（九）更要命的是，你可能會失去紙和筆。

（十）因此，寫作很難成功；倘非如此，也是捨身飼虎的成功。

（十一）更多的時候，寫作甚至已經淪為一隻狽，它緊攥著那隨風飛揚的狼鬃：對此我哪裏還願意多說話。

六、與傳統

（一）傳統是先在的：語言即傳統。

（二）語言既具有能指的強迫性，又具有所指的強迫性。所謂所指的強迫性，或者可以直接稱之為文化。

（三）零度之上化為水，零度之下結為冰，時間上下其手：被反覆挑選出來的文化就凝成了硬邦邦的傳統。

（四）對待傳統，我們還能有別的態度嗎？什麼都可以反對：除了你自己的皮膚。邁克爾・傑克遜的黑人之籟敲打著他新換上的每寸白皮膚，據說有一次，他的鼻子險些抖落出來。

（五）這幾乎是永恒的事業：你用敵酋之首祭起大旗，擊敗或受降一次又一次的來犯，卻在臥榻之上輾轉失眠，苦苦等待從東京傳來好消息。

（六）傳統永遠在怒放，你得成為最外圍的那一圈花瓣，帶著自己的香精與毒素。

（七）反對即加入：這是我們第六次面臨寫作的千古兩難。

（八）或者還可以反過來表述：在先鋒主義的假面舞會上，當燈火闌珊，最終將不可避免地閃現出傳統的素顏。

（九）列車離去，轉過山腳：你目送著那一節慢慢消失的尾廂，其實，那就是你自己。

（十）讓我們讚美傳統的空掛鈎。

（十一）當傳統全面式微，異域傳統的襲入如同水銀之瀉地。可是，最終這是誰的勝利呢？

二〇一一年四月二十九日

誰的洛麗塔

——洛麗塔詩學的敘述學分層

關於《洛麗塔》（Lolita），我們已經不便過多地談論：道德家就站在我們身後，順手就可以剝我們的皮。連小說家自己，弗拉基米爾．納博科夫，化名為小約翰．雷博士，所作的序言，也不得不指認這部小說「無疑會成為精神病學界的一本經典之作」，並進而提請讀者注意小說中所有的角色，這些角色提醒我們「危險的傾向」和「具有強大影響的邪惡」[1]。很顯然，我們的小說家，哪怕隱身於一個化名，也仍然對那些潛在的道德家心存畏懼。這一點特別好玩：小說家只能通過小說人物實現自己的自由和幻想，當他終於完成全書，就會親手扼死這種夢遊，退後一步，舉手投降，一下子變得索然無趣。然而，作為一個講真話的讀者，特別是講真話的成年男性讀者，我們得承認，這一堂思想品德課是無效的，我們甚至得承認，這危險，這邪惡，盛來了全

[1] 弗拉基米爾．納博科夫《洛麗塔》，主萬譯，上海譯文出版社二〇〇五年版，第四頁。下引詩文，凡未注明，均見此書。

部詩意。「洛麗塔是我的生命之光，欲望之火，同時也是我的罪惡，我的靈魂。洛－麗－塔；舌尖得由上顎向下移動三次，到第三次再輕輕貼在牙齒上：洛－麗－塔。」這就是故事的開篇，我們看到，從開篇，來自巴黎的亨伯特．亨伯特先生——小說的主人公——輕易地就取代了來自聖彼得堡的弗拉基米爾．納博科夫先生。如果繼續下去，亨伯特和「性感少女」的日日夜夜將會不斷流注我們，就像「一滴難得的蜂蜜倒確實落進了橡果的殼鬥」——當然，偶爾，我們腦子裏也會浮現出納博科夫那偽裝的苛顏。

但是，這篇小文所要關注的，恰好不是洛麗塔，不是古老的歐洲如何誘奸年輕的美國，或者說年輕的美國如何誘奸古老的歐洲，而是圍繞洛麗塔展開的，附著在故事之上的，魔術般的文體學奇蹟。你以為是亨伯特在貧嘴嗎，不，是納博科夫在創造一種前所未有的敘述模式。兩者都是詩人：洛麗塔就是那個漩渦。層出不窮的杜撰、隱喻、雙關、諧音、戲擬、互文、拆字和造詞修辭格，如此貼切地配合了情節的推進而又一點都不捎帶文字遊戲的匠氣：單就這一點而言，《洛麗塔》即便比之於偉大的《石頭記》——啊，賈雨村，甄士隱，玉帶林中掛，金釵雪裏埋——也有過之而無不及。納博科夫的俏皮話滿紙遊弋，目不暇接，且讓我信手拈來一段，「我不是任意糟踐一個孩子的性精神變態的罪犯。強奸犯是查利．霍姆斯。我是治療專家——兩者的差別就在於微妙的間隔。」強奸犯，rapist；治療專家，therapist：「這個強奸犯」就是「治療專家」。當你通讀全書，就會不止一次地遭遇對這個詞和其他詞的奇妙拆造，以及能夠內在地暗示和深化故事情節的人名、地名、食物名和旅館名。這一點，我也不準備再作解說。我所要細細探究的，乃是穿插在此書中的零碎的詩學——我只能暫時稱之為「洛麗塔詩學」——辨析這些詩學到底是亨伯特的觀點，還是納博科夫的觀點，換言之，辨析這些詩學是小說人物自我表達的結果，還是小說家自我表達的結果。

一

詩人亨伯特對古羅馬和古波斯充滿了嚮往：這是我的猜測，或者說發現。因為，這是兩個享樂主義時代，或者是縱欲時代，也完全可能是性感少女時代。亨伯特在這兩個時代找到了古代詩人典範。我們已經得知，亨伯特不止一次這樣呼喚洛麗塔，「最特別的就是她，這個洛麗塔，我的洛麗塔，使得作者古老的欲望具有個人的特色，於是，在所有一切之上，只有——洛麗塔」，這是模仿古羅馬詩人卡圖盧斯對其情人蕾絲比亞的呼喚，「生活吧，我的蕾絲比亞，愛吧」[2]。我們有理由相信，除了卡圖盧斯，亨伯特還對普洛佩提烏斯，以及賀拉斯歌頌十六位婦女的詩歌，充滿了一種吾道不孤的親近感。至於古波斯詩人，那是經過英國詩人菲茨傑拉德創造性地翻

[2]《詩海》，飛白編譯，灕江出版社一九八九年版，第九十一頁。

譯出來的莪默・伽亞謨，他的《魯拜集》。我們看到，這一次，亨伯特幾乎喝醉了，杜松子酒和洛麗塔在他的腦子裏跳來跳去，然後，小說裏忽然就出現了一個讓人特別驚詫的詞組，「血紅色的斑馬啊」。血紅色，incarnadine，正是菲茨傑拉德在譯詩中使用的愛詞。如果這個細節不夠確定的話，那麼，亨伯特還會在後文中表達得更加清楚，「睡眠像一朵玫瑰，正如波斯人所說的那樣」，——這已經是第二次暗引《魯拜集》了，對此我們不可不察。

不久，我們還會注意到亨伯特對但丁和彼得拉克的讚美，因為但丁在佛羅倫薩的一次私人宴會上愛上比阿特麗斯時，她只有九歲，穿著一襲深紅色的連衣裙；而彼得拉克愛上勞麗恩時，她也只有十二歲，在風、花粉和塵土中奔向一片美麗的平原。亨伯特對他們的讚美，讓我們心存疑惑，這是對詩人的讚美，還是對性感少女情結的讚美呢？或者說，正是性感少女情結造就了詩人？對亨伯特而言，這或許就是一而二、二而一的問題。關乎此，我們還有另外的證明材料。早在巴黎教書時，亨伯特就十分崇拜美國詩人愛倫・坡，他常常親熱地直稱後者之名，「哈裏・埃德加」。埃德加二十七歲時與他不足十四歲的表妹弗吉尼亞・克萊姆結婚，並在佛羅裏達州的彼得斯堡度過蜜月。亨伯特毫不遲疑地將他推為「詩人中的詩人」，後來，我們的亨伯特甚至自稱「埃德加・亨・亨伯特」。可是亨伯特的學生們卻不這麼想，他們將poet訛為popo，將神聖的埃德加稱為「波波先生」。這讓我們啼笑皆非，因為popo，在法國民間乃是「屁股」之意。

後來，我們的亨伯特為了生計，在編寫一部法國文學手冊的時候，終於發生了猶豫。七星詩社最傑出最大膽的幾位詩人，皮埃爾．德．龍沙，特別是雷米．貝洛，關於女陰的描寫，「覆滿纖細的苔蘚般絨毛的小丘，中央有一小條鮮紅的窄縫」，讓他犯了難：引用還是不引用呢？結果不得而知，我估計，亨伯特最終將不為五斗米而折腰，必定會用他那冥頑不化的性感少女美學挑戰刻板的出版商美學和家庭婦女美學。在後文中，我們將會發現，亨伯特引用了曾經在龍沙《情詩集》中多次出現的，那獻給一個銀行家之女，也有可能是獻給太后的伴娘或一個村姑的名句，「受到愛情的影響而神思昏昏」，來抒寫他對洛麗塔的迷戀和沉醉。可以清晰地看出，這是正面的，而非嘻哈的引用。由此可見，亨伯特對龍沙們的偏愛也是不容懷疑的。

前面談到愛倫．坡，現在學術界似乎已經有了公論：他與波德萊爾都是源頭性的詩人，一個在美國，一個在法國，雖未攜手，實則聯袂，共同開創了現代主義詩歌之先河。波德萊爾似乎並沒有性感少女情結，但是亨伯特肯定對這個「道德觀上的第一位超現實主義者」[3]十分著迷，他這樣憶起洛麗塔，充滿了嫉妒和擔憂，「而在她的一旁總蹲著一個棕色頭髮的少年，洛麗塔赤褐色的美和她腹部水銀似的嬌嫩的褶皺肯定會惹得他在未來好多個月裏經常出現的夢境中扭動身子」，這些描繪就直接受到波德萊爾《黎明》一詩的啟示。讓我們首先取讀陳敬容先生的譯文《朦朧的黎明》，「這正是那種時辰：邪惡的夢好像群蜂／把熟睡在枕上的黑髮少年刺痛」[4]，

3 布勒東語，轉引自鄭克魯著《法國詩歌史》，上海外語教育出版社一九九六年版，第一八二頁。

4 《圖像與花朵》，陳敬容譯，湖南人民出版社一九八四年版，第五十頁。

這個譯文堅實，洗練，但是對顏色的判斷和對動詞的選擇似乎不夠精確；我手邊還有胡小躍先生的譯文《晨曦》，且讓我也在此引來，「這時，蜂擁而至的令人恐怖的夢幻／害得棕髮少年在枕上輾轉不眠」[5]，——這就對了。波德萊爾為亨伯特提供了趁手的人物和場景，但又增加了他那種情敵環伺的恐懼感，所以緊接著，他就發出了意味深長的嘆息：「波德萊爾啊！」這嘆息，包含了對波德萊爾的頌揚，以及情敵環伺的恐懼感對這種頌揚的干擾，甚至，還包含了一種慌不擇路的訴說與求告。這且按下不表。我們知道，波德萊爾乃是法國象徵主義的鼻祖，法國象徵主義，乃至更大範圍的象徵主義，後來還出了很多天才人物。在這些人物中，亨伯特似乎對法國詩人魏爾侖頗有好感，他在故事的敘述中，曾兩次暗引後者的詩歌：第一次是《一去不返》，第二次是《月光》。但是，亨伯特對另外兩個象徵主義詩人，法國的蘭波，以及比利時的梅特林克，的態度則十分曖昧。他搞了一個惡作劇，在敘述中提及兩部作品，《青舟》和《醉鳥》，事實上就是將蘭波的《醉舟》和梅特林克的《青鳥》進行拆裝組合的結果。這至少說明，後面還會得到印證，亨伯特試圖並且已經調侃了他們。

[5]《波德萊爾詩全集》，胡小躍譯，浙江文藝出版社一九九六年版，第一七七頁。

二

總體來看，亨伯特對詩人還是很友善的；但是，他對學者、畫家和小說家的態度則十分倨傲。只有一次，而且是唯獨的一次，他稱喬伊斯為「卓越的都柏林人」，並仿效了《尤利西斯》中斯蒂芬．德達勒斯的祈禱：「上帝、太陽、莎士比亞」。另有一次，他完成了一篇學術論文，《濟慈致本傑明．貝利的信中的普魯斯特式主題》，這篇論文雖然讓六七位學者格格直笑，但是仍然牽涉到那經久不衰的偉大母題：時間和回憶。我們可以認為，亨伯特用這種方式，幾乎向普魯斯特含蓄地表達了有限的讚美。舍此之外，讓我們來領教他的毒舌。

亨伯特的妻子瓦萊麗亞已經有了外遇，那是一個保皇黨人，身材矮小的白俄前上校，他陪同瓦萊麗亞前來取走衣物，並向亨伯特正式告別。「我想，」他在向亨伯特請教了瓦萊麗亞的日常飲食、經期、衣服、讀過或該讀的書之後說，「她大概會喜歡《約翰．克利斯朵夫》的吧。」氣炸了肺的亨伯特到底沒有忘記，借助於這個惡棍的口，或許還有這個蕩婦的胃口，表達了對羅曼．羅蘭的厭惡。

另外一個故事是，洛麗塔的同學，與她合演莎士比亞的喜劇《馴悍記》，叫做莫納的少女，她常常把巴爾扎克說成鮑爾扎克，「給我講講鮑爾扎克吧，伯父。他真的那麼出色嗎？」可是，亨伯特什麼都沒說，他甚至懶得糾正這個被訛掉的名字，——對他而言，莫納顯然比莫納的問題更加吸引人。

關於陀思妥也夫斯基，亨伯特曾這樣憶起某個瞬間，「我覺得臉上露出了一絲陀思妥也夫斯基的獰笑」，這裏的自嘲顯然不懷好意，——他對陀氏的這個態度讓我十分意外。

而約翰．高爾斯華綏，亨伯特則直接斷言，這是「一個豪無生命力的平庸作家」。他之所以與洛麗塔一起前往南方某州的木蘭花園，並不是因為高氏「稱道它是世上最美麗的花園」，而是因為那裏的「兒童」。

畫家呢？當亨伯特初次走進黑茲家，就在門廳裏看見了《阿爾的女人》。這是在美國十分普及的複製品，為中產階級婦女群起跟風雅愛。但是亨伯特顯然不喜歡凡．高。所以，這幅畫掛在黑茲太太的門廳，而不是她女兒洛麗塔的房間。洛麗塔的房間，除了華而不實的雜誌、撕下來的彩色廣告、廣告上畫出來的箭頭和「純潔的床」之外，甚至就不會有藝術品。由此可以看出，從一開始就已經注定：亨伯特寧願做什麼？對啦，不是黑茲的丈夫，而是洛麗塔的養父。

當然，最讓亨伯特牙癢癢的，不是上述人物，而是弗洛伊德。我們知道，弗洛伊德生在捷克，長在奧地利，最後卻死在英國，他是精神分析學派的創始人，研究對象注重現實人物與文學人物的結合，研究方式注重心理學與病理學的結合。據我統計，亨伯特至少七次無情地譏笑了這個響噹噹的奧地利醫生。第一次，他說得比較含蓄，但又充滿揶揄，「那是一個背井離鄉的名人，以有本事讓病人相信他們目睹了自己的觀念而著稱於世」。第二次，精神分析已經成為亨伯特的恐嚇伎倆，他對洛麗塔說，「如果我們倆的事兒給人家發覺了，他們就會用精神分析法治療你」，洛麗塔不知精神分析為何物，卻也不免怵然而惕。第三次，亨伯特一本正經，他如此布道，「我們必須記住，手槍是弗洛依德學說中原始父親中樞神經系統的前肢的象徵」。第四次，亨伯特學著樣，對他的敵人奎爾蒂——後文還將重點談及此人——進行了推論和假定，「他不用自來水筆，任何一個精神分析學家都會告訴你，這意味著病人是一個受到壓抑的水中精靈」，按照精神分析學說，水中精靈常常因為異性小便而激起強烈的性欲。第五次，亨伯特自稱「一向是那個維也納巫醫的忠實的小追隨者」。第六次，亨伯特不再反諷，不再戲擬，而是直陳觀點，「二十世紀中期有關孩子和父母之間關係的那些觀念，已經深受精神分析領域喧嚷的充滿學究氣的冗長廢話和標準化符號的污染」。第七次，亨伯特表達了對戀母情結學說的懷疑和否定，「當時我只是個嬰兒，回想起來，不論精神治療大夫在我後來『抑鬱消沉的時期』怎麼蠻橫地對我加以盤問，我還是找不到可以跟我少年時代的任何時刻聯繫起來的任何公認為真實的思慕」。亨伯特對弗洛伊德及其徒子徒孫的攻擊，就這樣貫穿始終。只要一提及精神分析學說，他的嘴角就會浮起輕蔑的微笑。

三

不管怎麼樣，亨伯特的淵博已經得到充分的確認。事實上，他的涉獵範圍遠遠超出我們已經論及的範圍。或者換一種表述，《洛麗塔》一書與數以百計的詩歌、小說和戲劇文本構成山窮水盡、柳暗花明的互文關係，築起了一座富麗、幽深而繚亂的複義大迷宮。亨伯特回憶起，有一次，洛麗塔鑽出汽車站在雨中，「用一隻幼稚的手把緊貼著胯襠的連衣裙的裙褶扯扯鬆」，就暗引了羅伯特．布朗寧的韻文戲劇《皮帕經過》。當亨伯特談及他和洛麗塔住過的數不清的汽車旅館，他就會發問，「你記得嗎，米蘭達，另外那個『極端時髦的』、有著免費贈送的早咖啡和流動供應的冰水、不接待十六歲以下兒童的強盜窩」，這裏襲用了洛克《塔蘭台拉舞》的起句和疊句。後來，洛麗塔消失了，亨伯特需要有人陪伴和照料，他很快就在燈蛾酒吧認識了裏塔，後來他記得，那是「五月裏一個墮落的夜晚」，天啦，這簡直是對T．S．艾略特《老年》一詩中那個名句的直接引用：「在墮落的五月，山茱萸和栗樹，這些開花的叛徒。」我們還發現，他曾以歌德《埃爾柯尼希》為典展開過敘述，並且模仿過布格爾戲劇民歌《勒諾爾》中勒諾爾及其鬼情人聯袂騎馳的妙文，——由此可見，他不僅僅熟讀英國詩人和美國詩人，而且熟讀德國詩人。事實上，《一千零一夜》、柯勒律治、普希金、易卜生、福樓拜、契訶夫、奧尼爾、劉易斯．卡羅爾、基爾默、波特、佩羅、米爾恩、羅．路．史蒂文森……他們全都參與到《洛麗塔》的意義空間建設中來了。只不過，透過這些一晃而過的互文，我們並非次次都可以看出亨伯特對這些文本和作者的態度，也就是說，不是從所有的互文中都能夠掘出一小筐洛麗塔詩學。

四

現在要牽涉出一位劇作家，大家都知道，我指的是奎爾蒂。這是小說中的人物，而非歷史上的人物。此人按照通常的做法，引誘洛麗塔，玩弄洛麗塔，將洛麗塔置於眾惡之墅。然後，他就消失了。亨伯特歷經千辛萬苦，終於找到了他。這個狡猾的傢伙，當他看到亨伯特掌心那把油亮的手槍，立即仿效吉卜林的《訂婚人》，現場胡謅了一句詩，「女人就是女人」，試圖軟化亨伯特的復仇之心。事實上，奎爾蒂並非詩人，而是一個劇作家，寫過悲劇、喜劇、幻想劇，熱衷於越軌性行為，「被稱作美國的梅特林克」，——由此可以看出亨伯特對梅特林克和劇作家的態度。就是這個劇作家，在臨死之際，他也沒有忘記與亨伯特套近乎，「我們都是老於世故的人，不管在哪一方面——兩性關係、自由詩、槍法」，可是這個一點也不管用，亨伯特扣動了扳機。

反過來講，既然亨伯特討厭劇作家，那麼奎爾蒂就必須是一個劇作家。

五

除此之外，我們並非沒有注意到泛指意義和本體意義上的洛麗塔詩學。

小說開篇第十一行，我們眼前就跳出了這樣一條提醒，「你永遠可以指望一個殺人犯寫出一手絕妙的文章」，這是什麼意思？亨伯特弄死了奎爾蒂，他是一個殺人犯，但是，他還是一個敘述者。他要我們把目光從殺人犯移到敘述者上來：殺人非要事，敘述很成功，兩者不矛盾。我們很快就會相信：他果然作了精緻的回憶。繼續讀下去，相左的觀點出現了。亨伯特狂熱地迷上洛麗塔，黑茲太太反而成了一個障礙。有一次，亨伯特甚至想到過弄死黑茲太太。就像是詛咒的應驗，黑茲太太——她的名字叫夏洛蒂——很快就出車禍死了。亨伯特雖非凶手，但是做賊心虛，他為自己辯解道，「詩人從來就不殺人」，希望可憐的夏洛蒂待在永恒的天堂，在瀝青、橡皮、金屬和石頭的煉金術中千萬不要恨他。

那麼，敘述者亨伯特，詩人亨伯特，他到底喜歡什麼樣的詩？上文已經部分地回答了這個問題，這裏可以進一步清晰化。「我悄悄穿過的那些溫和蒙矓的境地是詩人留下的財產」，這個可以說明亨伯特的意境觀；「她的凌空截擊和她的發球就像結尾的詩節和三節聯韻詩之間那樣密切相關」，這個也許可以說明亨伯特的格律觀：他就這樣同時兼愛象徵主義意境和古典主義格律。

剛才談到，亨伯特將洛麗塔打網球的動作和姿態比作一種民歌的建行法和用韻法，可以這樣說，在亨伯特的眼中，兩者都是不朽之物。讓我再次來到故事的結尾，亨伯特自知大限將至，但是他仍然清晰地列舉出他和洛麗塔可以共享的一切不朽之物：歐洲野牛，天使，顏料持久的祕密，藝術的庇護所，當然，還有預言性的十四行詩。

亨伯特知道洛麗塔不愛詩，也不讀詩，但是他仍然堅持做一個泯頑不化的詩人，而且一廂情願地將洛麗塔視為詩之化身。在這個問題上，亨伯特寧願騙自己，再也不願意忍氣吞聲地遷就洛麗塔。

六

可是，亨伯特並不存在。

他只是一個「敘述的敘述者」，或是一個「被敘述出來的敘述者」[6]，常常在敘述與被敘述之間穿梭往來。這個小說人物，在多大的程度上與小說作者納博科夫相吻合呢？或者這樣說，納博科夫在多大的程度上對亨伯特的敘述進行了干擾？這個敘述學的千古難題，再次擺在我們面前。

[6] 參見趙毅衡《苦惱的敘述者：中國小說的敘述形式與中國文化》，北京十月文藝出版社一九九四年版，第二十七頁。

一些證據顯示，納博科夫認為普魯斯特的小說《追憶逝水年華》的「前一半」是「二十世紀散文中四大傑作之一」——注意，是前半，還是散文——這個態度與亨伯特頗有幾分相似。另外，納博科夫曾斷言，並非所有的俄國人都喜歡陀思妥耶夫斯基，喜歡他的，大都因為他是一個神祕主義者，而不是一個藝術家。而納博科夫，他十分「厭惡文學神祕主義者」。這個成見，導致亨伯特「露出了一絲陀思妥也夫斯基的獰笑」。還有，納博科夫認為，凡．高是一個二流畫家，所以《阿爾的女人》就出現在黑茲太太的門廳，——很顯然，黑茲太太既非納博科夫喜歡的人物，亦非亨伯特喜歡的人物。至於納博科夫的弗洛伊德觀，那是再明顯不過，他多次自稱與弗洛伊德的「巫術」存有「宿怨」。種種跡象表明，在詩學的直接表述和不經意的間接表述上，敘述者甚至就是作者，亨伯特甚至就是納博科夫。這一點，還可以找到一些外圍信息的支撐，比如，兩者都從法國來到美國，都對美國汽車旅館留下深刻的印象。

納博科夫曾說，「我的亨伯特這個人物是個外國人，一個無政府主義者，除了性早熟女孩這一點之外，還有許多事情我與他的看法也不一樣」，這個話值得玩味。關於馬克．吐溫的一則幽默故事講到，有一次，他說，一些國會議員是婊子養的，激起了議員們的憤怒，於是他改口說，一些國會議員不是婊子養的。這個故事給了我們解讀納博科夫此語的另外一個角度。納博科夫所謂「性早熟女孩」，亦即亨伯特所謂「性感少女」。納博科夫用一個冰冷的術語取代了亨伯特那熱烈的讚語，借此表明兩者嗜愛之異。但是我很懷疑納博科夫的誠實，他這樣說，是不是置亨伯特於不顧，轉而從道德上為自己開脫呢？我不相信，一個不是亨伯特的人，能夠寫出如此刻骨銘心的亨伯特；一個沒有性感少女情結的人，能夠寫出如此活色生香的洛麗塔。

退一萬步說，即便在性感少女這個問題上，作者與敘述者真有不同的觀點，那也僅僅意味著，對於但丁、彼得拉克和愛倫·坡，兩者可能會分別給出不同的讚賞理由。

由此可見，洛麗塔詩學其實就是納博科夫詩學，或者說，洛麗塔詩學其實就是納博科夫對亨伯特的強加。

七

現在回到納博科夫。

一八九九年，納博科夫出生於俄羅斯聖彼得堡。一九一九年流亡德國，後來進入英國劍橋大學攻讀法國和俄羅斯文學，——中國詩人徐志摩於一九二一年進入劍橋大學當特別生，兩人參差同校。一九二二年開始在柏林和巴黎的文學生涯。一九四〇年移居美國，一九五五年出版《洛麗塔》。一九六一年遷居瑞士，一九七七年病逝，墓碑鐫文是「弗拉基米爾•納博科夫，作家」。

這個鐫文不一定得到過納博科夫本人的首肯。因為，他不唯是作家，還是詩人，曾先後出版過《串珠集》、《山路》、《一九二九年至一九五二年詩集》、《詩歌與問題》等多部詩集。他有一首詩，說從天堂回來，找到了舊屋子，哭泣的門，蔚藍小窗戶上的一團蒲公英，卡累利阿樺木沙發，以及玻璃下面蝴蝶的家，然後他寫到，「我將再度成為塵世的詩人：桌子上攤開了練習薄」[7]，——由此可見，當納博科夫被公認為傑出的作家，他自己，也許更願意做一個靜悄悄的詩人。

納博科夫的詩充滿了浪漫主義氣息：愛情，湖泊，太陽，月亮，雲朵，夢幻，以及與此相關的種種明喻。毫無疑問，這些詩不具有那個時代所迸發出來的現代性特徵。我有個觀點，任何一部文學史都是風格正變與風格奇變的交替史，二十世紀初現代主義的勃興就迎來了新一輪的奇變期。納博科夫的詩滯後一步，挽留了十九世紀正變期的一些重要特徵；但是他的小說，無疑乃是奇變之奇變：充滿了傾斜、跳躍、詭異、迷醉、白熱化、神經質、異想天開和無暇他顧，設置了大量兩人化的，不足為外人道也的意義死角，——很多時候幾乎完全不理會讀者。到了今天，用我們飽受現代主義洗禮的眼光來看，他的小說甚至比他的詩更像詩。

倒是小說人物亨伯特的那些遊戲之作，具有二十世紀的某些特徵。我們不會忘記，亨伯特曾經把洛麗塔在拉姆斯代爾學校讀書時的同學名單——裏邊有多少性感少女啊——視為一首詩。洛麗塔，當然，也就是「多洛蕾絲•黑茲」，前後兩個同學，前面的「羅斯」和後面的「羅莎

[7] 《二十世紀俄羅斯流亡詩選》，汪劍釗譯，河北教育出版社二〇〇四年版，第二九九至三〇〇頁。

琳」，都是「玫瑰」之意，亨伯特就把她們稱之為洛麗塔的「玫瑰護衛」。這張普普通通的名單，立馬就被亨伯特「創造成」一首詩，——這真是典型的後現代主義做派。當然，在整部小說中，亨伯特還曾寫下數首詩歌，或是詩歌片斷，一邊唐突前賢，一邊泄露自我。比如，他所寫下的「馮・庫爾普小姐」片斷，就是對T・S・艾略特《老年》一詩若干行的剪拼。還有「聖徒，的確！當褐色皮膚的多洛蕾絲」片斷，則是對布朗寧《西班牙修道院中的獨白》一詩第四節的戲擬。值得注意的還不僅僅是亨伯特這種遊戲精神，他有兩首較為完整的詩，讓他可以被稱作詩人。一首是為奎爾蒂下達的韻文判決書，他要求奎爾蒂大聲朗誦一遍，然後就槍斃了這個朗誦者。另外一首，是在此前，他弄丟了洛麗塔，住在魁北克一家療養院裏，在那兒度過了那年冬天餘下的時光和第二年春天的大部分時光，期間完成的韻文尋人啟示。那真是絕妙的文字，充滿了甜蜜、猜忌、嫉妒、痛苦、寂寞和悲涼，大量具體可感的物象，比如汽車、棕櫚成蔭的海灣、自動唱機、磨損的牛仔褲、破了的圓領運動衫、名叫「綠日」的古老香水、亮著燈的鋪子、短襪和蒙矓的灰色目光，點點滴滴，滴滴點點，撒落在全詩的每一個角落，讓這種無計可消除的愛情獲得了清晰可辨的獨特徽記。除了這種歷歷在目的細節感，還有那心如死灰的結尾，「餘下的只是鐵銹和星塵」，讓人過目難忘。對此，亨伯特自己也不免有幾分得意，他說，「用精神分析法來看這首詩，我發現它真是一個狂人的傑作」，——他一邊讚美自己，一邊再次揶揄弗洛伊德。很顯然，這則韻文尋人啟示，正是典型的「只寫給一個人」的詩。只寫給一個人，這種想法如此徹底如此決絕，以致於此詩終於可以寫給任何人。這正是寫作的坦途。

可是，就像我們已經知道的，亨伯特並不存在。亨伯特之詩事實上都出自納博科夫之手。然而亨伯特之詩真是納博科夫之詩嗎？相似的問題是，薛蟠之詩，抑或林黛玉之詩，難道真是曹雪芹之詩嗎？如果答案是肯定的，那麼接下來的問題就不好回答：那個「儂今葬花人笑痴，他年葬儂知是誰」的作者，真是「女兒悲，嫁了個男人是烏龜」[8]的作者嗎？從某種角度講，曹雪芹只是一個代筆者。納博科夫也是如此：他只是亨伯特的代筆者。亨伯特的角色心理和身分特徵，對納博科夫形成了嚴厲的規定：他不能按照自己的意願，只能模擬亨伯特的想法來寫。如此，這些詩，就成了亨伯特對納博科夫的反強加。奇妙的是，納博科夫的寫作居然藉此打開了一片新天地：我們當然已經發現，這些詩比納博科夫本人的詩更具深情和快感，更加自由和開放。代筆者納博科夫，就這樣輕易地洞穿了個我寫作的層層束繭，轉瞬之間發生蝶變：亨伯特之詩原本不過是遊戲之作，結果意外地上升為別開生面的美學創造。

[8] 蔡義江著《紅樓夢詩詞曲賦鑒賞》，中華書局二〇〇一年版，第二〇二、二一四頁。

八

洛麗塔詩學的敘述學分層到此結束。這筆糊塗賬，還將繼續給我們帶來煩惱。誰的洛麗塔？這將是一個永恒的問題。但是，不管怎麼樣，我們的樂趣永遠來自於計算，而不再是答案。

二〇一一年五月二十二日

你是誰，為了誰：

質詰新詩現代性

一

如果討論現代性，必欲從波德萊爾開始著墨，將會招致亨利・施瓦茲（Henry Schwarz）先生的嘲笑：因為在他看來，當達伽瑪發現了通往印度的航線，或是哥倫布自以為發現了通往中國的航線，「現代性」就已經成為一個再也停不下來的全球規劃[1]。但是，如果討論文學現代性，或者討論關於文學現代性的最初之討論，撇開波德萊爾，難道像馬泰・卡林內斯庫（Matei Calinescu）在《現代性的五副面孔》所做的那樣，再次將現代性之源追溯到一六七二年英國牛津的一部詞典？是的，還是讓我們回到一八六三年吧，在這年的十一月，《費加羅報》開始連載波德萊爾的長文，《現代生活的畫家》，——現在已經有證據顯示，早在一八五九年，詩人就完成

[1] 參見亨利・施瓦茲《現代性是現代的嗎》，趙英男譯，《今日先鋒》總第十輯，天津社會科學院出版社二〇〇一年版，第一二四至一三五頁。下引亨利・施瓦茲觀點，亦見此文。

了此文。在此文第四節，似乎不經意間，波德萊爾就已給出了關於現代性的定義，「現代性就是過渡、短暫、偶然，就是藝術的一半，另一半是永恒和不變」[2]。到了今天，我們仍然不得不承認這個定義充滿了天才之思：詩人兼畫鬼魎與犬馬，讓懵懂者油然清涼，讓清涼者頓生懵懂。如何尋求那鬼魎般的「一半」，還得各人自己去面壁。不過，早在一八五七年，波德萊爾就以一部瓜熟蒂落的《惡之花》，以及據此改寫的《憂鬱的巴黎》，展現了某種具有初期示範意味的現代性：從通感和象徵中結晶出痛苦的祕密與乎嫵媚的陰暗。波德萊爾由是成為全世界一望即知的波德萊爾。

從此以後，世界文學史的一個重要奇變期就像無數個巨大的扇形一般呼啦啦展開。波德萊爾，以及愛倫・坡和陀思妥耶夫斯基，一轉眼間就被諸多後起之新秀奉為先驅者。一個半世紀以來，現代性的灌木叢愈趨錯綜，相關的理論探討，何為modernity，何為modernism，何為modernization，愈是剪不斷理還亂。戰戰兢兢穿行於其間，就像穿行於糾纏與歧誤，又有誰能夠及時自警？至於中國新詩現代性，還得置於古典性、民族主義和身分危機感的齟齬之下細細甄別，則更為望而生畏。本文之所願，則是儘量借助於語境的明確化促成語旨的明確化，或可免於增添新的混亂。

[2]《波德萊爾美學論文選》，郭宏安譯，人民文學出版社一九八七年版，第四八五頁。下引波德萊爾觀點，亦見此書。

二

確切地說，新詩之濫觴既不是十九世紀中期漢譯《新約》所採用的官話（這讓人扼腕嘆息），也不是稍後黃遵憲的俗語，而是胡適的白話。面對白話詩，我們絕不能回避這個問題：它是現代性本身，還是現代性的產物呢？首先得如此認為，新文化運動乃是一場現代性運動，而白話詩運動，充當了前者的先鋒。白話作為思想啟蒙的借物遠大於作為詩歌的載體：更大的工具理性偏往一邊倒，壓住了任何文學或美學的小算盤。所以，白話詩並不能內在地包孕一種藝術本體意義上的現代性，與之相反，是一場突如其來的現代性運動規定和安排了白話詩的出場。可憐的胡適，他不知道，「詩人」是其假皮肉，遮不住「語言改革家」的真面目。從這個意義上講，對於新詩，胡適僅僅提供了一張寒陋的船票。這種船票，在李大釗、沈尹默、沈兼士、周作人、陳衡哲、陳獨秀等人的手裏，還攥著一大把。

是時候了，我們必須敢於這樣承認：真正的新詩現代性之父是魯迅。

這種立論，並非僅僅著眼於魯迅與波德萊爾的顯在聯繫。當然，在學術界，關於此二者的影響研究正在不斷深入，換言之，魯迅對波德萊爾的接受已經成為毋庸爭辯的事實。如果魯迅萬一沒有讀到由周作人於一九二二年，或徐志摩於一九二四年，又或張定璜於一九二五年，譯出的波德萊爾，那麼我們只得強調另一個事實：在此前後，魯迅譯出的廚川白村《苦悶的象徵》，就引錄了波德萊爾的散文詩《窗戶》，——當是從馬克斯．布魯諾（Max Bruno）的德譯本轉譯而來。魯迅向以貓頭鷹自譬——即便睡去，也睜著一隻眼——也與波德萊爾存有莫大的關係。但是，拿來主義絕非虛談：魯迅並沒有將波德萊爾供應的世紀末果汁一飲而盡：這一點，從他對徐志摩的揶揄即可看出。徐志摩在譯出波德萊爾的《死屍》之後，曾津津樂道於後者的「Mystic」和「不可捉摸的音節」[3]。魯迅很快寫出一篇短文，對徐志摩極盡調侃諷刺之能事。由此可見，對在波德萊爾那裏殘存的浪漫主義餘緒，魯迅排拒態度之堅決；也許他認為，波德萊爾的意義在別一方面，比如「只要一聽而人們大抵震悚的怪鴟的惡聲」[4]。所以，《野草》的頹廢，不是後期浪漫主義的頹廢，而源於主體性的確立與分裂，源於深刻的痛苦和壓抑的憤怒：波德萊爾只不過是魯迅的一個藥引而已。魯迅《過客》雖然深受波德萊爾《異鄉人》之暗示，卻比後者更為偉大。魯迅之為魯迅，由此可見一斑。周作人也學波德萊爾，只不過徒有其表，《小河》裏何嘗有過魯迅式傾向？美籍學者李歐梵對此看得十分清楚，他認為《野草》「確實為卡林奈斯庫所定義的『美學現代性』提供了一個罕例」[5]。值得注意的是，《野草》完竣於一九二四至一九二六

[3] 《徐志摩詩全集》，顧永棣編注，學林出版社一九九二年版，第二五九頁。

[4] 魯迅《「音樂」？》，《魯迅全集》第四卷，中國致公出版社二〇〇一年版，第一一二八頁。

[5] 《上海摩登》，毛尖譯，北京大學出版社二〇〇一年版，第二五二頁。

年，距離世界現代主義文學的黃金之歲，一九二二年，不過短短幾年時間。魯迅的現代性，不妨稱之為同步現代性，而且是首次展現出來的的同步現代性。

也就是說，雖然波德萊爾為魯迅提供了某種前現代性，但是並不影響我們做出如下判斷：就在參差幾年之間，世界幾乎為我們同時貢獻了喬伊斯、艾略特、後期的普魯斯特、剛出道的布萊希特、裏爾克、伍爾芙、曼斯菲爾德和魯迅。

三

現在我們要進入後魯迅時代。

魯迅以降的新詩，必須置於殖民語境來加以討論，否則不易點擊其軟肋。

一九二五年，李金髮出版第一部詩集《微雨》，與繼起的王獨清和穆木天等人，套襲法國前期象徵主義，非常露骨而夾生地顯示出一種西方渴慕。到了《詩鐫》—《新月》時期（一九二六至一九三五），聞一多、徐志摩等人開始在英國維多利亞時代的陰影下展開寫作；只有邵洵美，試圖採用過度編織的唯美主義，以及一點點魏爾倫，來捕獲現代性之魚。軟弱與呆板，其勢不能已。一時間追摹如時尚，實踐惰性很快就裝扮成虛假的創造熱情：現代性與西方性混為一談。歐洲中心論如鼎之沸：現代性從來沒有如此徹底地演變為一種全球化修辭。正如亨利・施瓦茲所說，「但是就更大的範圍而言，有一點似乎很明顯，歐洲給世界強加了一種語言，現代性的語言，每個人都必須使用這種語言，不論它能否恰當地描述他們的現實」。這樣，新詩所求得的，不過是一種後置現代性，甚或是一種後置前現代性而已。從此，新詩自居他者與邊緣，被強加者反過來維護了強加，潛在的文化等級制度被弱勢集團不斷加以鞏固。

到了《現代》時期（一九三二至一九三五），情況有所好轉。戴望舒著手調和西方性與古典性，——雖然蘇佩維埃爾和洛爾迦仍然如同鬼魂附體。卞之琳則走得更遠，化歐，化古，兩手抓，兩手妙。縱向一比較，或是稍加比較，我們就不得不驚嘆於他在瓦雷裏、艾略特、奧頓和晚唐詩、南宋詞之間的從容流轉，以及對官感性和思辨美的有效熔鑄。

可以肯定地說，卞之琳只是短暫而個別的意外：殖民語境依然遮天蓋地，密不透風。很快，他的準弟子，穆旦，卻憑藉對於中國傳統的近乎徹底的無知，居然也求得了讓人嘆服的柳暗花明：到一九四五年，他出版了《探險隊》。很久以後，甚或是遲在一九七二年，當穆旦「發現」了陶淵明，他才能意識到環伺的危險；然而，大限將至，為時已晚。戴望舒亦有一個準弟子，路易士，後來易名為紀弦，於一九四八年渡海去臺灣，並於一九五三年創辦《現代詩》，亦樹起橫向移植、全盤西化的大旗，非常偏執地賡續了《現代》的香火。彼時，文化殖民性在大陸已被高漲的民族主義——或謂之充分社會主義化的民族主義——徹底廢黜，卻在彼岸彈丸之地率意蓬勃。

四

那麼，空間懷疑論者就會發問：這種現代性是中國的嗎？他山之石，可以攻玉，所攻之玉，亦屬他山。如果答案確乎如此，也並不能干擾我們同時如此指認：這既是新詩的身世，也是新詩的命運。後置現代性如此繚亂，正是對固有文化長期內循環的必要挑逗。新詩只有在異域化的各個不同地段細細踩點，才有可能成功盜火，並緩慢地點燃自己的傳統。誰也不能割斷自己的傳統；說割斷，事實上包含著刷新這個傳統的某種努力。所以，後置現代性乃是促成傳統煥發的重要力量。不出這樣的天花，同步現代性最終亦無從談起。

唯其如此，繼紀弦而起的，才有一九七一年之後的洛夫，才有超現實主義對禪的激活：當然，超現實主義不再是超現實主義，禪也不再是禪，兩相添注與催化，新詩終於發作了令人刮目相看的「無理而妙」的痙攣。

五

對於歐美而言，中國亦是異域。中國古典詩甚至也為歐美詩預設了某些方面的前現代性。費諾羅薩、龐德和羅厄爾的漢字詩學公案已經成為陳芝麻老豆腐，沒有必要再次例舉。在這裏，我要提及一位尚不被太多注意的挪威詩人，奧拉夫．H．豪格（Olav H.Hauges），他長期生活在西挪威海峽的烏爾維克村，直到一九九四年去世。對於我們而言，豪格顯得如此偏遠。然而，我們的陶淵明最終翻越萬水千山，給他送去了生態詩學：小地方主義和大自然主義。「假如有一天／陶潛來看我，我要／給他看看我的櫻桃樹與蘋果樹。」[6]豪格還會讓我們旁及至今健在的一位美國隱逸派詩人，蓋瑞．施耐德（Gary Snyder），他將中國山水畫、《道德經》、禪、寒山詩與美國超驗主義成果（啊，愛默生！梭羅！）視為一個圓融的整體，亦悟出一種更深的生態詩學，其文學與思想成就，想來早就已經超出紐約派主帥約翰．阿什貝利（John Ashbery）之上。施耐德曾在日本當了三年和尚，現住在內華達山區，踐行他躬耕自給的非文明生活，有時候會在草野山林之間課徒為樂。但是，毫無疑問，豪格和施耐德均公開持有某些中國根據，並藉此在某些向度，為西方文明提供了極其重要的現代性。在西方文明的視角中，這種現代性如此葱蘢，看上去簡直青翠欲滴。

由此可見，現代性的全球化修辭也絕非一條單向街。阿裏夫．德裏克（Alif Dirlik）就曾經非常深刻地指出，「現代性是一種關係，現代性是沒有中心的，而在這個關係之下，各個地方出現

[6] 豪格《陶潛》，豪格《我站著，我受得了》，勃克曼、西川、劉白沙譯，作家出版社二〇〇九年版，第八十九頁。

了不同的發展」[7]。只不過，具體到文學，歐美以其晚近特徵輸來中國，而中國則往往以其古典徽記回饋歐美。這也說明，在競相驅馳的現代性之路上，近代以來的中國文化曾經出現過一個甚至兩個，致命的斷裂期。

六

現在，輪到時間懷疑論者發問：這種現代性是現代的嗎？順延上文的理路，這個問題顯得異常吊詭。我們已經知道，波德萊爾就認為，「每個古代畫家都有一種現代性」。美國學者喬迅（Jonathan Hay）就通過一七〇〇年前後的揚州畫家，又特別是石濤，證明了這個觀點[8]。中國晚近之學者，比如江弱水，甚至在李賀、李商隱、周邦彥、姜夔、吳文英以及後期杜甫的古典詩裏掘出了若干種現代性：即所謂頹加蕩、詭而新、斷續性、互文性是也[9]。錢鍾書論「詩分唐宋」，有幾段話堪稱通人之語：「唐詩、宋詩，亦非僅朝代之別，乃體格性分之殊」，「非曰唐詩必出唐人，宋詩必出宋人也」，故有「唐人之開宋調者」與乎「宋人之有唐音者」，亦有「古

7 《全球化、現代性與中國》，《讀書》二〇〇七年第七期，第十一頁。

8 參讀喬訊《石濤：清初中國的繪畫與現代性》，丘士華、劉宇珍等譯，北京三聯書店二〇一〇年版。

9 參讀江弱水《古典詩的現代性》，北京三聯書店二〇一〇年版。

人而為今之詩者」與乎「今人而為古之詩者」[10]。

另一個現象也十分有趣：近今之現代主義者，比如艾略特，葉芝，常會越過浪漫主義時間段展開其認祖歸宗之途。前浪漫主義時期，潛藏著一個不起眼的神祕主義時期。艾略特選中的恰是玄學派詩人約翰・唐恩（John Donne）；而葉芝，選中的則是另一位神祕派詩人威廉・布萊克（William Blake）。這兩位長期籍籍無名的古代詩人，卻被譽滿全球的現代主義者請來作了想像力和修辭術的導師，以至於托弟子之福，在近一百年裏漸漸火了起來，——甚至遲在大江健三郎的若干小說中，我們也能夠發現布萊克一些長詩的零骸碎骨。

行文至此，似乎已經在一定程度上得到這樣的證明：現代性乃是古今通理，只是何時發為主流與大端罷了。然則果真如此乎？如果我們願意進一步分析，就可望避免重蹈買櫝還珠之愚：倘若古典詩真有所謂現代性的話，那麼與古之現代性相契合的乃是古之現實，而與今之現代性相契合的乃是今之現實，兩者差距，不可以道里計也。

10 錢鍾書《談藝錄》，中華書局一九八四年版，第二頁。

七

經過一番辛勞，我們已經逐漸逼近現代性問題的核心：現代性，不僅是一個修辭控，也不僅是一個思想控，還有可能是一個物質控。物質無窮而常新。也就是說，無論多麼顯赫的現代性都在迅速地退化為一種漸行漸遠的前現代性。化用與互文都只能在形式主義的範疇之內獲得一束「二手玫瑰」。雖然筆者絕非一個文學進化論者，但最後必然得回到「現代的」現代性：那與此時此刻的天文地理雞毛蒜皮密切相關的現代性。從絕對的意義講，現代性就不是一個空間性問題，而只能是一個時間性問題。對這個問題最為熱衷的人物，可能要數奧克塔維奧・帕斯（Octavio Paz）了。一九九〇年，他在獲頒諾貝爾文學獎的典禮上如此陳詞：「現時」是現代性的「極端的、最後的花朵」，因此必須「和最近的過去發生決裂」[11]。很顯然，帕斯所認定的現代性具有一種幻想氣質，但是卻讓我們藉此洞悉了那些眾人交口的現代性的可疑之處。是的，現代性絕非晚近傾向，而體現為眼下傾向，乃至可能傾向。無論是八十年代的喇叭褲，還是九十年代的互聯網，都曾經參與現代性的生成。要命的是，此時此刻，現代性正在勾引哪一個豆蔻女生？那隱秘的受孕又將在什麼樣的場域以什麼樣的方式迎來一朝分娩？

[11] 帕斯《對現時的追求》，帕斯《太陽石》，朱景冬等譯，灕江出版社一九九二年版，第三三七、三四三頁。

新詩就該不斷回答這個問題。新詩不僅要在西方性和古典性之間求得一張比例恰好的方，而且要求得千萬張這樣的方。這也還不夠。對現代性的追求，既要持有工具理性，又要將這種工具理性置於一箭之遙。或者說，工具理性只能服務於對現時的深度介入。也只有這樣，新詩現代性才能警醒於西方性之魅，獲得真正意義上的當代意識，並反過來喚起土著的更為新穎的工具理性。

八

到這裏牽涉及《今天》可謂正當其時。

一九四九年以後，大陸新詩現代性之路很快就被生生掐斷。到了七十年代中後期，殖民語境悄然演變為後殖民語境：一些詩人開始主動焦慮，並終於在面前那張鐵幕上戳出了小而大的光眼，通過種種奇妙而驚險的途徑重拾新詩現代性追求。數年前的資產階級毒草慢慢上升為青年的教材[12]；更為引人入勝的則是我們的緊鄰蘇聯之文學鮮活「解凍」的佳例。往者不可諫，來者猶

[12] 最有力的證明乃是袁可嘉學案和卞之琳學案。一九六〇年六月，袁氏在《文學評論》上發表《托．史．艾略特——英美帝國主義的御用文閥》，此後又寫出一系列類似的文論，用庸俗社會學和簡單政治學方法嚴厲譴責英美現代文學及其理論。此類文論後來未見錄入袁氏任何文集；進入八十年代以後，為了清除這批文論的不良影響，袁氏領銜

可追，時間顯得如此緊迫。所以，象徵主義、未來主義、意象主義、表現主義、意識流以及超現實主義，凡此種種，已經不可能各各接受其志在專攻的中國學徒。現代性在眨眼之間就被熔鑄於一口坩堝之內：火燒火燎的二次啟蒙一次性啟動了泛現代主義之錨。這也說明，工具理性已經退居到第二位，乃至第三位。最要緊的是什麼？深刻的反思性，嚴峻的批判性，成熟的懷疑主義。現代性急不可遏地要從與現時——而不僅僅是與西方——的關係中露出尖尖角。所以，到了一九七八年，北島們創辦的民刊就叫做「今天」。現在看來，關於刊名的譯名，北島的選擇是有點問題。他在創刊號上原本已採用馮亦代的譯名The Moment，後來卻又改成Today。很顯然，只有The

編選出版四卷八冊《外國現代派作品選》，繼而著成專書，重估英美現代文學及其理論的價值，重塑其學術良知與學術品格，極大地影導了八十年代以來的新詩發展。參讀袁可嘉《現代派論·英美詩論》，中國社會科學出版社一九八五年版；《歐美現代派文學概論》，上海文藝出版社一九九三年版；《半個世紀的腳印》，人民文學出版社一九九四年版。至於卞之琳學案，則可以代表另一種情形。在一九四九年以後的三十餘年裏，限於社會和政治環境，卞之琳只得集中心力於「安全」的莎士比亞譯介。一九七八年，趙毅衡「從黑古隆咚的煤窯裏爬出來」，考入卞氏門下，亦為專攻莎士比亞。到了次年，卞氏敏感到風向的變化，同時洞察出趙氏的理論潛質，遂建議後者轉攻新批評以來的形式論，後來趙氏果然在此一領域卓然成大家，——卞氏就這樣遇合了一位近乎完美的傳人，替自己變現了形式論研究的夢遊。參讀趙毅衡《新批評》，中國社會科學出版社一九八三年版；《文學符號學》，中國文聯出版公司一九九〇年版；《必要的孤獨——形式文化學論文集》，香港天地圖書公司一九九三年版；《苦惱的敘述者》，北京十月文藝出版社一九九四年版；《當說者被說的時候——比較敘述學導論》，中國人民大學出版社一九九八年版；《禮教下延之後》，上海文藝出版社二〇〇一年版；《意不盡言》，南京大學出版社二〇〇九年版；《符號學：原理與推演》，南京大學出版社二〇一一年版；《反諷時代：形式論與文化批評》，復旦大學出版社二〇一一年版。

Moment，才能挑明一代青年的蘇醒和緊迫感；也只有The Moment，才能畢現從那個偉大時代的裂隙中狼奔出來的現代性。

後來，經過一次美學狂歡，又經過一次魯智深式的行為藝術狂歡，新詩忽而大變。進入九十年代以後，中國整頓資產階級自由化行動與西方文化內部自我反省思潮輕易聯袂，壓抑的現代性潛入到敘事策略的淵面之下，對表達的過度研究往往使得表達越來越不自然，精緻、幽微而險峻的形式感紋絲不動地只鎮住了新詩天枰的其中一個托盤。新詩迅速由熱執的意識形態關懷轉變為無奈的象牙塔迷醉，甚至大面積地滑落入俗豔化與商業化之窪：無關痛癢的寫作帶來了相對而言風平浪靜的生態環境。現代性辨偽日益困難。當然，也有少數懷有強烈的當代意識的詩人，割棄一切權宜，通過苦心孤詣的寫作，求得了對現時的刺探，並內在地促成了語言和修辭的成功轉型，漸漸在世界當代詩歌的混沌中浮現出個我的面目。可是，這種至關重要的寫作，很快就被物質主義打落入一座廢宮。俗豔化與商業化，比意識形態化更為徹底地放逐了詩人。

恰恰在此前後，中國文學現代性批判，以及批判之批判，忽而成為一門顯學。一些詩人也先後宣稱，從八十年代到九十年代，他們已經從祕密的現代主義者變成了公開的民族主義者。這種態勢，一直延續到二十一世紀。

當著龐然大物的虎視眈眈，也許，犬儒主義者們只剩下了一條戲擬之路，一條反諷之路，甚或一條撒嬌之路。

九

中國較早——如果不是最早——提及「現代性」的學者是周作人。早在一九一八年，他在翻譯英國W.B. Trites的文論《陀思妥也夫斯奇之小說》時，已經使用此語並意識到相關問題。而較為深入地談及「現代性問題」的學者則是李健吾。一九三五年，他在為林徽因的一個短篇小說寫下的短論中這樣說，「一件作品的現代性，不僅僅在材料，而大半在觀察，選擇和技巧」，同時還一語道破天機，「一部傑作必須有以立異」[13]。顯而易見，他對現代性的理解最終歸結為一種獨創性，與波德萊爾《現代生活的畫家》一文的理論邏輯毫無二致：這是中西文論史上一次動人的心心相印。是的，只有獨創性才能咬破一切前現代性的繭衣。相，非相，非非相，或可漸次臻於獨創性之境。無論是面對順流而下的時間與量的現代性，還是面對渡海以來的空間與質的現代性，當要做到不隔與不泥，才能夠在現時的孤峰絕頂之上獲得自己的立錐。就此意義上而言，現代性就不是一個形容詞，也不是一個名詞，而是一個動詞；同時就不是一個主語，也不是一個賓

[13] 《〈九十九度中〉——林徽因女士作》，《李健吾文學評論選》，寧夏人民出版社一九八三年版，第六十一頁。值得一提的是，李健吾是福樓拜而非波德萊爾的研究者，他的弟子郭宏安，後來卻成為幾乎一切波德萊爾作品的傑出翻譯者和詮釋者。

語，而是一個謂語：探索，實驗，反覆地毀與塑，無止境地犧牲與占取。惟其如此，現代性才常常擁有一張先鋒主義面孔，近來又擁有了一張後現代主義面孔。

在這樣的過程中，漢文化的個我身分非但不會流失，反而有可能得到真正的確證和鞏固。換言之，非現代性之路恰好才是身分危機感的最大和最後的導因。

最後，我們必得如是作結：新詩只能通過獨創性來打破天真無邪的異域想像，幫助我們深刻地認識到自己的處境，從而緩慢地獲得一種真正意義上的中國現代性；而評估新詩之價值則可以但看其在何種境界上實現了這種現代性夙願。

二〇一一年十二月一日

詩人之死

是誰，是誰
是誰的有力的手指
折斷這冬日的水仙
讓白色的汁液溢出
——鄭敏《詩人與死》

人選擇自己的生命，自己的決斷，
離虛幻而識智慧、思辨、追憶，
那沉入世界的追憶，
而無物可驚擾他內在的價值。
——荷爾德林《更高的生命》

我仍然不能免俗，這個意思就是，本文仍然將把荷爾德林作為開篇。但是，如下觀點我可能與其他人相異：荷爾德林並不是一八〇七年才瘋狂的。一八〇二年夏天，在法國西部的波爾多作家庭教師的荷爾德林獲知了他那無望的情人，「迪奧提瑪」，的死訊，徒步橫穿整個法國回到德國南部的施瓦本，他事實上就已經瘋狂了。後來，他的同鄉，詩人和作家威爾海姆·魏布林格（Wilhelm Waiblinger），在一篇文章中談到了他回到故鄉時的丟魂落魄，「這個人臉色慘白，骨瘦如柴，帶著幽深粗魯的眼神，頭髮和鬍鬚又長又亂，穿得像一個乞丐」[1]，不免讓我們馬上想起下文即將談及的一位中國當代詩人。此後，荷爾德林先後幾次住進精神病院。一八〇七年，也許是一八〇八年，一個可敬的圖賓根木匠，齊默爾，用自家的塔樓收留了這個混亂而崩潰的天才。後來，很多學者都把一八〇七年——我則把一八〇二年——視為荷爾德林「黑暗時間」元年。荷爾德林在塔樓中活到一八四三年才死去，——其時，連魏布林格都已經離世十三年。在這三十六年裏，荷爾德林寫下《塔樓之詩》，後人整理出版的共有三十五首。

今天已經可以得知，在荷爾德林的同時代人中，連偉大的歌德也未能認可其價值。魏布林格可能是他的少數幾個知音之一，——值得慶幸的是，這少數幾個知音，還包括偉大的席勒。一八二七年的某一天，已經離開圖賓根的魏布林格似乎看到，朋友荷爾德林那美好、孤獨而抑鬱的形

---

1 魏布林格《弗裏德利希·荷爾德林的生平、詩作和瘋狂》，荷爾德林《塔樓之詩》，先剛譯，同濟大學出版社二〇〇四年版，第八十六頁。下引魏布林格，亦見此文。

象在南方的天空下漸漸沉墮，他突然感到一陣激動：「曾經在祖國身上體驗到的那種激動」。這讓魏布林格下定決心要完成一個舊計劃：「從最初的起因和動機中推導出他這種悲慘的內在瘋狂的產生，並追溯到他的精神失去均衡的那個關鍵點。」

我對魏布林格這種激動如同身受，並且越來越清晰地感到，二十餘年來，一些以更加徹底的方式——死亡，以及死亡的多米諾骨牌——步入黑暗時間的中國青年詩人，也賦予我同樣的決心和義務。

一

一九三三年十二月四日，詩人朱湘用借來的二十塊錢，登上了從上海駛往南京的吉和輪。深夜，他一邊飲酒，一邊默誦海涅的詩篇，當吉和輪到達採石磯，他縱身躍入滾湧的寒江。魯迅曾經亦揶揄亦讚嘆的，「中國的濟慈」[2]，就這樣結束了生命：一顆二十九歲的尖刺，自己把自己拔了出來，從一具潰瘍的屍身。很顯然，他死於孤傲與赤貧。五十六年之後，詩人柏樺撫今思昔，寫下一篇《紀念朱湘》，在其最後一節中發出了這樣意味深長的感喟：

---

[2] 魯迅《通訊・致向培良》，《魯迅全集》，中國致公出版社二〇〇一年版，第一二一三頁。

唉，為什麼這榜樣到死才出眾
才讓我們忙著紀念
忙著說話，忙著通信
忙著這一切，直到一九八九年[3]

時間到了柏樺所說的這一年，三月二十六日，朱湘的同鄉小輩，青年詩人海子，白襯衣，藍褲子，外加一個軍用書包，在山海關至龍家營之間的一段鐵路上從容臥軌，列車一過，肉身兩斷。海子，一九六四年生於安徽懷寧，十五歲考入北京大學，十九歲執教於中國政法大學，卒年僅二十五歲。他死的時候，已經好幾天沒有吃東西，胃裏只有幾瓣桔，袋裏還剩兩毛錢，身邊卻帶著四冊書：《聖經》、《瓦爾登湖》、《孤筏重洋》和《康拉德小說選》。這個場景已經被無數的詩人和作家複述：我之再次複述，是因為總是不斷地震驚於這個場景的偶然性和必然性，物質的匱乏與精神的豐饒以及兩者之間無休止的敵意。

此前近五個月，海子完成《不幸》一詩，向荷爾德林致以兄弟般的敬意，並將後者稱為「純潔詩人、疾病詩人的象徵」[4]；此後幾天裏，他又寫下《我熱愛的詩人——荷爾德林》一文，

3 柏樺《山水手記》，重慶大學出版社二〇一一年版，第一一八頁。下引柏樺詩，亦見此書。
4 西川編《海子詩全集》，作家出版社二〇〇九年版，第三六一頁。下引海子詩文，亦見此書。

「從荷爾德林我懂得，詩歌是一場烈火，而不是修辭練習」。穿過時代、語言和國度的重重障礙，兩個純潔、痛苦而光輝的靈魂，猶如兩個半神，舉行了激動人心的幽會：這既是美妙的瞬間，亦是嚴重的時刻：前因與後果已經開始交織。是的，至少連續五年，海子自囚於烈火的囹圄，完成了兩百萬字的作品：抒情詩，長詩，詩劇，神祕故事，論文，札記，碎片和日記。這些作品，深受人類藝術史上那些乖舛天才的傳染和煎熬，除了前面已經提及的荷爾德林，還有雪萊、普希金、梵·高、坡、馬洛、卡夫卡、尼采、韓波、馬雅可夫斯基、葉賽寧、克蘭和狄蘭，海子把他們稱為「王子」或「太陽神之子」，他們構成了第二序列；至於第一序列，但丁、莎士比亞和歌德，則更高，最高，是「終於為王的少數」。海子已經清楚地洞見，他自己並不能臻於那尤其偉大的和諧和圓滿，只能暫時加入第二序列。第二序列恰恰就是死亡序列。到了今天，我們已經能夠清晰地看到，海子很多作品，甚至可以說全部作品，如此瘋癲而精確地詮釋了布羅茨基「寫詩也是一種死亡的練習」[5]的斷言。從《死亡之詩》到《春天，十個海子》，一系列連波接浪的作品已經越來越清楚地昭示出一切：光焰反覆噴薄，只為突然冷滅。在這裏，我要再次提及《面朝大海，春暖花開》。這件作品，選入了語文教材，最終被無數的中學老師反覆誤讀。之所以如此，是因為他們根本沒有深入理解最後兩行：

[5] 布羅茨基《文明的孩子》，劉文飛譯，中央編譯出版社二〇〇七年版，第七十八頁。

願你在塵世獲得幸福
我只願面朝大海，春暖花開

很顯然，兩行之間出現了語義的陡轉和處境的徹換，大有你走你的陽關道、我過我的獨木橋之意，惜乎竟為眾人所不見。塵世之外對塵世的祝福被誤讀成塵世對塵世的祝福：消極之詩搖變為積極之詩，絕望之詩搖變為希望之詩。海子之遺言，在高一女生的櫻桃的嘴邊，搖變為汪氏之格言。這是時代的一個喜劇，卻是海子的一個悲劇。除了這些傳誦不衰的抒情詩，海子的長詩也未嘗一刻稍遠死亡，不妨以十分著名但又並未獲得太多深入閱讀的《太陽．七部書》為例：第一部，《斷頭篇》，完成於一九八六年，共有三幕，第二幕是一個殘篇，好在第二幕第三場的「詩人的最後之夜」已經完成，這正好是一個長篇死亡獨白，「來吧，死是一直／存在的逼視」；第二部，《土地篇》，完成於一九八七年，共有十二章，以春夏秋冬為內在圖讖，演繹了「歌唱然後死亡」的王子生涯，王子為了讓情欲老人和死亡老人放過「名叫人類的少女」，寧願放棄自己的「詩和生命」；第三部，《大札撒》，大約完成於一九八七到一九八八年之間，也是一個殘篇，只剩下一首共有十九節的《抒情詩》，其「看不清眼前的事物，只剩下天堂」讓人震撼，至於「我丟失了一切／面前只有大海」句，則再次表明，「大海」必非塵世之景，可與《面朝大海，春暖花開》相參讀；第四部，《你是父親的好女兒》，完成於一九八八年，是一部小說殘篇，現存九節，在第六節中出現了一個驚悚的畫面，「我用鐮刀割下血兒的頭顱，然後又割下自己的頭顱，把這兩顆頭顱獻給豐收和豐收之神。兩條天堂的大狗飛過來。用嘴咬住了這兩顆頭顱。又飛回去了。飛回了天空的深處」，不久的下文，詩人寫道，「現在簡直是時候了」；第五部，《弒》，完成於一九八八年，共有三幕，在第一幕第五場中，借助於舞臺背景歌曲，直言「死亡是一種幸福」；第六部，《詩劇》，完成於一九八八年，只有一幕，開幕盲詩人獨白之首句，及落幕眾人合唱之尾句完全相同，「我走到了人類的盡頭」；第七部，《彌賽亞》，完成於一九八八年，共包括兩首《獻詩》，詩劇《太陽》，以及作為補充的《原始史詩片斷》，在《太陽》中，海子借助天堂打柴人之口如此具體地預言了自己的死況，「內臟有著第一日／一劈為二的痕跡」，——《彌賽亞》完成於一九八八年底，很快，正如海子自己談到的，這些詩變成了手中的詩和兵器的詩：對死亡的眺望、猜想和撫摸，迅速轉化為一種行動：怎樣寫，就怎樣做。如前所述，海子把末一日，稱為第一日，是因為他終於在此日得渡，加入到恢弘壯麗的天堂大合唱。

在海子的忌月之日，詩人駱一禾就已經整理出海子的一個長詩，並在那篇趕寫的代序中，以不容置疑的口吻如此斷言：

我拒絕接受他的死，雖然這是事實，他是一位中國詩人，一位有世界眼光的詩人，他再生於祖國的河岸必會看到他的詩歌被人念誦，今天我要在這裏說：海子是不朽的。[6]

這個最初的斷言一步到位，當年卻只在散文家葦岸那裏，甚至沒有在詩人西川那裏，獲得清晰的友聲。到了今天，我們已經發現，駱一禾二十二年前的孤注，已經在越來越大的範圍，甚至將會在世界的範圍，轉變成一種蜂擁的共識。毫無疑問，海子「死裏求生」的夢想，如同荷爾德林「在毀滅中生成」[7]的夢想，各各奪取了相互豔羨和媲美的大功德。

海子之死如此草率，卻又彷彿是精心安排：他選擇的時間，地點，以及採取的方式。很快，他進入了更加開闊的視野，被反覆議論，——到了最後，他甚至變成了一個亟待議論的由頭和藉口。從種種發言來看，海子之死一方面已成為八十年代的一個挽歌，另一方面又成為九十年代的一個預言：就這樣，他被賦予烈士和先知的雙重身分。或許正如鐘鳴所說，海子處於一個「中間地帶」[8]，當然，絕不僅是山與海之間，北京與昌平之間，而是一個時代與另一個時代之間，啟蒙、狂飈、白熱化與載重、忍受、收縮性之間。「海子是替我們去死的」，詩人王家新對另一個

6 張玞編《駱一禾詩全編》，上海三聯書店一九九七年版，第八六八頁。下引駱一禾詩文，亦見此書。
7 《在毀滅中生成》，《荷爾德林文集》，戴輝譯，商務印書館一九九九年版，第二五三頁。
8 參閱鐘鳴《中間地帶》，崔衛平編《不死的海子》，中國文聯出版社一九九九年版，第六十二至六十四頁。

躁動不安的詩人多多如此說道[9]。惟其如此，海子之死，才被一些學者稱為「巨大的死」[10]。

一九八九年的冬天，大約在南京這座具有頹廢傳統的城市裏，詩人柏樺又寫下一篇《麥子：紀念海子》。這次我們要徵引的，仍然是其最後一節：

請宣告吧！麥子，下一步，下一步！
下一步就是犧牲
下一步不是宴席

二

海子生前一共留下七份遺書。前六份遺書都充滿了幻象與囈語，只有第七份，亦即他最後帶在身邊的一份遺書，簡短，清楚，有層次，彌漫著炸裂之前的瞬間冷靜。在這份遺書中，海子明

[9] 參閱王家新《火車站，小姐姐》，王家新《坐矮板凳的天使》，中國工人出版社二〇〇三年版，第二十七至三十四頁。

[10] 施太格繆勒語，轉引自吳曉東《詩人之死》，吳曉東《二十世紀的詩心》，北京大學出版社二〇一〇年版，第八十六頁。

確交代：「我的詩稿仍請交給《十月》的駱一禾。」海子如此託付，顯示出一種不作第二人想的惺惺相惜：駱一禾，就是那個念念閃現的解人和義人。

作為海子最早最傑出的密友和知音，駱一禾的確在很多方面表現出金鑲玉式的呼應與般配。他推崇「情感本體論的生命哲學」，認為「以智力駕馭性靈，割捨時間而入於空間，直達空而堅硬的永恒，其結果是使詩成為哲學的象徵而非生命的象徵」，同時直陳對修辭的微詞，「技巧與形式，代表了企圖經由重複凝定這團活火的企圖，建築在蒼勁推理上的玄學亦複如是」，此類觀點與海子如出一脈。鑒於剛才徵引的文論，《春天》和《美神》，事實上早於海子的文論《詩學：一份提綱》和《我熱愛的詩人——荷爾德林》，我們不妨把話反過來說：海子觀點與駱一禾如出一脈。換言之，許多珠胎早就已經暗結於駱一禾，反倒是海子，順勢促成了光華的綻放和不可收拾。駱一禾說：活火。又說：我所服膺的火光。海子則直接說：烈火。——這個傻弟弟！從這個意義上，我們就會發現一個曾經多次被顛倒的真相：駱一禾不妨是海子的美學導師。詩人西川曾說，海子《秋天的祖國》中的「聖火燎烈」，來自於他的《匯合・雨季第一》[11]，但是我們同時發現，「燎烈」一語，同時亦出現在駱一禾的長詩《世界的血・第十二歌》。由此可以看出，在具體而微的美學實踐中，駱一禾確實在非常高的境界上畢現出與海子一樣的，朝霞藝術或

[11] 參閱西川《序言》，燎原《海子評傳》，中國戲劇出版社二〇一一年版，第一至六頁。下引燎原觀點，亦見此書。

謂之曙光藝術，的諸般特徵：華彩，熱烈，新鮮，痛楚，高邁。我們還清楚地看到，在對水、麥子、太陽和大海這幾個基本元素的抒寫上，駱一禾也與海子血肉相連心意相通，不約而同地完成了一系列讓人訝異的孿生文本。這讓海子毫不猶豫地選定了駱一禾。

駱一禾亦深感託付之重。當年春天，他便與西川從海子昌平家裏運回所有帶文字的紙頁，開始整理其全部作品。這是個殘酷的過程：駱一禾不得不一寸一寸地在艱難和悲痛裏浸落得更深，甚至就要觸及那深淵之底。四月十二日，駱一禾完成《衝擊極限——我心中的海子》；同月二十六日，完成《我考慮真正的史詩》，為即出《土地篇》單行本之代序；同月二十八日，完成《致袁安》，將海子恰當地安放入「眾神譜系」；五月十一日，完成《致閻月君》，再次指出海子的重要性，苦心交涉海子詩集出版事宜；同月十三日，最後完成《海子生涯》，——這裏所謂最後，葆有兩個含義：駱一禾關於海子的絕筆，以及他自己全部寫作的絕筆。從這些文字的內容和所署時間來看，在海子死後的幾乎每一個深夜和凌晨，駱一禾都在反覆地冷卻和燃燒：很顯然，他對海子的關心遠超出對自己的擔心。

緊接著，五月十四日的凌晨就來臨了：駱一禾突發大面積腦出血，被送往天壇醫院，昏迷長達十八天，到當月三十一日，終於不治，撒手人寰。駱一禾，一九六一年生於北京，十八歲考入北京大學，二十二歲分配到《十月》雜誌社作編輯，卒年僅二十八歲。駱一禾曾認為，海子死於五年天才生活，並舉盧梭為例，認為後者過了十二年天才生活，最終死於大腦浮腫。這一說法，也許更適合他自己。他本來就是先天性腦血管畸形，在海子之後，他自己也開始衝擊極限，最終死於長期和突然加速的大腦揮霍。

與海子的偏執和激盪判然相別，駱一禾俊朗，沉毅，開闊，智慧，從容，謙遜，濕潤，高潔，富有為神聖之物而獻身的精神。這樣一位詩人絕不會把個人之死視為一己之私事和一己之權力。在寫給袁安的信中，他清楚地說到，「我反對死亡」[12]。那些在海子作品中觸目皆是的死亡暗示，在駱一禾的作品中尤為罕見。長詩《大海》的第十二歌，「面對死亡的蓖麻田」，幾乎是獨例，「面對死亡　末日的序幕敞開／我看見蒼莽浩大的蓖麻田裏正在掀去黃昏」，明顯是觀察者而非踐行者的表述。當然，如果我們細讀駱一禾的詩文，仍然可以理出一條令人驚駭的線索：這是一條不斷遭遇荏口和春天的線索。一九八五年，在《春天》一文裏，駱一禾談到長城附近一大片細幼的青楊林，幾乎齊地折斷，創口飽含汁液；在不久的下文，他寫到，「的確，有一種春天似的東西浸潤我的樹根，而當我生長出去，春天既已不可回復」，——很顯然，這是駱一禾的變形記，他已經把自己置換為一棵樹。就在同一年，他完成了另一篇文章，《水上的弦子》，談及雲南山區雷擊區的大樹，以及至高度那種電火焦燎的命運，然後寫到，「這便是你我的人生」。四年後的五月，在沉入昏迷的前幾天，他一口氣完成了五首短詩，其中《燦爛平息》和

[12] 駱一禾《關於海子的書信兩則》，崔衛平編《不死的海子》，中國文聯出版社一九九九年版，第十七頁。

《壯烈風景》，細細讀來，題目和內容均如讖語，幾乎料定和命中了一個時代：「這一年的春天的雷暴／不會將我們輕輕放過」，「最後來臨的晨曦讓我們看不見了／讓我們進入滾滾的火海」。這裏，海子之「我」，被代以駱一禾之「我們」。這樣，駱一禾的預感，就不僅僅是關於個人的預感，而是關於一代人的預感；他所預感到的，也不是自擇的命運，而是被強加的命運。

關於駱一禾之死，西川認為是「中國健康文學的一大損失」，深以為「再也不會遇到一個像他這樣近乎完美的人」[13]。而海子的傳記作家燎原，則從另外一個角度發出感喟，「駱一禾向這個世界講述了海子，因而海子復活；但海子先駱一禾而去，大約再也沒有與之匹配的人，能像駱一禾講述海子那樣，來講述駱一禾了」。值得一提的是，後來西川獨立承擔海子作品的整理工作，最終於一九九七年二月，促成上海三聯書店出版《海子詩全編》，後來又於二〇〇九年三月，促成作家出版社出版《海子詩全集》，駱一禾的《海子生涯》和西川的《懷念》被用作序言，西川另寫有《死亡後記》附於卷尾：這也算是備極哀榮了。而同於一九九七年二月出版的，由張玞女士編定的愛人遺著，《駱一禾詩全編》，則前言也無，後記也無，八百七十七個頁碼的白紙，只留下了二百五十三首短詩和兩首長詩的黑字。這種不對稱的儀式似乎是一個徵兆：原本爭輝於天宇的雙子星座，具有同等的大質量，但是其中一顆，慢慢地變成了另外一顆的衛星。

[13] 西川《深淵裏的翱翔者：駱一禾》，西川《讓蒙面人說話》，東方出版中心一九九七年版，第一八九、一八五頁。

因此，亟待重新認識駱一禾的意義。而重新認識的前提，恰在細細甄別駱一禾與海子之間的文本互涉問題，換言之，駱一禾的意義不能從與海子的相似性中獲得，正如海子的意義不能從與駱一禾的相似性中獲得。先說海子的意義。海子是自有新詩以來最有抱負，而且在很大程度上實現了這種抱負的人物。他幾乎將整個人類文化作為自己的背景，卻又從未脫離過植根其中的那一小片凍土。他輕易就打通了浪漫主義與現代主義之間的堅壁，通過一系列幾乎無可挑剔的抒情詩，對農耕文化的式微致以不絕如縷的哀挽。但是，海子是不顧的：這種哀挽導致了他的純澈，同時也引發他對「外部世界」的蔑眄，繼而導致了他的暴烈。更為重要的是，海子放棄了自T．S．艾略特以來的現代主義的碎片傳統，試圖「在中國成就一種偉大的集體的詩」。雖然他欲與駱一禾和西川合寫一部《偽經》的願望最後歸於落空，但是他已經接近完成《太陽．七部書》。這件作品同時證明，海子也放棄了自荷馬以來的史詩和擬史詩傳統。如果我們必須借助「史詩」這個既有概念來指認海子這個龐大構建，那也是與任何史詩傳統判然相別的新形態，這種新形態，筆者曾在一九九八年稱之為抒情史詩。讓人震撼的是，在如此之長的篇幅中，海子式暴烈從未有過片刻的衰減。駱一禾的類似建構，《世界與血》，則並非完全如此。現在說駱一禾的意義。在海子的朝霞或曙光之中，駱一禾嵌入了適量的知性和樂感，所以在血湧之際，往往能夠得到及時而有效的控制。這看起來像是海子的弱化，但從另外一個角度講，這種弱化正是耐性、美德和力量的表現。駱一禾的寫作不是一種無暇他顧和不計後果的寫作：神的命令和個人的義務都不會一邊倒；天才的展現與公共知識分子精神的確立馳驅相競，在清越的角逐中，後者逐漸占據上風。最能體現駱一禾這種卓越的平衡能力的，還在於他對古奧風格的追摹：異於尋常的詞法和句法阻止了可能的油滑，這樣，駱一禾絕不會自己從那危乎高哉的懸崖之上跌將下去。

三

海子的死訊很快傳遍各地。在浙江淳安，一個長髮披肩，滿臉青春痘，全身邋遢牛仔服的大男孩忍不住失聲痛哭。後來，這個大男孩坦言，那一年他精神上最為嚴重的事件，莫過於讀到海子和劉小楓。這個大男孩就是方向。

方向的方向就這樣被徹底改變。在此後五百多個日夜裏，他「輾轉在齊腰深的火焰裏」[14]，面對著極其凌厲而龐大的擠壓。到了一九九〇年十月十九日，他已經不堪忍受那繼續活著的羞愧，終於服毒自殺，「就在頃刻中倒向親人的懷抱／比穿過蘋果的子彈更精彩絕倫」，翻倒的農藥瓶裏流出甲胺磷，浸透了桌子上的方格稿。在此之前，他已經顯示出酒精中毒的前兆。方向，一九六二年生於淳安左口，十九歲考入湖州師範專科學校，二十二歲回到本縣，先後供職於多個行政部門，卒年僅二十八歲。方向死後，安葬在美麗的千島湖畔，墓碑上鐫刻著他最後一句遺

14 方向《水聲》，方向《挽留》，胥弋編選，香港金陵書社一九九七年版，第七十六頁。下引方向詩文，亦見此書。

言：「想寫一首詩」。

這個詩人「有一條黃金做的嗓子」，少年時代就嶄露才華。早在一九八〇年，他曾這樣低聲歌唱，「太陽／像一隻熟透了的蘋果／貪婪的人／只要多看一眼／就會瞎了雙眼」。至少還要在三年之後，芒克才完成《陽光中的向日葵》，表達出一種相似的危險態度。所以，到了今天，我們不得不對當年刊發此詩的那個地方刊物，《山城》，表達敬意。後來，大約是在與海子建立起某種神祕聯繫的前後，方向的作品，忽然增加了「來此作一匆匆過客」的謫仙人氣質。他似乎已經聽到來自天堂的召喚：整日價焦躁，憂患，起降，夾雜著憤怒，愈來愈強烈地渴望毀滅。眾生懵懂，一心消隱，不能注意到他越來越具體的設計方案。今天重讀《恍惚馬年》和《悔悟》，我們不得不倒抽一口涼氣：「這是一九九〇年的馬匹／最後的事情／可能發生」，「那祕密的武器／甜蜜的毒藥／守口如瓶」。時間和方式都已經選定，如其所言，干戈就要化為玉帛，他就要前往那黑暗的「十三月」。

其實方向的理想，就是做一個布衣。然而，與這個理想頗不相類的是，他具有一種強烈的家國情懷：就像海子也曾在《祖國（或以夢為馬）》中展現出來的那樣。至少有三件作品，《熱愛詩歌》、《計數》和《一把木劍帶來的消息》，出現了那個讓人疼痛的大詞，「祖國」，或者「國家」。或者還可以說得更明白一些，方向絕非死於消散開的愛情和聚攏來的貧困，已經有人在更高的層面上積澱出他的意義。他在一篇文章裏說到，「這已非我，不若死我」；又在一首詩裏說到，「犧牲已不可避免」。正是在這個意義上，他與此前的死亡達成了呼應：一個家族將逐漸組織那不為我們得見的薈萃。讓我們再次面對春天，背誦方向那「內臟出血」的詩句：

而春天正像一把真實的木劍
一朵悄悄生長的油菜花

穿過長長的、寒冷的的冬天
直抵一個偉大國家的胸前

並且輕輕開放。獻上自己

七年後，山東的一位義人，胥弋，在香港金陵書社自費出版了方向的遺著《挽留》。這部單薄的詩集只被少數人慎重珍藏。又是很多年過去了，作為他自己所說的「至高的無名者」，方向已經快被大眾徹底淡忘。讓人痛惜的是，他在寫作上的探索和貢獻並沒有得到及時而有效的總結。是的，方向對鄉村一往而情深，他愛上了油菜、小麥、玉米、紅薯和青草，聽從鳥的教導，膜拜所有無知無識的石頭，對城市文明和工業文明保持著足夠的怵惕。到了後期，他在文字裏不斷加深著幽暗，增大著駁雜，並試圖從幽暗和駁雜裏透析出一派清明。換言之，他期待著漸漸臻於一種禪境。這些也不足為奇；讓人擊節讚嘆的是，他的抒情輕易地實現了超現實主義和新浪漫主義的混成，在冷卻與激動之間轉換自如，顯示出不斷灌漿的巨大可能：風格的成熟已經指日可待。方向曾說，「一人一詩，此人此詩」，他幾乎做到；現在，我們誰也堵不住他的口，他接著往下說，「此詩此言，此言此行」，他已全部做到。

方向也有理論的興趣。一九八六年九月，他就完成過一篇《論北島詩歌的憂患意識》。據說，北島閱後曾托人向他轉贈詩集以示致意。可見此文定然不俗。今天能夠得見的《我觀今日詩壇中的自己》，完成於一九八九年一月，也給我留下較深的印象。在此文中，他談及自己喜歡的三位詩人，寫下一段詩學繞口令，「像艾青那樣北島，像北島那樣韓東，象韓東那樣艾青」，無疑是極為深刻的。八年之後，詩人王家新完成長詩《孤堡札記》，該詩第三十九行與方向此語所見略同，現在已經成了掛在一些學者嘴邊的名句：「為了杜甫你還必須是卡夫卡」[15]。

四

後起之詩人解讀北島，有其複雜的歷史語境和心理動因：彷彿是一個個不斷舉行的小儀式。

[15] 王家新《未完成的詩》，作家出版社二〇〇八年版，第六十八頁。

一九八八年春天，北京大學三年級的學生，戈麥，也完成了一篇解讀北島的文章：《異端的火焰：北島研究》。這篇文章幾乎不可得見。倒是一個日本人，是永駿先生，在獲緣拜讀之後，給予了極高的評價。到了第二年秋天，戈麥開始認真思考寫作與生存的關係，很快就確定了自己的道路：隱居，素食，忍受，寬宥，調理著初衷與末路之間的緊張，恰如詩人西渡所言，「獨自在內心裏承擔了生活和時代的全部分量」[16]。在此前後，他複印了駱一禾的《修遠》一詩送給西渡，以示相互砥礪。這首詩開篇這樣寫到，

觸及肝臟的詩句　詩的
那沸騰的血食
是這樣的道路。是修遠
使血流充沛了萬馬，傾注在一人內部

就這樣，戈麥徹底放棄了「經濟救國」的理想，開始考慮一種詩歌和小說「雙向修遠」[17]的道路。這是長久的打算，沒有任何不祥的徵兆。到了第三年的春天，戈麥倡議與朋友合辦一個小詩

16《戈麥的里程》，西渡《守望與傾聽》，中央編譯出版社二〇〇〇年版。下引西渡文及轉引戈麥信，亦見此書。

17《戈麥自述》，西渡編《戈麥詩全編》，上海三聯書店一九九九年版，第四二四頁。下引戈麥詩文及臧棣文，亦見此書。

刊，《厭世者》，每半月出一期。《厭世者》一共出了五期：從發表的作品來看，那陰影已經逐漸逼近。這年十二月，他完成一件心如死灰的作品，《海子》，很顯然，對海子的選擇，他的認同大於惋惜，——是的，幾乎沒有惋惜。到了第四年春天，戈麥在寫作上愈來愈自覺地脫離海子，卻在命運上愈來愈不自覺地貼近海子；沒有誰意識到這一層，包括他自己，就曾經在一首詩中肯定地寫到，「死是不可能的」。

往往就是這樣：我們每每得迎來那不可能之可能。一九九一年九月二十四日，戈麥忽然自沉於北京西郊萬泉河。戈麥，一九六七年生於黑龍江寶泉嶺農場，十八歲考入北京大學，二十二歲分配到《中國文學》雜誌社作編輯，卒年僅二十四歲。他的遺體是在清華園被人發現的，而西渡，要到十月十九日才確證他的死亡。根據西渡等人的調查，九月二十二至二十三日，戈麥連續兩次被女朋友拒絕；當二十三日的黑夜降臨，他回到北京大學，向北走到朗潤園，將詩稿和信札扔進污濁的廁所，然後繼續向北，來到污濁的萬泉河，萬泉河向下就流進清華園。戈麥最終把自己的作品和肉身都嵌入了那污濁，顯得那麼的刺眼，就像他自己曾寫到的那樣，「僅僅一次，就可以幹得異常完美」。除此之外，我們還得反覆感嘆，他所選擇的這條線路，早在三年前，駱一禾就有過描述，「那黑夜說：北／北啊　北　北和北」。這兩行神鬼莫測的詩句，恰好出自《修遠》，今天讀來，不免讓我等凡俗大驚失色。

在自沉之前，戈麥給他的哥哥寫了一封未發出的信，此信的第四段或許給出了最後的解釋：

很多期待奇蹟的人忍受不了現實的漫長而中途自盡，而我還苟且地活著，像模像樣，朋友們看著，感覺到我很有朝氣，很有天賦，其實我心裏清楚，我的內心的空虛，什麼也填不滿。一切不知從何開始，也不知如何到達。我不能忍受今天，今天，這罪惡深重的時刻，我期待它的粉碎。我不能忍受過程，不能忍受努力和奮鬥。

這段文字十分清楚，無需細細辨析，我們也會明白，戈麥之死自有其最重要的原因，至於愛情的挫敗，只能說是最後的原因。今之論者，往往將最後的原因誤認作最重要的原因。這樣，詩人之死就逐漸被改寫。還有另外的改寫方式。比如臧棣，在這個問題上就未能自圓其說。他認為詩人之死既非時代的悲劇，亦非個人的悲劇，而是語言的悲劇。語言的悲劇從何而來？臧棣在回答這個問題的時候，居然又繞回到個人和時代：「在一個寫作被干預、被規範、被利誘、被蔑視的歷史境況中，詩人和語言的關係趨於嚴密和緊張，變得像一種命定的契約。」然後，臧棣就得出了結論：戈麥之死，包括海子之死，就是漢語的悲劇。以臧棣的學養和洞見，此類表述，如果不是出於某種特殊考慮而故意有所迂迴，就難以喚起我們那種發自內心的認同感。

與海子不同，戈麥身上存有一種幾乎絕望的清醒。正是這種理性的力量，讓他從不在作品中輕言死亡。但是這一點，並不影響我們終於注意到，他對於死亡與水的關聯度的一再窺探。在僅有的兩件以「死亡」為題眼的作品中，他曾在「一團水中的火焰在夜色中被點燃」或「如果支出一枚硬幣能夠將一口水井的深度測量」這樣的隱喻之洞，存放了一把並未被及時發現的小鑰匙。到了今天，當我們手持這把銹跡斑斑的小鑰匙，終於打開了戈麥完成於一九九〇年的《厭世者》，甚至更早的一首，完成於一九八八年的《游泳》，就必然會再次驚異於詩歌作為讖語的力量。在前一件作品中，那是誰，「高舉著勝歌在洪水中奔走」？在後一件作品中，又是誰，「肉體被大水沖散」？水，眾水，就像我們已經知道的，雖然逃過了我們的雙眼，最後卻都彙集到同一個下游，那就是萬泉河。與方向一樣，戈麥不但對於方式早有盤算，而且對於時間也曾作設定。大約在一九九一年五月，戈麥接到了一個約稿，以第三人稱完成了一篇短文，《一個複雜的靈魂》，其中有句，赫然刺目，「戈麥經常面露倦容，有時甚至不願想二十五歲之後的光景」，——這種精確度，在詩人的痛史上曾經有過先例。臺灣詩人楊喚，亦寫有一件作品，《二十四歲》，不惜運用如此密集緊迫的排比句，「小馬被飼以有毒的荊棘，／樹被施以無情的斧斤，／果實被害於昆蟲的口器，／海燕被射落在泥沼裏」[18]，抒寫了那種生命未茁而大限將至的強烈預感。這個楊喚，一九三〇年生於遼寧，一九五四年以車禍喪命臺灣，其卒年果然亦僅二十四歲。

事實上，前面提及的小詩刊《厭世者》，除了戈麥之外，就只有一個同仁，那就是西渡。戈麥棄世不久，西渡就毫不遲疑地給予他崇高的評價：「他將是我們中唯一得永生的人」。一九九九年一月，西渡不再理會戈麥那種「對於我，詩歌是，一場空」的虛無主義襟抱，甚或違背他的

[18] 張默、蕭蕭主編《新詩三百首》上冊，臺灣九歌出版社二〇〇七年版，第四三五頁。

遺願，最終編成《戈麥詩全編》由上海三聯書店出版。但是，對西渡的判斷力的質疑從來就沒有停止過，——儘管這種質疑以其對死者的不得不有的尊重而始終保持為小聲嘀咕。是的，戈麥的寫作的確因襲了一部分的海子和駱一禾：比如，他也懷揣「對生命的可能性受到戕害的恐懼」，通過《彗星》、《朝霞》這類作品，展示出早慧少年的自我暗示，或謂之自我期許。但是，戈麥擁有不可估量的蝶變可能性，因為他是如此憎恨一首詩與此前任何一首詩構成的重複，——更何況自己與他人的重複。比如，我們已經確知，他早就著手並有充足的信心來撮合象徵與超現實，並試圖在智慧和情感之間求得尖銳的張力，同時還意識到必須儘快克服那些突如其來的觸因對寫作的震盪和牽連。理論的自覺帶來了實踐的自覺：荷爾德林開始隱退，而博爾赫斯逐漸現形。一個曾經如此迷戀幻想和天外之象的詩人，很快用煥然一新的作品——這些作品通常留存多個不同的版本——混編了小徑與歧路、闃寂與紛亂、密實與鬆散、魯鈍與尖銳。抒情性招致壓抑和收束，修辭逐漸壯大，晚期作品慢慢結晶出一種看似吃力又總能出奇的形式感。這種孤身犯險，幾乎讓戈麥失去了所有的同伴，最終陷入一種萬劫不復的絕境。幸而還有西渡。在戈麥棄世十四年後的十二月二日，西渡在中國人民大學發表了題為「詩人與生活」的講演，在最後，他再次為戈麥的創造力和自己的判斷力做出辯護：「所以，我認為，戈麥正是我們時代一個呼喚奇蹟並創造了奇蹟的聖徒。」[19]

[19] 參見西渡《靈魂的未來》，河南大學出版社二〇〇九年版，第一九七至二〇〇頁。

五

當詩神清點著自己的孩子，死神也清點著同一群孩子：所以他們常常結伴而行。從首都到外省，從中國到異域，都將留下他們的履痕。這兩個刈割者，「不會丟下一穗大麥」[20]。

時間來到一九九三年十月八日，當戈麥已經快被遺忘，卻突然從太平洋西南部島國新西蘭（New Zealand）的懷希基島（Waiheke Island）傳來一個令人震驚的消息：詩人顧城當日殺妻自縊：童話灰飛，天國煙滅。顧城，一九五六年生於北京，十歲輟學，十三歲隨父流放山東維河邊的火道村，在此前後作過木匠、漆匠與畫匠，二十七歲娶得謝燁，三十歲認識英兒，三十一歲遊學歐美，三十二歲執教奧克蘭大學，不久偕同妻子並迎來情人隱居懷希基島，卒年僅三十七歲。顧城死日，在其遺體附近找到一把血淋淋的利斧，同時找到了奄奄一息的謝燁。直升飛機和醫生的「She should be right」最終未能挽回謝燁的生命。一時間輿論大嘩：袒之者不免提及利斧下的玫瑰，斥之者偏會挑出玫瑰下的利斧。顧城之死，因其囊括了天才、女色、黑梟、情變、凶案和荒島之間的各種可能性，很快就超出了文學界，滑落到新聞界，成為一個非常著名的公共事件，

---

[20] 顧城《在這寬大明亮的世界上》，顧鄉編《顧城詩全集》上卷，江蘇文藝出版社二〇一〇年版，第七三三頁。下引顧城詩，凡未注明，均見此書上下卷。

後來甚至還被拍成了電影：一個日本女演員，森野文子，非常大膽地出演了第一女主角。顧城生前將懷希基島稱為激流島，曾作有《激流島畫話本》十八首，世人遂襲用此名，該島之原名反而不為人知。

顧城的父親，顧工，原名顧菊樓，生於一九二八年，也是一位詩人，曾以描繪藏民生活的作品贏得過「祖國」的認可。從他對自己名字的改換，似乎可以看出中國主流意識形態的轉遷：從小布爾喬亞趣味、士大夫情懷到工人階級立場。之所以如此強調，主要是想指出：顧城後來煥發出的思想火焰也許與乃父並無重大關係。顧城是一位真正意義上的早慧者和通靈者。從現存作品來看，他六歲就已經開始寫作。而《楊樹》，「我失去了一隻臂膀，／就睜開了一隻眼睛」，是其八歲作品；《煙囪》，「煙囪猶如平地聳立起來的巨人，／望著布滿燈火的大地，／不斷地吸著煙捲，／思索著一件誰也不知道的事情」，是其十二歲作品。小顧城的這些信手塗鴉，讓老顧工頓時黯然失色。活塞已經拔出，光輝急著要出來，任誰也遮蔽不住這顆天然鑽石。

一九九二年十二月十九日，在德國波恩，Suizi Zhang-Kubin代表《袖珍漢學》雜誌社採訪顧城，後者總結出「我」之四階段[21]，第二年六月又據此深化完成了《沒有目的的「我」——自然哲學綱要》，——此文在大陸很難看到。顧城之談話與演講，往往天花亂墜，受眾倘欲有所接，必然自恨無千手。察其主要之思想，不妨作出如下再闡釋。最初是自然的我：我的主體性不能高

[21] 參讀張穗子《無目的的我——顧城訪談錄》，顧工編《顧城詩全編》，上海三聯書店一九九五年版，第一至六頁。

於萬物的主體性，我必須無休止地回歸自然，我即自然，此一階段（－一九七四）代表作是《生命幻想曲》。繼而是文化的我：我的主體性低於我們的主體性，我必得接受這個秩序化的世界，世界即我，此一階段（一九七七至一九八二）代表作是《我是一個任性的孩子》。然後是反文化的我：我的主體性高於我們的主體性，我必要消解這個秩序化的世界，我即世界，此一階段（一九八二至一九八六）代表作是《布林》。最後是沒有目的的我，亦稱無我：我的主體性不能低於自然的主體性，自然無休止地接納我，自然即我，此一階段（一九八六－）代表作是《頌歌世界》和《水銀》。至此，顧城自稱已放棄任何藝術風格，進入無我狀態，亦即自然狀態。自然：自然而然。終點又回到起點，顧城似乎已經徹悟。寫詩是一件很不自然的事情，所以他隨寫隨丟，作品散佚十分嚴重。「我的小孩兒跑來跑去，拿去扔進火裏，也是個自然現象」。學習英文則是一件更不自然的事情，他在海外的日常生活都依靠謝燁：一位妻子，同時也是母親、保姆、翻譯、讀者和經紀人。趙毅衡在談到這位可敬的女性時說，「她正是『非顧城』的一切」[22]。擁有肉身，特別是男兒身，可能是最不自然的事情：這個問題就不好解決。說到這裏，我們必然要發問：無我，仍需借助我之口來表達，自然狀態仍需借助非自然之力來實現，豈非執子之矛攻子之盾？顧城並非沒有意識到這個問題，他注定要在這個不斷收緊的矛盾中一步步落入自造的困境，或者說，達到他自設的佳境。

[22] 《死亡詩學：訪顧城》，趙毅衡《豌豆三笑》，上海教育出版社一九九八年版，第十五頁。

有意思的是，當顧城面對美，他自己也承認自然狀態就會稍稍被打破。自然狀態是沒有恐懼的，然而美讓他產生了恐懼：他既憂心自己玷污了美，更揪心別人毀滅了美。顧城所謂美，在很大的程度上集中於女兒之美。他後來辭去教職，隱居懷希基島，就是為了建立一個「絕對女兒國」：「好女孩和好女孩在一起」[23]。這個過程是值得描述的：那是在一九八八年，奧克蘭的寒冬來臨了，詩人夫婦買不起木柴，朋友們送來許多報紙，謝燁用以燒起了壁爐。顧城坐在旁邊閒翻，他看不懂英文，只看阿拉伯數字，是的，他在關注房屋出售欄目。不久，他就驚叫起來，因為他發現了一套最便宜的房屋，就在離奧克蘭不遠的小島。在接下來的星期天，他們渡海上島，當然就是激流島，走進黑壓壓的原始森林，找到了這個房屋。主人正坐在門前雕刻貝殼首飾，見來了顧城，說，「世界末日就要到了」，顧城問，「還有多久」，主人說，「大概還有五十年吧」，顧城說，「我只需要二十年就夠了」，——後來的事情表明：他其實只需要五年。他們就這樣在島上住了下來，搬石頭，劈木柴，養蛋雞，喝雨水，採貝殼，對抗冷和餓。有一次，顧城聽人講，有一種熱帶棕樹能吃，他馬上砍倒一棵，從樹根嚐到樹梢，最後發現能吃的只是花穗，那花穗看上去有點像冬筍。顧城似乎終於過上了與世隔絕的非文明生活：他戴上了那頂新西蘭羊毛編織的翻邊廚師帽，就像戴著一截牛仔褲管，成為島上唯一不說英語的居民，古怪而又大名鼎

---

[23] 顧城、雷米《英兒》，華藝出版社一九九三年版，第三頁、九十八頁。下文若干情節亦參考此書；同時亦參考王安憶《島上的顧城》，江曉敏編《顧城：生如蟻美如神》，中國長安出版社二〇〇五年版，第三至十一頁。

鼎。一九九〇年七月，他幫助英兒也來到激流島：自然生活終於歸附於一個絕對女兒國：眼看兩者就要相得。反常的是，顧城也「同意負起掙錢責任」。但是，英兒前赴新西蘭，並非為出世，而是為入世。此後某一天，顧城外出遊學，在夜裏打電話給英兒，卻聽到了島上那個老花花公子的聲音。大約是在一九九三年三月，顧城終於得知英兒與其情人同時失踪的消息：女兒神性開始崩潰。謝燁知道這意味著什麼，她鼓勵顧城與她一起寫作《英兒》，成書後再死。七月，顧城赴法蘭克福大學世界文化哲學討論會，即席演講自然哲學，此舉類似唱反調，卻引起了強烈的反響，——卻無人知是平靜的絕響。八月，《英兒》成書，未及通校，即已投送。大約在此前後，顧城恍覺謝燁亦有外遇：至此，女兒神性徹底崩潰。從九月二十七日到十月八日，顧城寫下四封遺書，在第二封中說，「她們都騙了我」[24]。十月二至七日，顧城口授，謝燁筆錄，試圖為兒子木耳寫一部書，已經完成了十二篇，不知何所始何所終。到了八日下午，不詳具體觸因，情況忽然陡轉，顧城終於還是踐行了當年七月演講中的驚人語：為道者，殺人自殺，無為無不為。「凶手／愛／把鮮豔的死亡帶來」。死亡讓顧城徹底進入自然狀態：其詩學及哲學悖論亦迎刃而解。在赴死前數日，顧城留有偈語一首云：生也平常，死也平常，落在水裏，長在樹上。後來，顧城與謝燁分葬激流島，各得一座孤零零的小墳。關於這個結局，早在此前五年，另說此前七年，顧城就已經在短詩《墓床》中明白地寫出：

---

[24]《顧城的詩》，人民文學出版社一九九八年版，第三九四頁。

我知道永逝降臨，並不悲傷
松林中安放著我的願望
下邊有海，遠看像水池
一點點跟我的是下午的陽光

人時已盡，人世很長
我在中間應當休息
走過的人說樹枝低了
走過的人說樹枝在長

前文已經論及顧城的寫作，——但是被死亡打斷了，現在必須回來深究顧城的晚期詩。顧城的晚期，或可稱之為奧克蘭時期。其中，完成於一九八八年三月的《水銀》四十八首殊堪注意。在這個組詩裏，顧城徹底瓦解了自己與世界的種種關係，自稱進入了一種「明亮的瘋癲狀態」[25]。他甚至已經做到不再依靠世界設定與固有的方式離開這個世界，因此，他幾乎放棄了明確的所指，轉向一些神祕的能指：「土裏有土」式語言，非使用性語言，前語言。比如，他逮住

[25]《從自我到自然》，《顧城文選》第一卷，北方文藝出版社二〇〇五年版，第一〇三頁。

了「滴的裏滴」。《滴的裏滴》是組詩的第三十九首。在顧城看來，這個聲音，就是文化與價值突然坍塌的聲音，就是世界不斷離析的聲音。通過對這個聲音的反覆捕捉，顧城獲得了大解脫大自由大歡喜。這種大，大得不得了，讓他停不下來，所以他常常得抱上一塊石頭才能走回家。到了一九九二年十一月，他完成了《鬼進城》八首。這是顧城對付完世界之後，開始對付自然的一次小捷。人是最大的非自然。要對付自然，最好的辦法就是融入自然：不僅僅是「複歸於嬰兒」，而要更進一步，化為草木土石乃至虛無。人必成為非人，非人則不必成為人。所以，顧城為這個組詩寫下了一篇讓所有人相顧駭然的序詩：

零點
的鬼
走路非常小心
它害怕摔跟頭
變成
了人

此後，顧城就沉浸入非人的黑夜。這黑夜，如白糖，此間樂，不思蜀。詩人滿心歡喜，他說，

「死了的人是美人」，又說「死了的人都漂亮」。但是，顧城最後仍然不得不如此承認：這個組詩的主角雖是鬼，但是視角還是人。換言之，這個組詩，乃是顧城「作為人」的寫作。「我」就站在鏡子的對面。這讓顧城萬分沮喪：絕對的自然似乎可望而不可即。倘欲百尺竿頭更進一步，個我之生命必然成為最大最後的障礙。恰恰在顧城這裏，詩學與生命同構之程度至深至烈。先是「與世為仇」，繼之「與我為仇」，其勢不可免矣。幾個月之後，到了一九九三年三月，顧城完成了《城》五十二首：這是他「作為鬼」的寫作。他自己亦坦言，特別是《後海》、《紫竹院》二首，即是以這樣的方式得來。城是什麼城？是顧城，亦是故城。這個行將赴死的詩人，在最後的刹那，以一個孤魂的身分回到了那舊曾諳的北京，且聽他掰著指頭一一細數：中華門，天壇，東華門，午門，德勝門，南池子，琉璃廠，首都劇場，故宮，西單，新街口，六裏橋，中關村，昌平，北京圖書館，月壇北街，公主墳，知春亭，白石橋，打磨廠，豐台，太平湖，東陵，平安裏，虎坊橋，然後，然後，然後就是白塔寺：我們已經知道，這白塔寺，就是詩人初臨的人世。

顧城生前就已經得到大名：大陸及臺灣曾多次刊印其簡體、繁體詩集；世界各國還曾先後出版其法文、德文、英文詩集。及其歿後，備極哀榮。一九九五年六月，其父顧工編成《顧城詩全編》由上海三聯書店出版；二〇一〇年四月，其姊顧鄉編成《顧城詩全集》由江蘇文藝出版社出版：其間出版的各類選本更是不計其數。當然，關於顧城的研究亦愈趨深入。一個自幼師法安徒生和法布爾的少年詩人在我們的認知中漸行漸遠：童話詩和寓言詩早已不再是顧城之為顧城的徽記。顧城的晚期詩學，通過斷腕般的正反合，打破了所有人關於寫作的理解。所謂「唯靈浪漫主義」，亦或「低度發展的現代主義」，似可揭示其風格之一端，然而顧城很快就拋出來一個萬花筒，嘲笑著我們只見樹木不見森林的眼睛。事實上，顧城的寫作已經不再是一種語言作為，而是一種生命作為。詩只是一種生命的落屑而已。對於顧城而言，寫作不再是不朽的根據地，而是必須動用巨大的毅力和勇氣來使之中斷的潑煩事。寫作只有在不自然地表達自然的情況下才具有一點點聊勝於無的意義。寫作：為了不寫作：最後死亡調和了兩者。顧城通過如此極端的行為主義，展示出一種登峰造極無以復加的自然哲學思想。這種哲學思想，從人的角度看來，無異於瘋狂的囈語；從宇宙的角度看來，卻是精警的提示。顧城大於人。因此，顧城乃是一位最徹底的詩人哲學家：其他的詩人哲學家，只能卻步於去顧城的半途。

六

顧城之死引發了大範圍的熱議：經學家看見易，道學家看見淫，才子看見纏綿，真是眾說紛紜，莫衷一是。大約在一九九四年初，在那遙迢而凜冽的白山黑水之間，一個二十二歲的青年詩人，麥可，也加入了相關討論。他非常簡單地認為，顧城之死是一種與詩無涉的純病態行為，不能與海子、方向和戈麥之死相提並論[26]。在這篇文章中，麥可展示出一個少年的天真無邪，以及一個青年的積極向上——「他並不是一個把死凌駕於愛和創造之上的人」[27]——但是並沒有完全展示出認知的深度和理論的潛質。

雖然麥可並未以人廢詩，但是他對顧城的崇拜已然大打折扣。值得注意的是，他轉而將戈麥視為血親兄弟。戈麥，麥可：這兩個名字之間的頂針修辭格讓人膽顫心驚。我們將會發現，這是命運之神的修辭格。一九九〇年十二月，戈麥寫出一首《彗星》，「你的內心為遙遠的一束波光刺痛／那唯一的目擊者熬不過今夜，他合上了雙眼」。海子已成彗星，目擊者正是戈麥；戈麥亦成彗星，目擊者卻是何人？我們可以這樣相信：正是麥可。一九九四年六月，麥可亦寫出一首《彗星》，「你有光的名，將為絲柏和風所收藏／默默的生存者，大地為你留下高度和芬芳」。一九九五年四月，麥可另寫出一首《隕石》：便從一個目擊者變成了一個守靈人。後來的事實表明，這神祕的彗星連環套越收越緊：到了一九九六年十二月六日，消息傳來，麥可因馬凡氏綜合症猝然辭世：火鳥再次在湖畔留下了一片紅羽毛。麥可，一九七一年生於黑龍江哈爾濱，十七歲考入黑龍江商學院，十九歲分配到哈爾濱汽輪機廠作技術員，卒年僅二十五歲。麥可，終於也像他在給戈麥的獻詩中寫到的那樣，捧出了詞，捧出了血的糧食，加入到那閃耀的天使合唱團。

---

[26] 參讀麥可《我所理解的顧城和他的文學》，《當代文壇》一九九四年第三期。

[27] 李德武、馬永波《天使的歌唱》，《麥可詩選》，遼寧民族出版社一九九六年版，第一頁。下引麥可詩，亦見此書。

在少年時代，麥可就承受到成長的恐懼感，但是，後來他並未將此直接訴諸作品。恰恰相反，通過持續的寫作，他已經將尖銳的恐懼感轉換成寬闊的寧靜心。麥可的做法至為簡單：他不再游目於現實的亂象，轉而注意於內心的幻象。他的寫作幾乎無一例外地指向大自然：大雪，阿勒錦，鳥，雅魯河，天鵝，沙棗樹，麥田，藍，星辰，白露，光。當然，這些事物已經不再是大自然本身，而是樸素的材料，麥可藉此編織出內心的幻象。春天來了，他寫出一首關於春天的詩；秋天來了，他寫出一首關於秋天的詩；冬天來了，他又寫出一首關於冬天的詩。他似乎不喜歡夏天，因為老是有暴雨。四季交替，年復一年，就這樣不斷給麥可帶來新的詩篇：他沒有過於敏感到時間的流逝，卻總在時間的流逝裏，鍥而不捨地追求著某種高邁之境與高懸之物。是的，我說的就是自由精神，——正是這種不斷拾級的自由精神，反過來讓時間的流逝變成一種巨大的誘惑：「死亡不再遠遠地神祕，充滿了美麗」。這樣，麥可就在自己的靈魂中植入了一根定海神針。時間的罡風已經掀不動他的思想的洋面：很多時候，他自喻為一塊鐵，或者自喻為一塊黑鐵。這樣的詩人，對死亡自必淡定，對生命亦當尊重。

奇怪的是，麥可的死亡預感卻時常湧現，甚至可以說，這種預感覆蓋了其全部作品。如果對麥可短暫的六年寫作期細分階段，可能在不同的階段，其詩風也出現了一些不易覺察的微變。但是，死亡預感作為一種底色，卻從未被麥可撤換掉。更加讓人驚訝的是，他似乎逐漸清晰地洞悉了其生命長度。他先後寫下的很多詩句，都有天不假年的暗示：太陽下一汪清凌的水，快要燒盡的紅燭，當然還有劃過屋宇的彗星。曾經被麥可的朋友們徵引過的兩件作品，《夕陽的歌》（一九九四）和《黃昏詩章》（一九九五），則直言大限將至：「夕陽下，夕陽多麼絢麗，而又迷醉／一切都才剛剛揭幕，又面臨結束」；「也許，期待的那次最深刻的睡眠／將會悄然到來」。到了一九九六年一月四日，發生了一件不可思議的事情：這天，麥可神思飄忽，在低頭轉身的剎那，打碎了一隻暖瓶，水銀鍍面四散委地，呈現出天象，暖瓶原有的靜態之象讓詩人產生了懷疑，……就在一會兒前，麥可還沉醉在一本一個英國人寫的達利傳記之中，他被書裏的插圖吸引，剛用鋼筆畫上兩道細線，鋼筆水就沒有了，……翻開的書恰好停留在第二十五頁。七日，麥可就據此完成了《一九九六第二號：失重的主題》：死神之諭就在其中隱藏：他翻開的只是自己的命運。必須這樣說來，但是，這樣說來又不免神祕：麥可二十五歲之歿，正如他在一首長詩中的供詞，不過是「早知的宿命」。讓我們屏息傾聽吧，麥可最早的詩篇曾這樣教會我們傾聽：

> 靜聽這歌手的最後一個顫音，月光破碎
> 我們在傾覆的黑暗中捏緊了對方的手

麥可死後，他的朋友李英杰、李德武和馬永波，當年就編成《麥可詩選》由遼寧民族出版社出版。然而，麥可並非一蹴而就的天才，也沒來得及最後完成自己，他所期待的白銀之耳和青銅之耳一直沒有出現：其人其詩很快湮沒無聞。二〇〇九年十二月，詩人阿毛改定《仿特德．貝裏根〈死去的人們〉》，該詩幾乎遍吊當代夭亡詩人，卻單單遺漏麥可[28]。要讓麥可的名字在眾辭中升起，必須在其他夭亡詩人的種種美學特徵之外辨認出他的差異性：做到這一點的確困難重重。儘管如此，我們並不憚於再次展開劈發析毫的小冒險。麥可的主導風格，乍一看，並未逸出浪漫主義的邊域，這種浪漫主義，既保留韻律的修飾與聖經的吹拂，又經過卡夫卡、蘭波、西爾維婭、茨維塔耶娃、曼傑斯塔姆和布羅茨基的浸染，或可稱之為變異浪漫主義。在麥可的初期寫作中，靈感與激情的交織如此錯綜，往後，滴加了少量的經驗，再往後，充盈著大塊的公共知識分子情懷。純潔的抒情性，緩慢地讓位於沉毅的擔當性。一九九六年五月，瀋陽，在一次學術會議上，麥可作了題為「內心寫作」的發言。他說了些什麼，已經無從查考。但是有一點可以肯定，內心寫作的重要前提，必然是對現實的無睹。所以麥可才在很多詩篇中自稱盲眼人：這也是一種流亡啊！行文至此，我們要提出的問題是：他為什麼要離開現實，最終有沒有離開過現實，現實如何在其內心底片上不斷地顯影？麥可已經用自己的寫作，比較出色地回答了這個問題。

[28] 參讀阿毛《變奏》，長江文藝出版社二〇一〇年版，第九十六至一〇二頁。

七

一九九八年九月至一九九九年十月，一個看上去總像沒有睡醒的長頭髮詩人，常常往返於廈門和天津之間。我們可以這樣想像，在火車上，或是飛機上，他老是手持杜甫，長時間地沉浸於《秋興八首》，對作者沉痛蕭疏的暮年心境，及其圓熟尖新的後期詩藝，發出了深長的讚嘆。後來，這個詩人從杜甫的這八首律詩中各挑出一句，作為自己的小標題，寫出一個詩組，亦名之為《秋興八首》。在第四首中，他忽而發生疑問，「誰是第一個，誰是／最後一個？」[29]這個問題，恐怕連上帝也不能回答——麥可當然絕非那最後一個——更讓我們迷惑不解的是，這個詩人如此年輕，只有二十七歲，何以提出了這樣一個問題？

五年很快飛逝無影，時間來到二〇〇四年六月二十日，恰是這個長頭髮詩人，馬驊，突然意外遇難。馬驊，一九七二年生於天津，十九歲考入復旦大學，二十四歲開始頻繁變換職業，二十八歲參與創辦北京大學新青年網站，三十一歲前往雲南偏遠山區作義務小學教師，卒年僅三十二歲。

[29] 馬驊《雪山短歌》，作家出版社二〇〇七年版，第二十頁。下引馬驊詩及蕭開愚觀點，亦見此書。

在本文已經吊及，或即將吊及的詩人中，馬驊可能是最有現實關懷精神和理論求證意志的一位。在大學裏，馬驊寫詩，演戲，唱歌，喝酒，讀書破萬卷，畢業前夕把鋼琴抬到女生樓下彈奏到凌晨。誰能夠想到，就是這個看似輕狂的百科全書式才子，暗地裏長期資助著一個貧困學生。畢業後，馬驊去了上海某家外企，很快升任總經理助理。然而這不是馬驊想要的生活：借用詩人胡續冬的話說，馬驊豁達，寬厚，既慷慨又玲瓏，寓真摯於遊戲，可以把外面世界的規則玩得很好，卻在內心死守自己的規則。後來，他去了廈門，北京，到全國各地逍遙遊[30]，熱愛著武俠小說、電視、足球、彩票、廚藝、趙薇和周星馳。二〇〇三年初，馬驊對朋友們說，他要去漫遊世界，事實上，為了自拔於城市和個我的雙重枯竭，或者說為了自拔於某種空頭精英知識分子氛圍，他輾轉去到雲南香格里拉，往西，繼而往北，前行二百五十公里，穿過金沙江，爬過四千米海拔的雪山，去到德欽，再往西，前行五十公里，去到明永——明永，藏語，意為明鏡台——背靠著綿延三千米的巨大冰川，冰川屬於卡瓦格博主峰，卡瓦格博主峰屬於梅裏雪山。「給山林冰涼泉水的，是念青卡瓦格博。／給村莊金黃玉米的，是念青卡瓦格博。」明永村是一個藏族聚居村，分為上村、中村和下村。小學校在中村，只有一座二層木樓，坐東南朝西北，一條小溪從西側潺湲而過，將小學校與農田隔開。村長大扎西一眼見到馬驊，心裏就發毛，這個流浪漢，他能

30 馬驊曾寫有小說《逍遙遊》。

久待嗎？不管怎麼樣，小學校現在有了三名老師，二十多名學生。馬驊的班有十二名學生。他白天教孩子們漢語、音樂、舞蹈和體育，晚上就教當地人英語，——常常會有外國人來到這裏。他積極參與調查神山，保護生態，改造廁所，新建籃球場、洗澡間，還幫附近兩個村制定村規，似乎在創造一個烏托邦，一個群山環抱的巴黎公社，或者如他自己所說，「重建想像中的虛擬的王國」。當他送走第一批學生，孩子們都哭了。馬驊從沒有拿過村裏一分錢，村裏五十多戶人家湊起五百元，給他改善生活，他卻加上朋友寄來的五百元，以及自己積攢下來的數千元，統捐給了學校。而馬驊自己卻過得相當困窘。在給朋友們的信中，他有時會抱怨沒有香菸了。這些信，後來被稱之為雪山來信。詩人韓博，也許還有馬雁，都曾趕過去盤桓噓問，留下了帶隱憂的贈詩。當然，每次抵聚之後，留下的都是馬驊，離開的都是朋友，

回去吧。另一個人
已替他，翻過埡口。
他揀起胳膊和腿，送自己
回湯裏渡海，一生一菜葉。[31]

[31] 韓博《濟》，韓博《借深心》，作家出版社二〇〇七年版，第一六七頁。

也許，馬驊這樣做的理由很簡單：他給雪山的很少，然而雪山給他的卻很多。馬驊覺得自己必須像先知以利亞一樣，用手遮住臉，不能直面那上帝來到的榮光。這樣看來，在明永堅持下去出自一片私心。私心如冰心：這就是馬驊的偉大之處。到了第二年的六月十五日，小學校的粉筆用光了，馬驊托縣裏的朋友幫寄，——要命的是，這個朋友卻忘了。十八日，馬驊決定自己去縣裏買。二十日，馬驊帶著粉筆，搭乘朋友的吉普車返回明永，快要到達時，車翻下八十米的懸崖，掉入怒吼的瀾滄江，再也找不到踪影。瀾滄江繼續往前，幾百公里後改名為湄公河，將會穿過整個東南亞。與此同時，精神與品格的馨香也在不斷遠播。整個明永，整個德欽，整個雲南，乃至整個中國，都陷入巨大的哀慟。孩子們回憶起馬驊老師，就會這樣說：他讓我聞到了太陽的味道。

在這一年多時間裏，馬驊從來沒有停止過寫作和研究。那些曾經在他的作品中殘掛的世俗小鱗片剝落殆盡，最後只剩下一座明鏡台，——就像河水倒流，終於回到雪山之巔。詩人蕭開愚對此看得分外清楚。他認為，馬驊踐雪山之約，兩者互贈性格，融合於語言，所以他到那裏寫的第一首詩就豐富、生動而完滿。很快，如同天授，馬驊在一棵桃樹下寫出三十七首《雪山短歌》。他坦言要認真學習明永村的生活：這個組詩就是大課堂上的小作業，或者也可以說，小課堂上的大作業。此時的馬驊，還對藏傳佛教和王陽明心學著了迷，他已完成了《龍樹的中觀在中國佛教思想中的流變》和《陽明天泉證道偈子中的佛教中觀思想》，其專業水準讓人吃驚。同樣讓人吃驚的是，他還同時完成了若干關於方言、搖滾、後朋克、羅大佑和行為藝術的論文。馬驊將很多事列入計劃，夏天過後，他就要去考母校的研究生。這樣一個詩人，沒有誰相信他很快就會死。

不可思議的倒是馬驊自己的讖語。現在必須回到馬驊的《秋興八首》，——無論從何種角度來看，這件作品都充滿了神啟之語。是的，馬驊反覆寫到車：兩輪車，轎車，列車。讓人驚駭的不僅如此，他甚至寫到：後座拋出流星，車輪追趕潮水。在這個組詩中，馬驊從杜甫的《秋興八首》中摘用的八句是：玉露凋傷楓樹林。山樓粉堞隱悲笳。同學少年多不賤。魚龍寂寞秋江冷。一臥滄江驚歲晚。萬里風煙接素秋。波漂菰米沉雲黑。白頭吟望苦低垂。這些詩句關涉夔州對長安的回憶與想像，關涉彼處之輕肥，關涉此處之山樓江林，關涉深布其間的清冷、頹傷、哀老和死亡。後來的事實證明：明永就是馬驊的夔州，瀾滄江就是他的長江，天津、上海和北京就是他的長安：那瀾滄江必將迎來並且圍繞他的長眠。就這樣，在杜甫的六十四句中，馬驊選出八句：他選出的又何嘗不是自己的命運？所不同者，杜甫被逐，而馬驊自逐。兩組《秋興八首》，相隔一千二百三十三年，終於構成神祕的互文。值得注意的還有《雪山短歌》第三十四首：一個午睡的人，與峽谷裏扭曲的澗水，被俯視成雪山的兩縷筋脈。不僅如此，馬驊還選定了季節。一九九八年六月，他寫下《最後的夏天》：南風吹拂，吉他被撥響，琴弦嘎然而斷，某人的生活走到了盡頭；這時候，一個孩子現身，他以先知的口吻如此說話，「我不想讓這個夏天過去」。任誰也買不到太陽不落山：前六個夏天很快過去，第七個夏天就是一道鐵門檻。二〇〇二年十月，馬驊又寫下《在變老之前遠去》：「駕著剩下的夏天」。二〇〇四年六月十六日，馬驊在他那間八平米的斗室裏招待來訪的朋友，酒酣之餘，他抱起吉他開始唱歌，那琴弦，正如他曾經描述過的，嘎然而斷。就在這晚，馬驊的朋友，校園歌手許秋漢，在北京大學的舞臺上，亦有同樣的遭遇。就在此前不久，二月二十日，藏曆水羊年除夕，馬驊在最後一封雪山來信中如此寫道：瀾滄江現在正是一年中最漂亮的時候……望江水時間長了，先是會頭暈目眩，既而悵惘心碎，頗有效法屈子的衝動……。自殺者可以在生前選定方式和時間，遇難者何以亦能在生前料定方式和時間？這已經成為不解之謎。令人扼腕嘆息的是，曾經在《秋興八首》某段中透露出來的一絲生之可能，經過數百人持續多月的尋找和打撈，最終化為泡影：

總會有一條消瘦的魚從絲網的縫隙裏
死裏逃生，總會有一莖草
在西風裏噴射草籽
總會有一根脖子
奮力探出水面

馬驊在復旦大學的同學，前文中曾經提及的韓博，尋找各種可能要出版馬驊的遺著。他的努力喚起了幾個北京大學出身詩人的共鳴，——當然，這幾個詩人，都曾是馬驊在新青年網站工作期間的同道。二〇〇七年，臧棣、姜濤、周瓚效法奧頓之主編「耶魯青年詩叢」，亦發起主編「漢花園青年詩叢」，將馬驊詩集《雪山短歌》列入，交由作家出版社於同年十一月出版。這套詩叢，還包含韓博、胡續冬、清平、王敖、周瓚的詩集。可以這樣講，馬驊代表了年輕一代學院派詩人對語言的自覺。他的詞法和句法創造性來源於一種真正的聰明：用詞之勇與造句之奇，內在地證明著才氣對於藝術慣性的克服。而且，所謂個人思想，無論多麼深刻的個人思想，都已經趕不上這種才氣的馳掣。所以在馬驊這裏，對於時代的調侃和對於經歷的感嘆逐漸讓步於「嫩而尖銳」的語言變法。及至雪山時期，馬驊放棄了那為語言變法而匹配的聰明：也許在他看來，這只是一種小聰明。在此前作品中尚有殘留的，表演，刻矯，追攀與意氣，都被雨打風吹去。他甚至警惕著那過於洋溢的才氣，是的，他願意只剩下純淨，被「透明的積雪和新月來回敲打」的純淨。毫無疑問，《雪山短歌》正是這種絕聖棄智的寫作。馬驊接受民謠的化育和雪山的施洗，很快就實現了從文明人向自然人的飛度。這飛度沒有針黹的痕跡，就像一個硬幣忽然翻了面。從這個意義上講，在同代學院派詩人中，恰是馬驊，從對語言的自覺，最先過渡到對生命和靈魂的自覺。

八

一起意外的交通事故
它的到來
沒有改變你的生活
你只是一個旁觀者
一個在飯後無所事事地
閱讀報紙的人
那個飛速前進的輪子
撞上了你的眼睛
你卻毫無察覺[32]

這件作品喚作《交通事故》。大約就在馬驊遇難後不久，一位栖居昆明的外來詩人，余地，寫下了此詩。余地是否借此詩以哀挽馬驊，已經無從考辨；值得注意的是他對自己命運的暗裏驚

[32] 《余地詩選》，雲南人民出版社二〇〇八年版，第一九三頁。下引余地詩及一行觀點，亦見此書。

悚，以及對這種驚悚的佯裝無知。事實上，余地長期自視為多餘人、瀆神者、異教徒和虛無主義者：「下一步，我是那個自殺的王。」[33]就是這位與馬驊一樣熱愛音樂留著長頭髮的詩人，捱到二〇〇七年十月三日晚，似乎再也不願意為自己留下餘地：他在昆明西山近華浦郵電所附近的小屋裏突然棄世。余地，一九七七年生於湖北宜都，不詳幾歲考入某所衛生中等專業學校，約二十三歲遷居昆明並頻繁變換職業，卒年僅三十歲。

關於這離奇的事件，我們已陸續獲得多個版本的消息。以下消息來自公共敘述人，亦即各種媒體：余地於二〇〇五年認識二十一歲的山東籍女軍官Y，二〇〇六年十二月結婚，二〇〇七年七月得到一對雙胞胎，此後不久就查出，Y已是遺傳性肺癌晚期，其中一子亦患有心臟病。養弱子，救病妻，還房貸，余地很快陷入極度貧困。據說，有一次，他只剩下七塊錢，卻依然過了整整一周。以下消息來自第一敘述人余地：七月八日，濟南某醫院某醫生短信相告，Y已為其生下一對雙胞胎，當日他正漫步在昆明的大街。以下消息來自第二敘述人Y：十月三日晚，她與余地發生爭執，他突然安靜下來，對她說，「好了，沒事了，你去洗澡吧」，當她從浴室出來，發現他半躺於沙發，血不斷往下滴，已經淤積成一大片深紅的漿泊，——她發現他用菜刀割斷了自己的食道、氣管和頸動脈。「我走了，因為時代需要尊嚴。」以下消息來自公共敘述人，亦即各種

[33] 余地《內心：幽暗的花園——一個心靈的秘密札記》，雲南人民出版社二〇〇八年版，第四一八頁。下引余地詩性隨筆，亦見此書。

媒體：佘地死後，劉春、阿翔、張翔武、宋尾、毛子、黃芳、采耳等詩人面向全國發起捐款，很快就籌集到五萬多元。當此之際，Y揣上近兩萬元捐款，忽然蒸發人間，再也不見踪影。以下消息來自第三敘述人佘地朋友：Y系網名，本名M，並非軍官，亦無絕症，未與佘地正式結婚，雙胞胎則另有父母，心臟病云云則更難證實也。不同的敘述角度相疊加，我們只得借用佘地語如此小結：「就是他，幾乎是他，甚至不可能是他。」佘地朋友頗欲調查此事，奈何困阻重重，最後不得不罷手。所以，剩下的疑問可能已經沒有答案：媒體在何種程度上改寫了佘地，佘地在何種程度上配合或參與了女友的杜撰，朋友在何種程度上還原了佘地？就這樣，佘地之死讓所有人迷失於一個複調敘事的連環套，就像迷失於他那篇離奇的小說《謀殺》：佘地是這篇小說的作者，亦是主人公，他正在撰寫一部小說：《謀殺》，主人公是羅列，他亦在撰寫一部小說：《謀殺》，主人公是張力：佘地很快失踪，羅列為張力所殺，張力則很快隱匿[34]。一個被創造出來的作家，被他創造出來的小說人物所殺：這就是佘地留給我們的悖論。

對這些背景有所瞭解，我們就會側目於由一行梳理出來的那條形而上之線索，並且，立馬就嗅出這條線索的象徵意味。一行乃是佘地的朋友，亦是七十年代出生批評家中的重要人物，曾以對歐陽江河的獨到解讀贏得同代人的尊敬，現供職於雲南大學。佘地生前曾給一行發去一個組

[34] 參讀《謀殺：佘地小說全集》，新世界出版社二〇一一年版，第一至二十八頁。此書所附白宗彝《佘地昆明時期年譜初編》對本文亦有貢獻。

詩，其中有首《鳥鳴》：深夜，一隻鳥不知道在哪棵樹上鳴叫，像月光一樣清脆，詩人看不到它張開的嘴，也看不到它的胸脯、腳趾和羽毛，當鳴叫聲進入城市的耳朵，一座森林就在詩人的體內醒來。深夜鳥鳴，意味著什麼？一行百思不得其解。他翻閱了余地送給他的幾本書，馬格裏斯的《微型世界》，休斯的《生日信札》，還有羅伯特·穆齊爾的《沒有個性的人》，都沒有找到答案；直到有一天，他重新讀到穆齊爾的另一部小說，《烏鶇》，眼前跳出了這樣的段落：

……那一只是遠遠地為我飛來的。為我！！——我想著，微笑著坐起來——一只天堂之鳥！原來真有這種事！——在這樣的時刻，你看，人們會很自然地去相信超自然的東西，就好像他曾在一個童話世界裏度過了童年一樣。我毫不遲疑地想：我得追隨這只夜鶯。保重，愛人！——我想著——保重，愛人，房子，城市！

而在事實上，這部小說的主人公，阿二，聽到的恰恰不是夜鶯，而是一隻烏鶇：這只烏鶇模仿了夜鶯的鳴叫。這阿二卻不能分辨，最終還是離開了自己的愛人、房子和城市。這條線索如此神祕而玄懸，以至於我們寧願相信：這是由一行在無意間促成的文字姻緣：巧合般的互文，平行而不交叉的影響源。這條線索並不能明晰地闡釋余地之死的真正動因，卻提醒我們不得不如此挑明：余地之死在很大程度上受觸於一場驚心的騙局。

昆明的一些詩人，包括一行，傾向於這樣認為：寫作涉及死亡十分平常，無數寫作者曾重拾此類母題，卻並未給自己帶來不祥。我們只得暫且如此相信：詩與真，原是兩回事。既然如此，對余地的那幾件作品，比如《流星》、《遠行》、《如果有一天》、《掉在地上的水銀》以及組詩《死亡的火種》，展開傳統的傳記研究，就沒有太多必然的意義。可是，對《內心：幽暗的花園》，卻不能同等看待。這部長篇詩性隨筆，似用但丁三韻句寫成，乃是詩人的祕密札記，最終構建成連續的絕對真實的心靈史。可以想見，余地寫作此書，必無虛擬的讀者伴其左右。換言之，他不會慮及讀者的種種閱讀期待，而願意憑一己之身，兼作者與讀者之職。余地只剩下了「我」：原本面向讀者的藝術創造也變成一種真正意義上的內分泌。因此，完全可以從這部書中尋找傳記的蛛絲馬跡。經過疲憊的閱讀，我們很快就發現，全書已完成的二七三五節，大約有五分之一儼然已是死亡哲學。在此逐一引述，不必亦不能。概括其主要思想，值得注意的有以下種種：一切嚴肅的思考，不為別的，只為證明死亡的絕對；人原本不過都是死者，或者說是還沒有來得及誕生的死者，白天醒來才返回人間；人不得不一次又一次地死去，然後茫然地活過來；活只是為了縫製死，成為一個死者才是真正的活；與其被殺，不如自殺；死讓人進入最廣大的無，變得更加完美，並在未知之中繼續生活；因此，死是一種勝利；死者可以在生者的內心復活，然後不得不一次又一次地死去，這構成了世界的真實；黑暗最為真實。這些在《內心：幽暗的花園》中不斷滴漏出來的可怕思想，已經沒有必要再詳加討論；如果仍然有人對此熟視無睹，堅持認為余地的寫作沒有導致他的死，恐怕很難成為一個雄辯。事實上，《內心：幽暗的花園》第二十九節，余地已經描述了其死亡的境狀，「所有的血液正在漸漸地凝固，一把刀子的光芒竟是如此寒冷」；至於第二四八六節，「走了三十裏路，他沒有喝一口水，遠處的山梁上，一棵草」，則有可能預言了其生命的長度。

就在二〇〇七年最後兩個月，余地的朋友，張翔武、宋尾和易輝，就著手對其遺著進行收集整理。到了二〇〇八年一月，經海惠女士玉成，《余地作品》三卷終於由雲南人民出版社出版，詩歌、隨筆、小說各占一卷，——惜乎其關於搖滾樂的系列文論《聲色犬馬》仍然散落民間。余地認為，寫作好比生活的開顱術。面對生活的不確定性，余地作品所展示的，是一個青年的困惑和痛苦，以及與此頗不相類的，一個哲人的明澈和幽深。奇怪的是，他的作品並未因此而獲致不協調的駁雜。究其原因，在於他對「道」的而非「器」的真相的窮詰，至始至終持有某種罕見的捎帶著玄想的激情。是的，甚至連死亡話語，也被賦予速度和光亮。余地並不具有學院派詩人常常富有的對於語言的敵意，他在語言的通用規則之內展開表達，即便寫一個碎片，也能求其清晰和完整，能得中國古詩那種極簡主義風範。但是，他的表達並非日常工筆，而總是指向更為華美和神祕的內在混沌，指向絕望之思。無論是長調，還是窄句，都因其共同的指向而具有大體相似的風格。我們已經看到，余地就這樣復活了箴言、抒情詩和象徵主義傳統，但是，如果強調他的探索性和個人機杼，我們寧願承認：他其實首先是一個小說家。

九

馬驊與朋友們的相互贈答，以及類似的相互贈答，復活了偉大而迷人的知音傳統。二〇〇三年九月二十二日，馬驊寫出《給韓博》；二十八日，韓博就寫出《匿》，三十日，又寫出《濟》，三首詩隱含著同樣的本事：兩人結伴登雪山望雲腳。到了第二年底，韓博陸續完成《致》、《契》、《避》、《締》、《佚》、《瀝》、《覓》、《替》，加上前兩首，共十首，構成組詩《借深心》，成為一篇馬驊誄：思無極，哀無極，理解入骨髓。同在二〇〇三年九月二十二日，馬驊還曾寫出《給馬雁》：

天氣轉冷，我們就回到木板屋裏烤火，互相寫詩。
積雪一漫到床邊，我們就游出去找野花兒。
你不在時，我就劈柴、澆菜地，整理一個月前的日記。

到了這年的一個冬晚，馬雁再也睡不著。父親隔牆相問，反而逗起哽咽。「明月出天山，蒼茫雲海間」：馬雁對虛空伸開手臂，起身寫出《冬天的信》，寄給馬驊：

你不在時，
我一遍一遍讀紀德，指尖冰涼，
對著蒙了灰塵的書桌發呆。
那些陡峭的山在寒冷乾燥的空氣裏
也像我們這樣，平靜而不痛苦嗎？[35]

六個月之後，馬驊遇難；六年之後，馬雁自殺。大約在二〇〇八年十月，詩人呂曆曾攜馬雁來我居住地小酌，記得席間，我談及張承志，她似頗有微詞，不意當晚分別之後，斯人便成遠天杳鴻。後來聽到知情人言及，當時她就已經深患抑鬱症。二〇一〇年十二月三十日，馬雁赴上海訪友，住在閔行區某賓館，抱病，跳樓，再也不可挽回。馬雁，女，一九七九年生於成都，十八歲考入北京大學，二十一歲參與創辦新青年網站，二十四歲返回成都定居，卒年僅三十一歲。馬雁死後，被就近安葬在上海謝衛路五〇八號回民公墓：真主會給她更好的生活。

十餘歲時，馬雁就顯露出詩的別才和文學的穎悟。早在一九九七年，她已寫出《隱秘的波西米亞傳統》，以獨特的視角探討四川現代詩的精神之源，引起很大反響。在北京大學讀書期間，

35 馬雁《迷人之食》，非正式出版二〇〇七年印刷，第二十七頁。下引馬雁詩，亦見此書，間亦參考胡應鵬主編《詩．七〇P》總第三期「馬雁紀念專號」，二〇一一年七月。

她將海子的《弒》改編成詩劇，首次將海子作品搬上舞臺；後來還將王爾德的《莎樂美》改編成舞劇，卻被取消演出；此外，她還策劃組織了第一屆和第二屆未名詩歌節。大學畢業後，她策劃組織第一屆華語小說峰會，擬對當下中國文學和中國文化進行一次深入而尖銳的剖析，亦被取消舉行。再後來，馬雁很快以洞察而不斷出奇的書評和藝術評，產生廣泛而新鮮的影響。返回成都後，馬雁奉行簡單生活：「你看我如此簡單／作為你的反對」。大約在此前後，她進入一個詩寫的高峰期。到了二〇〇七年，她編成詩集《迷人之食》；二〇一〇年，又編成隨筆集《讀書與跌宕自喜》。凡此種種，可以見出，馬雁具有一種高度參預的性格和精神。這也意味著，即便為了他人，她都還有很多事情要做。

但是，馬雁還是選擇與這個世界徹底了斷：「被迅速裹進安全的無知」。如果試圖探求個中之緣由，仍然得回到《冬天的信》。這首詩的重要性在於，它不僅見證了知音傳統，還漏露出傳記線索。對於逝者之隱私，本文保持極大尊重，絕無一絲新聞學興趣。奈何此線索關涉馬雁之死因，不得不稍加分析。這首詩承擔了作為信的義務：向收件人介紹發件人的近況。馬雁寫道：胡蘿蔔已經上市，生活將會好一點，她也不再生氣，你給我寫信正是她去世的前一天。由此可知，馬雁有一位同性密友。對馬雁這種情感向度倘有失察，將會導致我們無法解讀以下作品：《小是小——獻給阿才的情歌》、《童女之戀——給小黃的情書》、《老許同志——為許君蘭和這個一覽無餘的透明的季節》、《將飲茶——為黃照靜和我們共同的荒唐生活而作》、《荒唐——為親愛的王美人而作》、《親愛的，我正死去——給小黃、我的愛和贖罪》。現在，情況已經很清楚，這些作品都是女人寫給女人的情詩，記錄了「英雄的小姐妹」在中國大地上的「墮落」。明乎此，另一件作品就自然而然地進入我們的視野：《採花賊的地圖》。這首詩寫到北京的西四、甘水橋、農展館、白石橋和六鋪炕，涉及一個不存在的少女、一個地下室裏的外地女子、一個穿紅裙子的女中學生、一個臉上有疤的鄉下女人和雪地裏散步的兩個少女。倘若這樣說並無半點貶義，那麼我們就會這樣說：馬雁就是那個誇張的採花賊。馬雁生前自印的一部詩集，喚作《迷人之食》。何謂迷人之食？她在這部詩集的某個不起眼的角落給出了答案，是的，就在《櫻桃》的最後兩行：迷人之食既是指櫻桃，亦是指她臉頰上消失的欲望。危機很有可能就來自迷人之食的夭逸。二〇〇四年開春之後，馬雁不斷寫到其密友之死，字裏行間充滿偷生之赧。到這年夏天，她寫出《歡飲》，已有追隨其密友之意：

我要和你擊掌，
我要和你擊掌三百下。
死亡是解放，
解放是第一回的醉，
也是一個智慧。

你想得太多，
而我要想得更少。
更少，一些些
留給下一杯。

擊掌成誓，歡飲赴死，主意已成決心。到這年冬天，她寫出一首十分奇怪的詩：《結婚》：她的密友命令她活著，而她只能含著大塊的冰去死。死與結婚有什麼關係？只有理解為不能生同衾，唯有死同穴。唯有死才能「給她新娘」。現在說到馬雁對方式的選擇。很顯然，她早有盤算。值得注意的有兩件作品。一件是《香樟》，完成於二〇〇八年，寫及對空中二十米的「濕度」和「重力」的愛好。另一件是《感覺另一個人從對面走進你的身體》，完成於二〇〇五年，直接寫及抱病，跳樓，兩人合。馬雁的一個愛詞是「菲薄」。借用這個詞，我們可以肯定地說，馬雁之死絕非如此菲薄。除了上面分析的原因，必然還有其他的原因與之相錯綜。比如真性的受阻，良知的受挫，以及作為抵抗方式的荒唐生活的真正荒唐化，還有與這些密切相關的某種外部的「灰暗」。馬雁之死還有些晦冥，精細而準確的指證也許只能留待他日。

目前，冷霜和秦曉宇，正在緊張地工作，即將編輯出版《馬雁詩文集》。單憑現有資料討論馬雁的意義，只能得出局部的，甚或片面的結論。不過這仍然值得嘗試。馬雁的作品，往往具有雙重視角：顯性的享樂主義者視角，以及隱性的公眾知識分子視角。作為前者，她在痛苦之中分揀出歡樂；作為後者，她在歡樂之中提煉出痛苦。大面積的厭倦和偶爾針刺般的清醒相交織，在波西米亞情調中不時閃現出主體之勇毅，交給我們一個「途窮的天真」，一個被時代反覆銷磨的頹廢精英。那種潛龍勿用般的決絕，對某些被規定被豢養的「用」構成了巨大的譏諷。馬雁寫有大量贈答詩，種種小抒情散落進敘述性語調和戲劇性場景，而其作品的日志性質則不免時時帶來意義的死角，這樣就成全了漸漸風行開來的克制風格。如果從主題學的角度再作考量，我們不得不承認，馬雁還為當代漢詩打開了一個全新的抒寫空間：同性戀。如果說墓草的《人妖時代》[36]是中國第一部男同性戀者詩集，那麼，《迷人之食》就是中國第一部女同性戀者詩集，——當然，無論從何種指標進行評判，後者都遠較前者更加高級。

現在要回到海子。可以這樣說，海子藉其烈火開闢了北京大學詩歌的一個傳統，在學院派寫作的堅壁上鑿出了一個豁然開朗的非學院派之洞：太陽、王位和生命洶湧而入，技術主義被徹底罷黜。到了九十年代中後期，北京大學的詩人們才逐漸意識到海子那咄咄逼人的後塵，他們一邊緬懷海子，一邊重拾修辭，緩慢而艱難地抗拒著那種看起來不能持久的寫作模式。天真之歌就這樣讓位給經驗之歌：臧棣即是重要代表；而馬雁，正是他們中的長公主。

[36] 春風文藝出版社二〇〇二年版。

本文重點論及的九位[37]夭亡詩人，上至海子，下迄馬雁，有六人自殺，兩人病故，一人遇難。即以病故者與遇難者而論，亦有死亡預感，甚或死亡衝動。他們的作品各具特色，除了死亡預感與死亡衝動，很難抽出共同的特徵。單就死亡預感與死亡衝動而言，亦是全人類文學曾經反覆抒寫的一個重要母題，絕非夭亡詩人之獨專。但是，有一點可以肯定，他們的作品都缺乏幽默感：對嘻哈文化的徹底絕緣導致了針尖對針尖。

那麼，他們是痛苦的嗎？這一點就不能妄下結論。導致自殺的原因有很多，陳獨秀就曾經總結出十六種，後來又歸納成兩種[38]。值得注意的是，加繆還曾有進一步的闡釋，他說，「最明顯的原因不是最致命的原因」[39]。寫作的難以為繼，失戀，物質上的困窘，偏激，獨活羞愧感，幻

37 本文以顧城享年（三十七歲）作為入選詩人享年之上限，故對於胡寬（一九五二至一九九六）、邵揶（一九五五至二〇一〇）、張棗（一九六二至二〇一〇）等，皆暫未敘及。參差同時之夭亡詩人，除已敘及的九位外，尚有蝌蚪（一九五四至一九八七）、林耀德（臺灣，一九六二至一九九五）、路漫（一九六四至二〇〇〇）、宇龍（一九六五至二〇〇二）、崔澍（一九八〇至二〇〇三）、諶煙（一九八四至二〇〇四）、周建歧（一九七一至二〇〇五）、張紫宸（一九七五至二〇〇八）、吾同樹（一九七九至二〇〇八）、辛酉（一九八一至二〇一一）、小招（一九八六至二〇一一）、陳讓（一九八二至二〇一二）等，或以其作品重要性不足，或以其資料完整性不足，亦暫未敘及。

38 參讀陳獨秀《自殺論——思想變動與青年自殺》，《獨秀文存》，安徽人民出版社一九八七年版，第二六二至二七七頁。

39 加繆《西西弗神話》，沈至明譯，《加繆全集》第三卷，河北教育出版社二〇〇二年版，第七十頁。下引加繆觀點，亦見此書。

想，騙局與謊言，確曾給他們帶來不快樂。然而，這些只不過是最明顯的原因；最致命的原因，可能恰恰在於對某種永恒快樂的追求和迷醉。幸福有多種定義，他們選擇並踐行了最為極端的那種定義。

還有，他們是消極的嗎？這一點也不能妄下結論。早在古希臘時代，蘇格拉底就認為：帶著惡劣的肉體去探索真理，鍛造靈魂，必然會失敗，因此真正追求哲學，就要學習死，學習處於死的狀態。所以，當那個掌管毒酒的人上來，所有的門徒都哭了，只有蘇格拉底微笑著說，「我就要離開你們去享福了」[40]。蘇格拉底由此成為因信念而選擇死亡的第一位先哲。這些詩人是否亦有此衷懷，誰也不能肯定，當然也不能輕易否定。有的詩人赴死，恰為因為愛，證明愛，確是毋庸置疑。

再有，他們會得到理解嗎？這一點仍不能妄下結論。王國維自沉之後，陳寅恪曾作《清華大學王觀堂先生紀念碑銘》。從這篇銘文來看，陳氏之理解王氏，堪稱至深與莫逆。然則，當陳氏撰寫《王靜安先生遺書序》，卻仍然不免猶豫：「古今中外志士仁人，往往憔悴憂傷，繼之以死。其所傷之事，所死之故，不止局於一時間一地域而已。蓋別有超越時間地域之理性存焉。而此超越時間地域之理性，必非其同時間地域之眾人所能共喻。」[41]連淵博深刻如陳氏者，對其同

[40] 參讀柏拉圖對話錄《斐多》，楊絳譯，北京三聯書店二〇一一年版。

[41] 陳寅恪《金明館叢稿二編》，上海古籍出版社一九八〇年版，第二二〇頁。

道亦無絕對的理解自信心；淺陋如我輩，豈能隨意猜度，唐突存歿？真正入骨而同心的理解，如不指望今日，或可俟之未來。

前面提及加繆，這裏還要再次提及。加繆曾說，「真正嚴肅的哲學問題只有一個，那便是自殺。判斷人生值不值得活，等於回答哲學的根本問題」。加繆此語，乍看與蘇格拉底相類，細想則大不相類。蘇格拉底認為自殺是不能容許的，但是死並不可怕，死是對哲學終極障礙的破除。加繆則認為死是死者對生者的發問：生者應該如何求取有尊嚴有價值的生，如果不能求取又當如何？只有解決好這個問題，才能解決好哲學的根本問題。所以，詩人之死正在向眾人之生頻頻發問。如果眾人都無視這凌厲的發問，而且都不能給出光輝的回答，那麼，這既是死者的悲哀，亦是生者的悲哀，甚而至於，還是時代和民族的悲哀。

無論如何，不容否定：生者必須活下去。

連荷爾德林都沒有自殺，在齊默爾塔樓上，他繼續瘋狂、生活和寫作，後來活到七十三歲。到了今天，那個塔樓已經被全世界稱為「荷爾德林塔樓」。

二〇一二年一月十一日

被拋棄的自由
——讀沈奇《天生麗質》

一

詩歌史上向有「歸來者」一說。

在一九四九年前後，特別是在一九六六年之後，主流意識形態空前極端化，詩人們無論在何種程度上堅持個我美學操守，甚至徹底將詩從屬於政治，都有可能被證明為政治的不正確：就這樣，無數詩人都如曼傑斯塔姆迎來自己的沃羅涅日。直到一九七八年前後，他們中的倖存者，才重新拿起了詩筆。一九八〇年，艾青出版《歸來的歌》。他們就被稱為歸來者。

在一九九〇年前後，一些曾經參加過現代詩運動的青年詩人忽然喑啞：他們或下海，或去國，很快停止「戾叫」，藏入了暗裏窠巢。直到新世紀，他們中的孑遺者，也重新拿起了詩筆。他們亦被稱為歸來者。

詩人的隱身衣翻手抖落：魚腥味再次充塞於江湖。

六十多年來，詩潮的起落所見證的又豈止文學而已。批評家們洞悉那非文學的種種，卻又無從質問和指控。他們大都寧願停留在純藝術的層面：思想的機鋒間或在某些罅隙裏一閃而過，被照亮與被挽回的卻只是自己的一點小尊嚴。無數提線者躲在幕後，可憐批評家，不當木偶亦難矣。就這樣，批評家往往只剩下半張嘴。儘管如此，他們依然無望地與那些提線者交換著力量：一批較為結實的批評文本終得以產生。可是，批評家的尷尬在於，他永遠也不可能做到他之能夠做到。文章方正，詩歌圓融：或許只有後者方可實現某種更高的自由。於是乎，他們中的覺悟者，最後也重新拿起了詩筆。他們似亦可稱為歸來者。

沈奇就是這樣一個歸來者：他將代表栩栩然的復活。

二

沈奇原本是詩人。

早在一九七三年，沈奇就已經開始詩歌寫作。毫無疑問，其初期作品，就像當時許多人的作品一樣，恰恰證明了主流意識形態的無敵，而不是個人的有恃。詩人被反覆強加以至終歸於「純潔」的安泰。旨意和對旨意的服從如此渾然，雙方之間應有的緊張被單方面化為虛無。到了一九七八年前後，鐵幕破裂，語境陡換，詩人忽然從完全相逆的方向認識到寫作的意義，於是自己把自己報廢。一九八二年，沈奇結識韓東。後者針對朦朧詩而選用的平面寫作模式刺激了沈奇關於新美學的想像力。可是，沈奇不願意成為任何團隊——哪怕是「先鋒」的團隊——中的後來者。最終，他在韓東式的敘述性之間，又添嵌了與之相拗的象徵性和抒情性。換言之，沈奇不欲絕對的客觀，亦不欲絕對的主觀：他試圖通過恰好的調配來獲得自己的徽記。可是，在那樣一個偏頗即風格的時代，沈奇的理想化設計，在自己看來是調配，在別人看來是雜糅，如此獲擁的美學微笑上下不討好，當然也未能提供詩歌史所強求的清晰可辨的代際特徵。彼時，現代詩家族中的取代者和被取代者已然短刃相接；而他，蕭然游離兩個方陣。

一九八六年，沈奇分力於現代詩批評，到一九九一年，又分力於臺灣現代詩批評，孰料很快就得到大名，其詩人身分反而被逐步遮蔽。二十個春秋過去了，當他閱盡現代詩尤其是臺灣現代詩的姹紫嫣紅，不免心動手癢，斷續完成組詩《天生麗質》：二〇〇七年以來，至少已得六十二首。從中挑出任何一首，都可以明白地看出，沈奇已與早年秉持的「後客觀」詩學判然相裂：這個舉棋不定的工筆者已經徹底地轉變為「我獨愛你那一種」的寫意者。

如是，在耳順之年，沈奇終於迎來其詩歌美學的蝶變。

三

據詩人自釋，《天生麗質》本於「古典理想之現代重構」[1]。這一點可以從好幾個方面加以討論。

首先要討論的，是沈奇對於詩題的煉造。組詩六十二首，均以兩個字為目：「雲心」，「雪漱」，「茶渡」，「小滿」，「青衫」，「嵐意」，「岩櫻」，「依草」，「上野」，如此等等，炫目奪神。兩個字，其實被作為兩個詞，構成的不再是詞而是詞組：這些詞組往往出於詩人之自鑄，而非文化之固有。比如「煙視」，又如「月義」，都是兩個字的自由並置。當代畫家石虎認為，兩個字的自由並置「意味著宇宙中類與類之間發生相撞與相姻，潛合出無限妙悟玄機」[2]。就這樣，已經高度語言化的新詩在沈奇這裏忽而轉向文字化。字再次煥發出活力和新意。我們知道，中國古典詩擁有一個獨特的單音節詞傳統。單音節詞就是字：每個字都是一個深不可測的哲學和文化之穴。早在數十年前，詩人朱湘就已經說得更明白，「每個字的構成，都是

[1] 《沈奇詩選》，陝西師範大學出版社二〇一〇年版，第二二九頁。下引沈奇詩，亦多見此書。

[2] 石虎《論字思維》，謝冕、吳思敬主編《字思維與中國現代詩學》，天津社會科學院出版社二〇〇二年版，第三頁。

一首詩」[3]。而雙音節詞，特別是多音節詞，恰是新文化運動的產物和現代漢語的特徵。沈奇此舉，將寫作導向古今對話：既出示了當下之嫩，又復活了古典詩的語言學趣味。在摶與塑之間，詩人喚醒了悠久豐潤的詩性記憶：整個古典詩傳統都在《天生麗質》的字裏行間蜂擁：卻顧所來徑，蒼蒼橫翠微。短篇的尺幅，也由此而具有了長制的空間。這種互文性的獲致，包含著二兩撥千金的巧力量。這就是沈奇的出奇。

更加重要的是，當懷揣現代詩心的沈奇披上傳統的鱗甲，他更加焦急的，反而是如何還原傳統的呼吸：兩者之難易殊不可以道裏計。沈奇這次探囊取物無異於「退步」與冒險。毫無疑問，最終還是心性的圓熟成就了寫作。詩人吐氣如蘭，「懷柔萬物」，然後就輕輕扳得勝算。他所傳達出來的這種自然哲學觀正是古典詩之魂。萬物者，人物與天物也。然而，在沈奇看來，人物不過是對天物的妨礙和破壞，唯有自然才能自然而然，唯有岩上野菊花才能「自牧一段香」。因此，《天生麗質》中的很多首，在詩意的漸次生成和飽滿中，均出現了相同或相似的走向：從天物中一點一點地剔除著人物，最後由有我之境過度到無我之境：《嵐意》最後只剩下「山自愜意」，《野逸》最後只剩下「白雲天心」，《大漠》最後只剩下「一鳥若印」，《松月》最後只剩下「秋水漸遠漸冷」，《懷素》最後只剩下「菊影微明」，《別夢》最後只剩下「滿天星輝」，《放閒》最後只剩下「遠山獨蒼茫」，《桃夭》最後只剩下「夜雨兩不知」，《深柳》最

[3] 朱湘《書》，《朱湘散文》上集，中國廣播電視出版社一九九四年版，第二十九頁。

後只剩下「落花安詳」。無我，或者天人合，這正是古典詩最為習見的方法論。為了驗證這種方法論在古典詩世界的通適度，我隨手翻開《全唐詩》某頁，輕易就讀到曹唐——誰又知道唐代還有此等人物——的一首七律《送羽人王錫歸羅浮》，很有必要在這裏引錄該詩之尾聯：「最愛葛洪尋藥處，露苗煙蕊滿山春」[4]。

偉大的「天人合」思想，已被我們棄之如敝屣；當歐美諸國飽受物質文明和科學之累，反而從我們這裏拿去創造出所謂生態主義詩學。而秉持這種詩學的外國詩人，比如，挪威的奧拉夫·H·豪格（Olav H.Hauges），美國的蓋瑞·施耐德（Gary Snyder），無不承芬於中國古典詩。當前，我們正初享物質文明和科學之利，前述事實也許可以幫助我們提前總結出沈奇的意義：對於漢詩，以及這個不斷加速的世界。

四

前面談到沈奇詩的無我之境，很有必要在這裏繼續加以展開。無我之境，從另外一個角度講，意味著主體的缺席。儘管絕對地講，這種缺席只是一種虛假缺席，但是仍然同時意味著無

4 《全唐詩》第十九冊，中華書局一九六〇年版，第七三四〇頁。

意義的實現。這種無意義，也只是虛假無意義，往往隱藏著「總是別說破」的更高意義。這就是禪。

禪的最大特徵恰在於不立文字，直指人心。語言是理性之器，禪是非理性之道。語言與禪，一個如網，一個如魚。谷隱禪師有語云，「才涉唇吻，便落意思，盡是死門，終非活路」[5]。靜慮而兼表達，必將遭遇困厄。這就是趙毅衡所說的「語言障」。至於禪文學，不過是以執破執而已。知其不可而為之，必然依賴一種似是而非似非而是的話語方式：「以言說暗示不能言說」[6]。這種寫作上的兩難，處理不好，反而著相。

沈奇卻自有妙法，其作詩，始終保持著一種懸疑性：要麼有頭無尾，要麼只問不答，但留給受眾一個「天地清曠」：當受眾大喊「鬱悶」，他卻「拈花凝笑」。既已無我，則不知何者為我何者為物，哪裏還需要「悟或不悟」？無我之境的達成恰恰有可能讓語言障問題不再成其為一個問題。最能體現沈奇這個特色的，除了《禪悅》、《滅度》、《太虛》、《悉曇》、《羽梵》、《微妙》、《晚鐘》諸詩，更加值得注意的還有《胭脂》。「焉知不是一種雪意」，焉知諧胭脂，全句指向無可無不可，其意義已經開始相互抵消；接下來兩節，或可被視為重顯禪師《碧岩錄》的第一百零一則公案：

5 轉引自錢鍾書《談藝錄》，中華書局一九八四年版，第一〇〇頁。
6 趙毅衡《建立一種現代禪劇》，臺灣爾雅出版社一九九九年版，第二一六頁。

攬鏡自問——
假如，真有一杯長生酒
喝　還是不喝
鳳仙花開過五月
可以睡了

這次似乎有問有答，然而答非所問，其意義已經全部歸於零度。意義的斷壁恰好正是禪的出發點：受眾只能依靠自己去明心見性。這裏仍可舉《碧岩錄》為旁證。《碧岩錄》在日本被奉為禪宗第一書，該書第十二則記載：僧問洞山，如何是佛，山雲，麻三斤；第四十五則複有記載：僧問趙州，萬法歸一，一歸何處，州雲，我在青州作一領布衫重七斤[7]。

如此看來，禪的神祕化，就如簡單化，兩者即便混為一談，好像也沒有什麼大的不妥當：誰不能「望南看北斗」？換言之，沈奇的妙法並無現代詩所要求的內在的難度。這種頗為較真的嘀咕，可能很快就會出現在煩心的火車站，或是自在的小茶館。誠然，無難度——姑且不說看似無

[7] 參讀胡蘭成《禪是一枝花》，上海社會科學院出版社二〇〇四年版，第四十五、一三三頁。

難度——的寫作，在那種極致修辭的逼視之下，確實顯得又冷又薄，不能與複雜的現實相對稱。對這個問題的部分反駁有賴於新問題的提出：無難度的寫作，固然可以一蹴而就；那麼，無難度的生命呢？非經數十年的修悟，生命必不能達臻無難度之境；沈奇則庶幾得之，而且他的生命與寫作，愈來愈表現為一種須臾不可分的同構關係。如果說其早期作品具有「潛傳記特徵」[8]，那麼，到了《天生麗質》，這種特徵非但沒有趨弱，反而以一種背道相馳的方式，亦即離物而就心的方式，得到了奇妙的加強。

關於禪的話題，暫時還不能打住。我們知道，禪宗公案每每不避鄙語，甚至專挑糞溲之語，不問青紅皂白，卻帶來透心涼快。然則禪宗亦有一支，頗愛以綺語灌人之頂。宋朝和尚惠洪即是如此，其人自謂「未忘情之語為文字禪」，廣有豔體詩傳世；另一個宋朝和尚圓悟，甚至以豔體詩作偈語[9]。沈奇詩往往不避綺語，屢屢採用「風情」、「虹影」、「暗香」、「煙鸝」、「星丘」之類，頗為唯美，然而儻蕩，可謂平淡之極，歸於絢爛。所謂「等萬物」，不是兼用鄙語與綺語，而是視綺語如鄙語，視鄙語如綺語，甚至茫然無綺鄙之分，如此才能達到「非相」的境界。沈奇作詩之際，未必慮及於此；如是，則更有一番「非非相」的風日灑然。

---

[8] 陳超《清峭心曲誠樸詩》，《沈奇詩選》，陝西師範大學出版社二〇一〇年版，第三四七頁。

[9] 參讀張宏生《釋子綺語》，朱耀偉主編《中國作家與宗教》，香港中華書局二〇〇一年版，第一五七至一八〇頁。

五

當然，這個組詩也並非不可指疵。

我們已經看到，有的詩煉字過度，平添了表皮的新奇感，卻影響了肌理的自如性。言的濺跳與意的流轉，似乎未能求得更高的和諧，前者有時候不免給後者帶來小傷害。如果能夠透過口語和日常生活中的瑣碎事物——此二者只粘附著一點點文化之贅——來求取透徹玲瓏之境，似乎有助於較為徹底地做到得意而忘言。

還有一個更加重要的問題，上文已經提出，當時卻只被部分反駁，也就是說，問題仍然存立：像這種純文人趣味的作品，如何介入複雜的現實？任何一件作品，其力量，首先來自於及時而有深度的省察：對自己的處境，以及，其他人的處境。我們共同的處境才是最大最深重的淵藪，禪不過是個小淵藪。文學史上不是沒有先例：在一些作家那裏，禪甚至意味著逆來順受，意味著睜一隻眼閉一隻眼。

我們通常發現，作品的瑜與瑕往往不可分割；也就是說，當其固有之瑕被細心清除，其固有之瑜亦必消失無影。試想，倘若金斯堡細細地打磨其細節的粗糙，難道不會同時斷送其氣度的恣肆？可以說，沒有任何作品可以兼備二十四品。就這個角度而言，我們的要求又不能不說是太過苛刻。

也許，《天生麗質》的美學示範意義要低於其詩學開啟意義。詩人曾自言，這乃是一次旁逸斜出的「試錯」性寫作，具有「提示性」的實驗價值。撮其主要，不外乎三個方面。

六

「五四」新文化運動以來，民間白話與西方文法的融合，導致了現代漢語的成形。西方文法，即便經過漢譯的降解，其嚴密的理性邏輯和清晰的意義指向，仍然賦予漢語以絕對的工具性。換言之，漢語的詩意混沌被逐步打破，其「分析性」功能卻不斷增強。建立在現代漢語之上的新詩，就展現出與古典詩絕然相反的美學向度，同時也就包孕了內在的隱患和危機。沈奇的努力，就是要回收和重現漢字本來就葆有的詩意，並試圖用新的乘法來誘導和添注這種詩意，以此強化漢語在原初意義上的文化學特徵。此其一。

二十世紀九十年代以來，敘事性和口語化的泛濫，導致了當代詩的基因重組。戲劇意圖和小說意圖在給詩性注入活力的同時，不免反客為主，給後者帶來超量的異質性。詩性由此而退縮，乃至進一步萎縮。沈奇的努力，就要擠兌和清繳非詩性因素，並試圖喚醒和激活完全中國的詩性因素，以此強化詩在原初意義上的文體學特徵。此其二。

另外，沈奇認為，三十多年來先鋒詩歌不斷追索存在之真實，但本質上只是社會學的而非美學的進步。因此，他很重視語言之美對於人心的潤化作用，頗欲在現代詩「直言取道」的主潮之外，另辟一個「曲意洗心」的審美空間[10]。——沈奇此一觀點也許還值得深入討論，但已不是本文的任務。此其三。

不管怎麼樣，我們已經知道，《天生麗質》乃是逆潮流的寫作，詩人藉此獲得了一種「被拋棄的自由」。

七

「古典理想之現代重構」，不自沈奇始。余光中在一九六二年，洛夫也在一九七一年，就已經有此自覺。沈奇多年來精研臺灣現代詩，對此自然心知肚明。也許在一定的程度上，《天生麗質》的出現，正是部分臺灣現代詩暗裏攛掇的結果。其中《始信》一詩之末句，「月落有聲」，就透露了個中消息。我們知道，洛夫曾作有一個組詩，《禪詩十帖》，其三即是《月落無聲》。沈奇反其字面意而用之——反即合——最後他們倆卻在巔毫處不期然相遇。

[10] 參考沈奇致筆者函，二〇一二年一月二十四日。

當然，這個作品更是詩人曆世已深、修心至遠的結果。詩人在千挑萬選之後，終獲得美學上的皈依；與此同時，亦獲得人生中的頓悟。這才是寫作的內驅力，而且是勃然不可限抑的內驅力。

基於以上認知，如下斷言當非輕率：《天生麗質》已然成為沈奇最重要的作品；正是藉此作品，沈奇在同代歸來者中脫穎而出，占據著一個不可謂不高的位置。

自廢名以降，堅持或轉向新古典主義立場，而又能間作禪詩的詩人，除了上文中已經提及的余光中和洛夫，尚有周夢蝶、孔孚、葉維廉、陳義芝、梁健、陳先發、楊鍵、南北諸氏。沈奇的出現，當可壯大這個陣營，甚至參與創建一個現代禪詩派。禪與戲劇的結合，已經獲得過世界性的聲譽；我們期待著，禪與詩歌的結合，能夠再次獲得這種世界性的聲譽。

二〇一二年一月二十九日

涪江流域詩群：
傳統、生態與特徵

一

很多年前的一個九月，空氣冽寒，大霧彌漫，山路蜿蜒，那塊孤落而粗莽的涪江源之碑忽然從車窗前一晃而過。記得當時，我正從九寨溝趕赴黃龍，並未意識到已經置身於岷山的重重翠微。我們的母親河，涪江，就來自岷山主峰雪寶頂的一線融雪，此後逶迤向東南，經平武，江油，綿陽，三台，射洪，蓬溪，大英，遂寧，過潼南後折向正東，直奔合川。

就是這條涪江，只有三點六萬平方公里的流域，卻留下了一個又一個衝擊平原，好比天賜大塊：當然，我說的正是詩歌。公元六五九年，陳子昂出生在射洪。他以光英秀拔的寫作，又特別是《感遇》三十八首，掃除齊梁浮豔，重現漢魏風骨，「代表了一種徹底脫離近代文學傳統的必要幻想」[1]，恰如一個著名的美國漢學家所說。在另外一部著作裏，這個漢學家甚至又如此強

[1] 宇文所安（Stephen Owen）《初唐詩》，賈晉華譯，北京三聯書店二〇〇四年版，第一二一頁。宇文所安所謂「近代

調，「陳子昂成為李白的一個模式」。陳子昂卒於七〇〇年，後有《陳伯玉文集》十卷傳世。約其後六年，亦即七〇六年，五歲的李白從安西都護府碎葉城，即今吉爾吉斯托克瑪克市，內遷至昌隆，即今江油。這個可能的突厥人，後來憑藉「完全自然的，無法掌握的，及近乎神靈的」寫作，展示出莫測的想像力，在有人居住的地方，都贏得了「偉大無可懷疑」[2]的讚譽。李白卒於七六二年，後有《李太白集》三十卷傳世。這位天才詩人絕對不能知道，在其大限來臨之際，他的忘年交，另一位天才詩人杜甫，「會徐知道反，道阻，乃入梓州」[3]，流落於三台、綿陽、射洪等地近兩年，其間四處奔走皆為衣食，——除了去射洪是為拜訪陳子昂故宅及讀書堂遺跡。次年正月，詩人在三台得知安史之亂勉告結束，乃寫下千古第一快詩《聞官軍收河南河北》。杜甫卒於七七〇年，後有《杜工部集》二十卷傳世。其後六十七年，亦即八三七年，賈島前來擔任長江縣即今大英縣主簿。他致力於中斷元稹和白居易的平滑，展開了新的更有效的美學冒險。賈島卒於八四三年，後有《長江集》十卷傳世。晚唐五代詩人競相追摹，無數詩人先後來到長江縣，不斷留下傾慕與憑吊之詩。到了元朝初年，一個來自西域的傳記作家這樣評價《長江集》：「元白變尚輕淺，島獨按格入僻」[4]。其後八年，亦即八五一年，李商隱懷揣喪妻之痛與失志之苦，

文學傳統」，是指齊梁以來的綺靡文風。

[2] 宇文所安《盛唐詩》，賈晉華譯，北京三聯書店二〇〇四年版，第一三五、一三一、一六九頁。

[3] 《少陵先生年譜會箋》，《聞一多全集》第三卷，北京三聯書店一九八二年版，第八十二頁。

[4] 辛文房《唐才子傳》，卷五。

遠赴三台入幕，詩風由穠豔入蒼茫，兩年後編定《樊南乙集》，自序稱「始克意事佛」，在長平山創石壁五間，刻蓮華經七卷[5]。李商隱卒於八五八年，後有《李義山詩集》三卷傳世。其後二六一年，亦即一一一九年，格薩爾王逝世；不久，一部講述他的英雄事蹟的史詩就從甘孜阿須草原流傳到涪江源藏區，——到了今天，這部史詩還在這裏以及更加遼闊的大地上繼續傳唱和葳蕤。其後三七九年，亦即一四九八年，黃峨出生在遂寧。此女能文工詩，尤擅詞曲，幽懷中可藏時局，被褒為「不讓易安、淑真」。她後來嫁給才子楊升庵，所作樂府與《升庵陶情樂府》相混，時人每不能辨也。黃峨卒於一五六九年，有《楊夫人詞曲》五卷傳世。如果《楊升庵先生夫人樂府序》並非偽托，那麼，連十七世紀的大藝術家徐渭對黃峨也自嘆弗如。之後是一九五年的空白期：我們借此守候一次歷史性的迴光返照。一七六四年，張問陶出生在山東館陶，——他其實乃是遂寧人氏，表字船山，亦確有其山，位於城西，或稱舟山。船山作詩，「不受古人牢籠」[6]，「不屑與時俯仰」[7]，兼有生氣、真情與天趣，被八十袁枚引為第一知己。張問陶卒於一八一四年，後有《船山詩草》二十卷、《補遺》六卷傳世。可以這樣說，天降張問陶，終於為中國古典詩歌的夕陽之旅配奏了流光溢彩的挽歌。當然，這還不是尾聲：一八八五年，十八歲的

5 《李商隱年表》，劉學鍇、餘恕誠《李商隱詩歌集解》，中華書局一九八八年版，第二〇八二頁。
6 潘煥龍《臥園詩話》，轉引自胡傳淮《張問陶年譜》，巴蜀書社二〇〇五年版，第一七七頁。
7 孫桐生《國朝全蜀詩鈔》，卷二十三。

陶香九嫁為潼南楊氏婦，此後為其夫寫下諸多詩詞，乃成婦德之絕唱；一九二七年，她編定《綉餘草》，求序於胡適，後者乃欣然應允。她後來活到一九三九年，——彼時，距胡適在《新青年》二卷六號發表首批白話詩已有二十二個春秋。

這就是涪江流域詩歌傳統。這個傳統具有「日日新」的悟性和毅力，每每能夠拆碎鎖鑰獨抒性靈，反覆參加和積累著世界詩歌的偉大傳統——比如李白後來就成為美國詩人艾茲拉・龐德（Ezra Pound）和哈特・克蘭（Hart Crane）的美學導師——就像涪江在合川注入嘉陵江，嘉陵江注入長江，而長江注入東海。

二

然而，自胡適提倡白話詩以來六十餘春秋，涪江流域卻並未貢獻出重要的詩人；直至二十世紀八十年代，中國現代詩運動挾帶著二次啟蒙的使命呼嘯而至，這片沉寂已久的土地才重新呈現出百舸爭流的景象。讓我們自平武順流而下，逐一低喚這些幽暗的芳名：阿貝爾，蔣雪峰，西娃，雨田，馬培松，楊曉芸，叢文，胡應鵬，白鶴林，余幼幼，野川，蒲小林，三原，二毛，呂曆，安遇，阿伍，張丹，蔣浩，阿野，胡續冬……他們的寫作，成熟或趨於成熟，都能夠堅持那種將自己與別人判然相別的美學偏執，已經在當代詩的荒漠上留下了履痕，並向自己的傳統遞交了誠懇的作業。

這個詩群如此龐雜，作品集成已是不易，美學考察更是大不易。因慮及當代漢詩史已經呈現出清晰的譜系：早期地下詩與懷疑主義－今天派與對抗美學－第三代與泛現代主義－口語與後現代主義－九十年代與敘事性－七八十年代出生詩人與新世紀風，而包孕其中的女性詩又大體上呈現出另外的獨立的譜系：女權－女性－無性別，本文擬大體以這兩個顯性譜系作為參照，對涪江流域詩群展開較為仔細的辨認。這樣做，乃是無奈之舉，並不意味著涪江流域詩人全程介入並促成了這些譜系的顯影；也許可以得到強調的事實是，在當代漢詩史各個時間段，涪江流域詩人藉其不斷跟進的寫作，與上述顯性譜系構成了或淺或深的呼應與暗合。這種呼應與暗合，絕大多數情況下不能取得與北京對等的主導性占位優勢，只能在被遮蔽的偏隅狀態下求得或大或小的相對性意義，並有可能逐步退居為漶漫的隱性譜系。

三

《今天》創刊於一九七八年十二月。此前十數年的現代主義寫作，確切地說，是一種前現代主義寫作，或準現代主義寫作。限於特定的歷史文化語境，此類詩具有手抄甚至口耳相傳的性質，其中最有代表性的當屬河北白洋澱詩群和貴陽野鴨塘詩群。然而，在這兩個場域之外，各地尚有許多詩人推波助瀾，共同匯湧出二十世紀六七十年代地下詩的暗潮。

即以涪江流域而論，早在一九七六年，雨田（一九五六－）就已經寫出《風景畫》和《邂逅》。兩首詩都出現了「沉思」一詞並指向茫然不可測的個人命運，這正是那個荒謬時代對一代青年反覆誤導和傷刺的結果。值得注意的是，雨田的思想和方法論，比如「踏碎黑夜濺起的黎明」[8]，證明他的這些作品，與食指和北島的早期作品，乃是相同歷史語境的產物。接下來的兩年裏，雨田又寫出《木棉花》、《落日》、《野草》和《空白》，較為徹底地擺脫了主流話語風格，在簡勁的語言與奇穎的意象之間，隱約可以窺見新美學的胚芽。如果詩人沒有誤記這些作品的問世時間，那麼，作出如下結論當非妄言：在七十年代末期，雨田稍晚於白洋澱詩群和野鴨塘詩群，並最終與後兩者一道，以次高的音量，回答了他們置身其中的那個時代：「被封凍在冰雪下的牧歌還會飄灑」。

後來，雨田陸續出版多部詩集，並在自撰的序跋裏，反覆強調「生命力量」、「為歷史作證的使命意識」、「先知性」、「勇氣」、「精神深度」和「道義立場」。凡此種種，可以歸結為

[8] 《邂逅》，雨田《秋天裏的獨白》，香港新世紀出版社一九九三年版，第一一七頁。除此書外，下引雨田詩文，亦見雨田《最後的花朵與純潔的詩》，廣西民族出版社一九九三年版；《雪地中的回憶》，四川大學出版社一九九四年版；《雨田長詩選集》，作家出版社一九九八年版；《紀念：烏鴉與雪》，中國文聯出版社二〇〇七年版。下引簡政珍觀點，亦見《雨田長詩選集》。

一條，那就是主體性的重塑和張揚。這恰是今天派詩人最為基本的寫作立場，也是八十年代前期最為通適的寫作立場。由此可知，雨田蟄居蜀北石馬壩小鎮，雖然不可能成為今天派的外圍成員，但是他仍然參與了新時期新美學的造山運動。

四

到了一九八七年前後，雨田才開始大量寫作。當其時，幾乎所有的今天派詩人都已經完成了自己的美學和政治學使命。已經沒有任何必要徒步追趕這架風馳而過的早班車，雨田決定在一個更加喧囂和隳突的篝火晚會上投放自己的烈焰。我所說的，正是第三代詩歌運動，——那真是雜語的盛宴，眾神的節日。一九八八年十月，在赴北京與海子會晤之後，雨田可能受到後者的影響，很快就如簡政珍所說，「以涉死的心情」，寫出了長詩《麥地》，呈現出就此定型的慢板和長調之風，——奇怪的是，那內在於語言的情感節奏又是如此的激憤和緊迫。在《麥地》裏，雨田寫到，「白色樹上結滿黑色的烏鴉」，此後，這只烏鴉就一直在那裏怪叫：他陸續寫出《幻像》、《竹林的空鳥巢》、《一隻烏鴉站在一棵枯樹上》、《烏鴉的三種叫法》、《悼念自己的烏鴉》、《紀念：烏鴉與雪》等作品。在不同的作品裏，烏鴉或指向叛逆者，或指向被叛逆者：它就在兩者之間倒掛和翻飛。需要說明的是，雨田在依托這只異端之鳥繼續堅持其固有思想的同時，並沒有求得與之相匹配的語言和技藝的更大自覺，這讓他距離某些標高又豈止一步之遙。一九九二年九月，雨田響應「體制外寫作」，加入了後非非主義詩人陣營。這個事實的象徵意義耐人尋味：也許，雨田就這樣在成為某個核心人物的追隨者的同時，最終成為了第三代的邊緣人物？

就某種意義而言，雨田不唯是邊緣人物，甚至還是過渡人物：一個立志追求「崇高」的詩人，最後卻不得不來到一群「反崇高」的嬉皮士中間。作為第三代，對於雨田而言，乃是主觀上的歸趨；而對於二毛（一九六二－）而言，卻是客觀上的宿命。第三代之重要集團，除了「非非」，就是「莽漢」。二毛即是莽漢主義早期成員。在回憶一九八四年莽漢主義草創情形時，李亞偉曾這樣說到，「六個二十歲的人，可以隨便找一個地方撕道口子，再用硬物、異物把它搞大，把它變成無邊的戰場」[9]。那最初的六驃騎，就是李亞偉、萬夏、胡冬、馬松、梁樂和二毛。二毛與他的狐朋狗友們一起，「相互做著鬼臉」[10]，共同展示出中國當代最早的嬉皮士群相。然而，莽漢主義所固有的漫遊性和行為藝術特徵導致了其成員的流失和作品的散佚，二毛作品的散佚則尤為嚴重。在完成長詩《一九九〇，在病中》之後，二毛好似被「褲腰帶束縛了想像力」，幾乎不再寫詩。他就這樣悄然撤退。

[9] 《流浪途中的「莽漢主義」》，李亞偉《豪猪的詩篇》，花城出版社二〇〇六年版，第二一五頁。

[10] 二毛《沼澤地》，《巴蜀現代詩群》一九八七年卷，第六十九頁。下引二毛詩，見《非非》一九八七年卷。

八十年代中後期的大學生詩派似可視為第三代的擁躉：而這擁躉也不妨理解為餘波。在一九八五年前後，四川師範大學的阿野（一九六五－）就曾主編《大學生詩報》，並創辦《海的聲音》。一九八八年五月，西南財經大學的何弗（一九六七－）創辦《陣地》，四川工業學院的蒲紅江（一九六七－）則成為該刊重要成員。

五

第三代的美學特徵，要言之，就是泛現代主義。所謂泛現代主義，主要是指象徵和超現實在某種比例上的調配；當然，我們也不會視而不見：後現代主義也已經嶄露頭角，而現代性與古典性的相得甚至貢獻出了更加重要的詩人。然而，在這裏，我的階段性目的，就是要借助五位次第出生的詩人——他們並未躋身通常意義上的第三代詩群——蒲小林（一九六三－）、呂曆（一九六四－）、蔣雪峰（一九六五－）、叢文（一九六六－）和野川（一九六七－），在泛現代主義的主要向度上展開對涪江流域詩群的局部考察。

討論陳子昂的近鄰，蒲小林，必然涉及「明喻」的權勢。他的很多作品，似乎就是為了成全和收容某個心血來潮的明喻。通過這個明喻，虛與實陡轉，物我之間的罅隙被充填，詩人自己的面目就從非常有限的事物——比如陽光、飛鳥、麥粒和樹叢——之間浮現出來，並對這些事物充滿了不絕如縷的疼痛感。這種寫作上的線性思維決定了其作品意象的清澈度和結構的單純度，頗有後期浪漫主義或前期象徵主義之風。其代表作《裸露》、《生活》、《木地板》令人難忘：以其對於自然和光陰的敏感。至於呂曆，自《回家的路》以來，風格不免搖曳，早期重意象，中期重氣韻，近期重經驗：三者各擅勝場，卻又每苦於不能得兼。對於現成的語言，呂曆已經漸生怵惕，他試圖在有分寸的傾斜度中創造出獨特的個人語法。與蒲小林的相似之處在於，呂曆也葆有詞的潔癖，嚴格的語言篩選機制只留給他們一部偏嗜的小辭典。這部小辭典，眼看已經不能與現實的複雜性達成完整的對稱。而呂曆近來的寫作，《手藝人》，指向若干民間人物的非物質生活，或可緩解這種不及物的壓力。蔣雪峰出生在福田壩，與李白的青蓮鎮隔涪江相望。但是，他顯然比後者更留戀腳下這片江彰平原，決意「在三十公里範圍內衰老」[11]。其早期抒情詩幾乎全部關涉故鄉的河山，近來則著意掬捧日常的虛無。無論攫取何種題材，他都堅持將真情實感作為第一義，而將語法上的破與立作為第二義。如此，厚重感就成為可能。而且，有跡象顯示，開闊感也將成為可能。這個看上去很像屠夫的稅務師，漸漸擁有一副「能夠消化橡皮、煤、鈾、月亮和詩」[12]的好腸胃，終於寫出像《這只叫鋼鐵的巨獸內臟流了一地》這樣恣肆而混響的作品。因了後文將會有所暗示的某些特殊考慮，本文將暫時擱置叢文，提前論及野川：這個人類中的臥底

[11] 《在江油》，蔣雪峰《錦書》，大眾文藝出版社二〇〇七年版，第七十五頁。

[12] 路易斯・辛普森《美國詩歌》，《美國現代詩選》，趙毅衡編譯，外國文學出版社一九八五年版，第七二七頁。

者，萬物的代言人：他的立場，就是春天的立場，雨水的立場，花朵的立場，一隻羊和一群蟲子的立場。他陪著它們小心地提防著人類的斧頭，並用自己的文字「暗合了它們誕生、發展和滅絕」[13]。其修持與理想，就是「像樹一樣活著」。可以這樣說，野川幾乎從來沒有離開過大自然，就像普裏什文一樣，他也必定「能為每一片落葉寫一部長詩」[14]。這種態度如此專注，以至於哪怕他全部使用日常口語和大眾語法，我們也能在看似透明的字裏行間獲得更加深久的涵咏。

上述四位詩人中，蒲小林和呂曆偏重象徵，蔣雪峰和野川偏重超現實。值得反思的是，無論是誰，都已不再秉承熱熾的公共知識分子精神，而寧願繞開那些大命題和大關節，退而化育出一種安全而樸素的鄉村知識分子情懷。他們的寫作，都是美學的正變而非奇變，——這也正是二十世紀九十年代以來主流寫作的基本特徵。

現在才有機會回到叢文。與上述四位詩人相比，叢文受過更好的教育。他對少量西方詩人，比如對馬克－斯特蘭德、羅伯特・布萊、麥克裏希、格呂克、弗朗茲・賴特和部分意象派詩人，特別是對托馬斯・特朗斯特羅姆的翻譯，又讓自己經歷過並正在經歷著嚴苛的美學訓練課。那訓

---

13 《冥想》，野川《廢墟上的月光》，遠方出版社二〇〇五年版，第二〇九頁。下引野川詩，見野川《時光之傷》，青海人民出版社二〇〇四年版。

14 《米哈依爾・米哈依洛維奇・普裏什文》，康・帕烏斯托夫斯基《面向秋野》，張鐵夫譯，湖南文藝出版社一九八五年版，第一九六頁。

練課上的小詩和俳句如此精妙，以至於叢文每有作，均很短：意盡而已。這個事實恰好從反方向得以證明：他是如此熟諳語言針，纖細到隨心意而飛轉，探向那生命內部的萬重山。他有兩首元詩（metapoem），《後退的美學概論》，以及《詩意學概論》，坦陳了其寫作的秘藝：「所有的詞，都逼至於絕境」，「讓每個詞從它的斷裂處綻放欣喜」[15]。感覺的精細化並不排斥遼闊的觸角和寬厚的人道主義立場：叢文每每能夠讓如來在花瓣上現身。那屬於詩人自己的，高貴的內秀，與乎沉默的善意，也同時成為不可抑蔽之物。在六十多年前，袁可嘉就認為，「現代詩歌是現實、象徵、玄學的新的綜合傳統」[16]，可是又有幾人能夠得臻此境？現在，我們可以這樣講，叢文的部分作品在很大的程度上接續和豐富了這個傳統，或可代表涪江流域泛現代主義的某種高度。

六

如果後現代主義指向非中心、戲擬、拼貼、解構主義、反深度、俗豔化、後殖民性、分裂式結構和跨文類寫作，那麼，再沒有比口語更好的載體了。在野川之前，口語就曾以非常極端和徹底的姿態拒絕了軟綿綿的鄉村知識分子情懷，從斜刺裏開拓出一片如此讓人震撼的後現代主義骷

[15] 《裂紋：叢文短詩集》，非正式出版二〇一〇年，第三十八、四十五頁。

[16] 《新詩現代化》，袁可嘉《論新詩現代化》，北京三聯書店一九八八年版，第四頁。

髏地，極大地刺激了我們的舊官感。寫到這裏，那幾個詩人迅速蹦將出來，數一數，加起來共有三個：半個稚夫（一九六〇－），一個三原（一九六三－），半個胡應鵬（一九七〇－），一個胡續冬（一九七四－）。

首先必須提及三原在一九九八年五月完成的一篇文論《審查當代口語詩歌寫作》，——就我個人目力所及，這一篇，與他的另一篇《重現的嘴唇・序語》，是涪江流域詩人自七十年代以來寫出的，少數幾篇具有當代敏感和詩學深度的文論。在這篇文論中，三原將稚夫置於「嚴力－韓東－于堅－伊沙」這個「口語－後口語」譜系中進行稱量，譬之「原生性較強，製作和設計的痕跡少」，非之「過分連續性的敘述降低了口語的彈性和張力」[17]。稚夫此類作品，可以《六十八個每天》和《妓女口述》為代表。需要指出的是，口語並不能標明稚夫的身分，他更大的冒險與試毒，在於以波德萊爾和金斯伯格為圭臬，強制性針對部分負面文明，實施了血淋淋的解剖式審醜，長句、古奧語與非模式化散文滿足了他的惡的雄辯。此類作品，可以《手淫》和《艾倫・金斯堡》為代表。後來，圍繞稚夫的「非詩」寫作，甚至形成了一個公共話語空間[18]。然而，稚夫

---

17 三原《審查當代口語詩歌寫作》，《稚夫詩》，北京燕山出版社一九九八年版，第一七七至一七八頁。

18 參讀《變故：稚夫詩歌的閱讀活動》，中國文聯出版社二〇〇一年版，增訂本二〇一〇年版。由此書可知，先後參與構建稚夫詩之公共話語空間的詩人和學者計有嚴力、燎原、陳仲義、楊遠宏、孫基林、海上、張嘉諺、沙灘、管党生、陳旭光、三原、鄒建軍、鄧厚忠、楚子、狂虻、夢亦非、發星、胡應鵬、林茶居、陶春、向憍、馮楚、曉梵、于凡子、蔡驥鳴、羅勇成等廿餘人，一時間蔚為壯觀。

的缺陷幾乎同樣明顯：一方面，他的老鱗片難以悉數脫落，另一方面，這種大師環伺的新寫作又讓他難以實現真正的自拔、自立與自治。而三原自己，在口語的羊腸上一路小跑，已經不願意再回頭。多次私下交談裏，他的一些觀點曾經觸發過我的訝異：比如，高於生活是不可能的，低於生活才是可能的；口語寫作是不可能的，寫作口語才是可能的。有一次，他突然喃喃自語：只得勉強如此，用銀子把金子說出。他就這樣不斷與口語邂逅，試圖創造出一種「聽與讀的詩歌而不是寫與看詩歌」[19]。其《詞的發音誦讀練習》、《三原的一天》和《用口語關懷You與I》都是這種極致口語詩學的產物。而《這是一隻鳥，可上可下的鳥》，則將正本與訛本並置，摧毀了關於「鳥」的一切語彙和語義，堪稱解構之解構。通過這些作品，三原對能指進行誇飾，對所指進行限囿，對日常生活進行還原，幾乎實現了非非主義詩群當年無力實現的「前文化」夢想。大約在二〇〇〇年夏秋，三原「產生了用散點透視的方法創作一部與民族情懷對稱的史詩的衝動」，計劃五卷為度，十年封筆。筆者曾經得見最初的數千行，他敢於頂戴「抒情背景的缺失，神的死亡，崇高被流放，技術文明對人文情致的損傷，完整性的喪失」種種困境，以置之死地而後生的決絕，將鬆弛、囉嗦與破碎推向了極限。很顯然，這完全是一次「反稚夫」的遠征。完全可以如此斷言：三原已經並將在較長的時期內成為涪江流域最具後現代機鋒的詩人。

[19] 三原《重現的嘴唇・序語》，《元寫作》卷一，中國文史出版社二〇〇七年版，第九十五頁。下引三原觀點，亦見此文。

當然，更年輕的一代也已顯露出崢嶸：首先要談到胡應鵬。這匹飛翔的狼，用Blues、重金屬和小戲劇，當然也用口語，披掛著自己的字與詞，赤裸裸地喊出憤怒，無數次給我們帶來當頭棒喝，展現了不商量不妥協的氣度。胡應鵬此類作品，可以《一九七六》、《bB螞蚱調：請求和憤怒》、《D行進狂人調：自畫像十三行》和《詼諧調：偉大理想》為代表。可是，當胡應鵬面對凱魯亞克式on the road的愛情，他也能寫出像《鄉村路帶我回家》和《藍調，1=B：民謠酒吧》這樣熱烈和放浪的作品。可惜的是，在完成一系列獻給搖滾靈魂的作品之後，胡應鵬漸漸剔除音樂性，轉向對現實和個人處境的辨認：就像一個瘋狂的歌手，從白熱化的T形台降落到五味的廚房。所以，另外半個胡應鵬的意義還有待歷史的揮鐮。而胡續冬則沿著相反的路向來到我們面前：這個北京大學新派才子，早已將同校前輩詩人一眼看透，像模像樣地經營起學院派寫作，迅即便以《特快列車回旋曲》、《約瑟夫・布羅茨基死在一台紅色電話機上》和《Marley咖啡館》等詩名動燕園。然而，連博雅塔也鎮不住這個重慶崽兒的頑性和匪氣，他顯然已經憋不住了，就要在學院派的紅唇邊齣出一顆美學獠牙。看吧，這個怪眉怪眼的傢伙，倒提著一隻麻布口袋，「喝光了風乳裏面的／大海、銅、元音和閃光的／電子郵件」[20]，又摶起一堆鹵汁橫溢的詞，包

[20] 《風之乳》，胡續冬《日曆之力》，作家出版社二〇〇七年版，第一四五頁。下引翟永明觀點，亦見此書。下引胡續冬詩，見胡續冬《旅行／詩》，海南出版社二〇一〇年版。

括方言、切口、英文單詞、銀幕對白和網絡時尚語，寫出「胸毛橫生的詩句」，輕易就實現了對武俠小說、流行歌曲和大眾電影的戲擬。他揮舞著「九九八十一斤重」的板斧，帶來一個叮噹作響的小江湖：生猛，痛快，刺激，報冤報仇，活色生香，——連A片和為期不長的南美生活也可以添加他的熱辣度和幽默感。那才氣在大處竟也能在小處洶湧。七步成章，倚馬可待，寫詩就如餘事。他混跡於不同層次的各種大小場域，用自己的作品與當下現實構成了立體而交叉的對稱。此人與東邪黃藥師好有一比：可以把僕人都弄成聾子和啞巴，而正義感卻每每在深海裏醞釀著大波：「這傢伙徒有左半身的壞，打不過右半身的傷懷」。矛頭直指其母校的《藏獒大學》詩可以為此作證。翟永明早已指認其後現代特徵並據此斷言，「這也可以用來說明，後現代主義的重要特徵：拼貼，它不但成為藝術潮流，同時也成為新的詩歌風格」。

七

當代詩進入九十年代以後，發生了巨大的變化。詩人們變得小心翼翼，先鋒寫作逐漸個人化，甚至抽屜化。青春期已經不可重返，詩人們提出「中年寫作」的概念。抒情性被廢黜，建立在敘事性之上的修辭術逐漸風行，與此相表裏的是，「通過我們自己對置身其中的中國生活的述說」[21]，曾經如此西化的當代詩在材料上也呈現出本土化走向。

在這樣的氛圍裏，大約在一九九五年前後，蔣浩（一九七一－）開始了寫作，並先後識得踐行敘事性的幾個核心詩人，比如蕭開愚、孫文波，進而固定了其寫作維度：《一個城市的虛構之旅》即是此類作品。蔣浩認為，「詞語即思想」[22]。這個觀點，只能邀得小範圍的認同，但是我仍願意按照自己的理解在這裏加以闡釋：詞彙量意味著認知的深度，而思想來自於對詞與詞之間既有關係的解除和可能關係的窮盡。就這樣，就像趙毅衡在學術研究中所做的那樣，蔣浩在詩歌寫作中居然也能夠啟用「形式－文化論」方法。他繼續堅持「用蔑視生活來親近藝術」[23]，通過詞與詞法的求新與冒險，獲得了慣性和份額之外的光彩。詩人手中掌握著千萬把刻刀、千萬種粘膠、千萬根拉線：他著迷於儀器的精密度甚於其實用性。風景，世相，人心，在無數褶皺和倨傲裏被細細拿捏，並在無以復加的雕琢中求得突兀和與之大為相拗的自然。客觀化成為極端主觀化的結果：「判斷」和「辯論」被悉數剔除。此外，長期的漫遊讓他寫出了大量的紀行詩和贈別詩，不憚於密集地插用古語古意，搜集著個人和少數知音的小歷史，地理、氣候、植物、場景和

21 《中國詩歌的「中國性」》，孫文波《在相對性中寫作》，北京大學出版社二〇一〇年版，第十一頁。

22 蔣浩、木朵《我想要相信》，《當代詩》卷二，文化藝術出版社二〇一一年版，第一三一頁。

23 《陷落》，蔣浩《修辭》，上海三聯書店二〇〇五年版，第三十三頁。下引蔣浩詩，見蔣浩《緣木求魚》，海南出版社二〇一〇年版。

小悲歡就在其中潛移，隨物賦形停駐了細巧的存在感，頗有宋人五七律之風。他的重要作品還有《一日將盡》和《喜劇》，都是「若干攸關囚在裏面」的長詩。蔣浩已經出版兩部詩集：《修辭》，《緣木求魚》；也許他要面對的問題恰恰就是：雖然以緣木求魚之法在最為陡峭的巔毫處求得了如簧的修辭術，可是當他自己，還有讀者，真要魚，那該怎麼辦呢？胡續冬曾寫有《憶蔣浩君》並如此作結，「我看見浮雲才明白，不可能的大可不可能」，——但是蔣浩偏不信這個邪。

不管怎麼樣，蔣浩已成為中國七十年代出生詩人的重要代表。涪江流域七十年代出生詩人，前文還曾論及二胡；此外，尚有楊曉芸（一九七一－）、西娃（一九七二－）和白鶴林（一九七三－）。他們與中國眾多同齡人一起，「不僅徹底改變了人們對當代詩歌走向的預設，而且也在很大程度上改變了當代詩歌的可能性」[24]。值得稱慶的是，他們並沒有展現出相似的美學特徵，以至於我試圖作群像摩崖的偷懶終於不能得逞。江湖多俠少，風雲看今朝：正當我犯難之際，更年輕的八十年代和九十年代出生詩人，比如阿伍（一九八二－）、安德（一九八八－）、張丹（一九八九－）和余幼幼（一九九〇－），也吹響了觱篥。

[24] 臧棣《〈七十後・印象詩系〉編輯說明》，白鶴林《車行途中》，陽光出版社二〇一一年版，第一至二頁。

八

在某個新世紀詩歌研討會上，我曾經毫不猶豫地把賭注押給女詩人。為了從小生態上證明如此立論顯然出自深思熟慮，對於涪江流域更年輕的詩人，我願意只選擇女詩人來加以考察。這樣做，並非男性成見的結果，恰是破除男性成見的結果。楊曉芸加劇了寫作的難度，她讓若干古詞或古詞組在新的語境中煥發出更多的陡峭，不為別的，只為那陡峭的幽心。在她這裏，對愛的渴慕與對尊嚴的渴慕變成了同一個事情，可是她偏又在暗幸裏滴加了兩茫茫的驚懼。她就這樣苦修「夜視術」和「翻牆術」[25]，交給我們一把海底針。罹病之後，楊曉芸以詩相鬥萬古愁，在每日的風險和孤寒裏求取一小片安寧，得句則刺人心腸。從《老公主》、《藤纏藤》、《相見歡》、《烏有病》、《俠客行》、《扶疏調》、《擺渡帖》、《轉夢台》和《春聲啐》等作品看來，她對老套路充滿了怵惕，力圖每次寫作都能收穫重新「發明」語言的樂趣——在這個方面她與叢文和蔣浩有著相近的癖好——而她幾乎已經做到。讀其詩，如看「螞蟻翻越樹皮壓就的懸崖」，可以獲得曲徑通幽的虛無感。有時候，她會意識到性別的局限性並勉力將詩境導向闊大和高邁：虛無感便開始在宇宙間漫遊。一九九一年，雨田參加第九屆青春詩會；二〇一一年，楊曉芸參加第

---

[25] 楊曉芸《俠客行》，《詩林》二〇一一年一期，第三十六頁。下引楊曉芸詩，見《詩林》二〇〇九年四期。

二十七屆青春詩會。廿年不過彈指，然則對讀雨田與楊曉芸，就會發現當代漢詩所出現的重要而深刻的變化：這變化，不妨理解為進步。如果說楊曉芸是將自己置於與愛人的關係，那麼西娃則是將自己置於與男人的關係來展開寫作。楊曉芸總是「這一個」女人，而西娃就是複數和無數的女人。有時候，連六祖和上帝，都能成為她的相對性。她在「非世俗的深淵」[26]裏展開了捭縱的身體想像，著意求取詩意的立體性和多維化，「把我喜歡的幾個佛典中的名號，跟『我』的現實做了一次含混」，寫出《維摩詰》、《藥師佛》、《燃燈人》、《阿育王》、《地藏王》、《蓮花生》、《阿彌陀》諸詩，獲得了看似悖謬的雙重話語空間：在禪的瀑布裏夾帶著愛的飛流。佛頭著糞，色即是空：這些詩，實則都是情詩。而讓西娃名聲大噪的，卻是短詩《畫面》：她用報紙將高低貴賤一一平鋪，只讓母親將熟睡的嬰兒放在中央。到了余幼幼，身體想像則更加大膽。她早已洞察你的花花腸，而你還在裝深情：就這樣，她掌握著遙控器，在挑逗與調侃之間轉換著頻道，放肆地冒犯著大學課本的道德觀。那自如和自由，隱藏著「我們誰也不屬於」[27]的荒謬感和絕望感：「我給你荒蕪／你給我縱身的懸崖」。而她所使用的口語如此直接，無忌諱，無遮攔，正好剪裁出韓版新少女的緊身衣。余幼幼藉此獲得了較為醒目的代際特徵，已在九十年代出生詩人中迅速實現脫穎。與上述三位女詩人相比，張丹幾乎就是一個例外。她的詩關注教育的灾

---

[26] 西娃《秒殺》，張國成主編《九人詩》，珠海出版社二〇一〇年版，第十七頁。下引西娃觀點，亦見此書。

[27] 余幼幼《忘懷》，《詩歌月刊》二〇一一年五期，第三十二頁。下引余幼幼詩，亦見此刊。

情和成長的險境，質問不可逆轉的工業文明和城市文明，乃是無性別寫作。近來，她在調和西方詩與古典詩上付出了很大的努力，卻又在對字和詞的攻伐中，試圖換下這兩重現成的鎧甲。她透過主旋律母親的價值觀，重新發現這個世界，並用奇詭而流淌的超現實風吹開那紛披的假象：「人的思想永遠不能成為綠」[28]。我們完全可以相信，張丹將會只手為幟，在任誰也不曾涉足的無人區推進她的美學革命。

九

在本文討論的範圍內，可能只有蔣浩算得上是「職業詩人」——如果這個概念能夠成立——寫作幾乎就是他全部的事業。舍此之外，其他絕大多數詩人都是入仕者。仕途的複雜度和峻峭度也許超過任何現代詩：置身於巨大的兩難，這些詩人有的乾脆就此擱筆，深深地窖藏起那澎湃的詩意。在涪江流域，這樣的現象屢見不鮮：無數古樹，經過漫長深埋，就變成了烏木。我們已經看到：當這些詩人賦閒之後，那內心的烏木很快就暴射出黑玉般的光澤：最後還是詩掌握了扳機。在這樣的背景下，我要論及兩個歸來者：馬培松（一九六三－）和安遇（一九四九－）。

---

[28] 張丹《一支虛弱的歌》，未刊稿。

入仕者最大的尷尬：總是有對象，各種對象，而且必須時刻顧及這些對象。但是現在，安遇和馬培松已經可以把所有對象視為「第四堵牆」[29]。套用讓・柔璉的話來說，這堵牆對我們來說是透明的，對他們來說卻是不透明的。就這樣，他們獲得了巨大的自由感和鬆弛度。但是，這種自由感和鬆弛度並未給馬培松帶來汪洋，與之相反，他轉而憑藉收束而謙遜的小詩體，在非常有限的空間裏置入了無限。所以馬培松的口語，具有一種欺騙性，他的清淺愈可測而愈不可測。近來，馬培松已經給我們貢獻出名篇：《北京真大》，——他無意而無痕地調侃了沉積在我們內心的政治無意識。安遇也能如此：煉口語，作小詩，臥白雲。在他這裏，政治無意識，甚至文化無意識，都似乎不再有殘留。他通過兩個向度——小人物和小地理——的稗史寫作，較為徹底地摒棄了主流意識形態方法論。而關於地主、小姐、秀才和土匪的小戲劇，則讓近代史從階級論之外獲得了充分的人性化視角。宏大敘事的海綿不斷縮水：剩下來的就是最動人的：小對小的呼喊，弱對弱的關懷。近來，他幾乎徹底清繳了匠氣和火氣，更加注重「言」與「道」的自然生成。他堅持只動用很少的詞，很短的句，很小的尺幅，來實現白描的傳神和攝魂。他的詩，比如《這是春天》、《那時》、《最後的人間》、《卡通之城》、《速度》、《在窗前站得久了》、《一個人在樹下》，能夠讓我們「獲得一種把自己的靈魂放低並且安妥的力量」[30]。

[29] 讓・柔璉語，參讀余秋雨《戲劇理論史稿》，上海文藝出版社一九八三年版，第四九三頁。

[30] 趙思運《在「稗史」中喚醒的詩歌語言》，《詩探索》二〇一一年二輯，第九十一頁。

十

臨到最後，還得談及隱身人。

這要將柏樺作為由頭。一九八六年的春天，柏樺收到一冊《當代中國詩歌七十五首》，他讀到陳東東，準確地說，是讀到《獨坐載酒亭》，在驚異中陷入了苦惱：該如何打通那要命的關節啊？直到他某天來到西南師範學院，在黃彥（一九六二－）的宿舍裏看到一部《中國佛教史》：這本書講到「望氣的人」。柏樺恍如大夢初醒，很快就寫出《望氣的人》，接著又寫出《李後主》和《在清朝》。柏樺在《左邊》裏回憶了他後來的名篇的最早的讀者：「不愛說話的黃彥對這兩首詩大為激動，不停地猛抽他心愛的黃平香菸。」[31]這個黃彥，正是現代詩的早行人，他後來供職於川北教育學院，與亦分配來的阿野，因為一次關於裏爾克的討論，結為終生摯侶。那時候，他們常常騎在學院的樹丫上，一邊吃面，一邊談文學。《望氣的人》和《在清朝》，喚起了他們不同的天性，於是發生了爭論。是啊，所有的故事都與文學有關，包括天上宮，桂花酒，熊一般的少女……後來，黃彥也如二毛，在美食、美酒和美女之間扎

---

[31] 柏樺《左邊：毛澤東時代的抒情詩人》，江蘇文藝出版社二〇〇九年版，第一二四至一二五頁。下引柏樺觀點，見此書香港牛津大學出版社二〇〇一年版。

下了野山寨，變成了真正的隱身人。他說，沒有用。又說，人是要死的。於是忙於幸福，再也無暇寫作。

阿野後來也如此，他去了成都，北京，隱於市。二〇一〇年，忽然回到遂寧，再也不願意離開。我們的阿野，重新以詩人的身分，連續不斷地組織雅集，在紅顏、藝術、山野、友誼和葡萄酒之間煥發出飽足的精氣神。詩與生活終於交融。猜一猜，在那兩首引起爭論的作品中，阿野更喜歡哪首？對了，他更喜歡《在清朝》。柏樺曾經講到，成都是當時古風最盛的城市，他借《在清朝》，「展現了成都內在的古典精華」。這內在的古典精華，也許就是「安閒」[32]，甚而就是柏樺後來更為樂道的「逸樂」[33]。當然，除了安閒而逸樂的生活，阿野每每在賓客退散燈火闌珊之際，就掀開蒙面巾，重新開始了寫作。他細細地斟酌著節令和風物，讓眼前之景與內心之境達成契合並相互生髮。花朵，旋轉的風，樹，夕陽和星辰，都不過是靈魂本身的滲漏和彌漫。我們已經看到，二十年前的阿野詩與二十年後的阿野詩，並無重大的差異：他如此輕易地保全了一顆浪漫主義靈魂。另一方面，對最近二十多年來漢詩的發展，阿野雖然並未給以足夠的關注，但是，葉芝、裏爾克、埃利蒂斯和阿赫瑪托娃仍然賦予他語言上的現代感：這種現代感，啊，恍如那隔世的陳釀。

[32] 《在清朝》，柏樺《往事》，河北教育出版社二〇〇二年版，第六十五頁。

[33] 柏樺《逸樂也是一種文學觀》，《星星》二〇〇八年二期，第三十三至三十四頁。

十一

涪江流域當代詩人，很多都曾經獻詩給我們的母親河。早在一九九一年，雨田就寫出《涪江邊，一隻野狗咬破了我的孤獨》，後來蔣雪峰寫出《涪江》，叢文寫出《涪江的歌唱》，野川又寫出《冬天的涪江》。這涪江，源於雪寶頂，也源於《陳伯玉文集》：涪江流域當代詩人必然領受這雙重的沾溉。

一九一七年，詩人T・S・艾略特寫到，「詩人，任何藝術的藝術家，誰也不能單獨地具有他完全的意義。他的重要性以及我們對他的鑒賞就是鑒賞對他和以往詩人以及藝術家的關係」，如果我們認可這個觀點，不免要問：涪江流域當代詩人在何種程度上實現了「過去因現在而改變正如現在為過去所指引」的夢想？換言之，他們在何種程度上保全了自己的「容受性」和「懶散性」並重新詮釋出傳統的「現存性」[34]？要回答這個問題，也許最終只能但看他們的作品。

因為一切歷史性描繪都充滿了偏見和暴力。

二〇一二年四月五日

[34] 參讀T・S・艾略特《傳統與個人才能》，趙毅衡編選《「新批評」文集》，中國社會科學出版社一九八八年版，第二十四至三十三頁。

孫靜軒

輪椅被推了出來：從書房到客廳。那書房隱約，而客廳逼仄。孫靜軒先生就坐在輪椅上：亂髮飛雪，蒼須如鐵，瘦頰似刀刻。他也拖著被鯊魚咬剩的骨架，對，他簡直就是那個用這種酷姿上岸的老人：可以被毀滅，不可以被戰勝。這次來的鯊魚，當然，我說的是癌，卻更加饕餮。他說：我的病全國都知道了，舒婷，徐敬亞，都來了電話。又說：賀敬之與我觀點不同，也來了電話。忽而又說：薩達姆這個人，太專制了，我支持伊拉克戰爭，我就是那百分之二十。然後，他請李平女士取出兩冊詩集，沉吟，題簽，遞給我。我接過詩集，目光稍稍揚掠，就再次看見牆上的詩人肖像，——記得那是甘庭儉先生的木刻。

這最後的拜訪，是在二〇〇三年四月一日。那天是愚人節。

一

一九三〇年二月二十六日，舊曆正月二十八日，孫靜軒，原名孫業河，出生在山東肥城。「上帝降我於人世是一個錯誤。他讓我誕生於一個不幸的時代和一個不幸的家庭。」[1]關於童年，除了饑寒，他沒有更多的記憶。八歲，日軍犯肥城，被迫開始流浪。十二歲，離開家鄉參加革命。後來經歷兩次戰爭：抗日，反蔣。軍隊的方向已經確定，他只需要追隨那毋庸置疑的蜂擁。這段個人史，與數以億萬計的類似個人史，最終混成了芸芸。換言之，是歷史選中他，而不是相反。他必得成為那個共名時代之斑。還有什麼好敘述的呢，任何一部《中國革命史》都可以正確到百分之百。而他自己，後來也在長篇敘事詩《黃河的兒子》中，借助流浪兒小盼，也就是後來的英雄戰士鐵雷，的經歷，打撈了自己的經歷。

在戰爭中，他殺過人。按照主流敘事模式，也可以說，他立過功。但是，愈趨老邁，他愈為此懺悔。一九九三年八月，他寫出《人血不是水》，坦陳了從背後朝一個青年射擊的往事。他閉目，發抖，開槍。那個青年最後一次回過頭來，用「恐懼而又哀怨的眼睛望著我」，導致了詩人終生的噩夢。後來，那雙眼睛又如影隨形地出現在《遺恨》：詩人再也擺不脫被逼視的命運。到

[1] 《孫靜軒自傳》，《孫靜軒詩選》，花城出版社二〇一一年版，第二二三頁。下引孫靜軒詩文，凡未注明，均見此書。

了晚年，詩人自認為戰爭的倖存者，但是拒絕自認為戰爭的勝利者。因為，從某種意義上講，那個青年也是無辜的：他是屠戮者，亦是被屠戮者。而真正的殺人犯，「居廟堂之高」，仍然腆著奶油肚子大搖大擺。這就是戰爭的荒謬；更大的荒謬，還在勝利之後，——「勝利之後」，這是多麼凶險而陰暗的歷史學命題啊。一九九五年五月，詩人寫出《瓦爾特流浪在薩拉熱窩》。當年薩拉熱窩保衛戰的傳奇英雄，瓦爾特，如今白髮蒼蒼，流浪街頭，炮彈不時從他頭頂呼嘯而過，——這炮彈，並非來自「敵人」，而是來自「兄弟」。雙方同為鐵托元帥的忠實信徒，現在展開了你死我活的爭鬥。勝利之後，瓦爾特的困惑引起了詩人的共鳴，也許他們都面臨著同樣一個再也弄不清楚的問題：「究竟是誰打贏了那次戰爭？」瓦爾特不再留戀薩拉熱窩，他走向荒野，將勛章拋向了冒著黑煙的廢墟。

大約在一九八九年，詩人完成自傳，將此前簡介中的「參加革命」改為「當兵」。這篇自傳以手稿傳世，後來勒石於詩人之墓，算是首次發表。

二

一九四九年三月，詩人回到濟南；十月，共和國成立。那年詩人十九歲。他先當記者，後作編輯，開始了文學生涯。一九五三年，詩人調《中國青年報》工作，很快經臧克家、王希堅推薦，進入中央文學研究所深造，業滿後供職於重慶市作家協會。文學與政治甚為相得：那友好的關係和愉快的氛圍並不能稍稍預告兩者之間將會發生的齟齬。值得一提的是，艾青當年亦曾擔任中央文學研究所教員，主講西歐詩，這可能是詩人之為詩人和詩人之為此類詩人的重要契緣。此後到終老，詩人便以艾青門徒自居。一九八〇年二月，兩者劫後重逢，詩人與乃師共慶七十歲生日，連續寫出六首詩呈獻給後者，崇仰與愛戴之情溢於言表。其中一首名曰《船長》，——我們知道，惠特曼也曾連續寫出六首詩呈獻給亞伯拉罕・林肯，其中一首亦名曰《啊，船長！我的船長！》。

我們有理由相信，是在一九五七年二月，在青島，詩人開啟了真正的寫作：似乎沒有任何兆頭，他突然寫出一個海洋詩系列，——或可稱為前期海洋詩系列。詩人製造了一個巨大的矛盾，然而無人覺察：一方面，他讚美大海的恬靜、潔白、響亮、激情和搖撼山岳的力量，甚至將大海作為太陽的接生者和承恩者；另一方面，當迷霧籠罩，巨浪洶湧，大海就成為險惡之境，但又必將被我們征服。之所以無人覺察，緣於詩人在兩種情況下都能夠滿足那個共名時代的閱讀期待：要麼表現歡樂（大眾的），要麼表現征服的歡樂（可能是小眾的）。當第二種情況發生，讀者就不再關注大海，轉而關注「巡邏艇」和「舵手」。當然，詩人並沒有刻意取悅某種集體話語模式，是一種內在的油然的真誠，讓他自覺參與並成為這種集體話語本身。是的，他加入了一個合唱隊。值得注意的是，當我們終得以從容地比較孫靜軒與同時代詩人——比如白樺、蔡其矯、傅仇、高纓、李瑛、梁上泉、邵燕祥、聞捷、雁翼——的寫作，就不難發現，他那明快、輕盈而酣暢的抒情性，即便置身於一個合唱隊，也能夠清晰地脫穎出自己的獨特音質。詩人就此成名：《致小船及其舵手》至今仍是新詩必選之篇。後來，有學者將一九五七年稱為「孫靜軒年」。二十二年之後，時間來到一九七九年二月，斷續延持至一九八四年四月，詩人重返青島，並先後遊歷海口、天津、虎門、廣州、湛江、上海，又寫出一個海洋詩系列，——或可稱為後期海洋詩系列。這個詩人，在知天命之年，才真正看透大海，猶如看透自己的命運。當他僥幸逃脫那無數次的滅頂之災，就開始反省昔日的天真與甜，並試著練習抗議、搏鬥和創造：「它在浪尖上誕生，又在風暴中成熟」[2]。對讀兩個時期的海洋詩，我們就可以看出在漢詩內部發生的深刻變化：苦難喚醒了懷疑主義和個人意識並將寫作推向了對內在驚顫的諦聽。

除了「海洋詩人」，詩人亦被稱為「森林詩人」。其前期森林詩系列完成於一九五六年，後期森林詩系列完成於一九七九年，——阿壩州米亞羅森林是這些詩篇的重要淵藪。

海洋詩和森林詩都是抒情詩，詩人之前期抒情詩，往往輕寫實而重寫意，「只是抒發一種感情，流露一種情緒，或散播一種氣氛，總之，它的意義或力量是隱藏在詩的內層的」[3]，頗有象徵主義之風。這種主觀之歌，也在一定程度上，針對了某種偽客觀主義。

2 《海鷗（又一首）》，《孫靜軒詩選》，四川文藝出版社一九九〇年版，第十八頁。
3 孫靜軒《談談抒情詩的問題》，《草地》一九五六年六期。

三

但是，詩人很快就響應了那個重軛般的時代，他在前後兩個抒情詩寫作期之間，硬塞進一段敘事詩寫作期。建國以後，特別是文化大革命階段，文學工具論以壓倒性的優勢威懾和規定了寫作，抒情詩的性質和功能受到來自政治的巨大質疑，而敘事詩則有可能在較大程度上挽回詩歌作為工具的挫敗感。詩人完全按照某種極致化的主流敘事模式，從一九七一年到一九七九年，從米易到成都，寫出長篇敘事詩《七十二天》，再現巴黎公社興亡史。儘管在巴黎公社委員裏會混雜著無產者、布朗基主義者、蒲魯東主義者和更加可怕的機會主義者，但是詩人繼歐仁・鮑狄埃、奧裏維埃・蘇埃特爾、路易絲・米歇爾和涅克拉索夫之後，積累性地重寫這段血壘史，今天讀來仍然蕩氣迴腸。特別是費列的就義怒吼和米歇爾的受審陳詞，發射出偉大的理想的光輝。值得玩味的是，米歇爾，這個著名的「蒙馬特爾的紅色處女」，被詩人改稱為「蒙馬特爾的紅色姑娘」，——也許，在中國革命語境裏，「處女」這個詞多少粘附著輕佻和色情的嫌疑，完全有可能構成對這種語境的格拗甚至傷刺。這個問題就此打住；我想要說的是，就是這個米歇爾，在一九〇五年一月十日逝世前，曾經瞻望過無產階級革命從俄國蔓延到中國的可能願景。似乎為了用一個續寫的文本來告慰米歇爾，詩人在完成《七十二天》的參差同時，從一九七二年到一九七八年，從成都到武漢，又寫出長篇敘事詩《黃河的兒子》，再現中國痛史和中國革命史。就像此前田間寫《趕車傳》，張志民寫《死不著》，詩人也為政治正確付出了巨大的努力，但是此詩脫稿後，仍因未能很好遵行「三突出」原則而招致非議和退稿。

行文至此，忍不住要從一個小角度進入這兩部長篇敘事詩，那就是革命者的愛情。按照主流敘事模式，愛情意味著享受、懈怠和腐朽，甚至意味著統治階級生活方式，恰恰正是革命者的分神之物。因此，研究革命者的愛情，不免有點事後惡作劇。但是趣味恰好來自於中西方革命者在這個問題上的小異而大同。費列與米歇爾早已心心相印，但是彼此都佯裝無情。直到雙雙被捕，米歇爾再也控制不住自己的心，她在牢房裏給費列寫去滾燙的情書。費列的回信完全是中國式的，他承認他對米歇爾傾慕已久，但是又特別強調，「個人的愛就是對祖國的叛離不忠」，繼而堅決表態，「即使是絕代佳人也不能分享我對祖國的愛情」[4]。而鐵雷則更加徹底：他從未矚目任何女人。甚至，在他眼裏，也許從來就沒有異性。詩人對此堅信不疑，於是一廂情願地展開了敘事。在把這種敘事模式加諸費列與米歇爾之後，現在，詩人要以更加純潔而不夾帶一粒沙子的態度來面對鐵雷。中國革命者的愛情通常發生在後方醫院，帶著這條最近二十年才逐漸明晰起來的敘事線索，我重點細讀了《黃河的兒子》相關片斷。鐵雷第一次受傷，是因為日軍的空襲和他

[4]《七十二天》，四川人民出版社一九七九年版，第三三四至三三五頁。

對戰友喬大炮的捨身相護。在他接受療救期間，敘事者，也就是詩人，對護士的出場是這樣安排的：「一個年輕的女同志，大概是衛生員。」[5]而在鐵雷康復期間，房東大娘果然出面說親，前者的回答早已因為主流敘事模式在不同文本中的雷同設計而讓我們覺得耳熟能詳：「俺從小討飯，後來拿槍杆，娶媳婦這種事，跟咱不沾邊。」鐵雷第二次受傷，是因為攻占南京總統府。在他再次接受療救期間，詩人對護士的出場是這樣安排的：「進來一個護士，穿著雪白的衣裳。」第一個護士，詩人交代了其性別；第二個護士，詩人隱匿了其性別：這是因為，到了第二次，詩人之眼才與角色之眼完全重疊。

還得回到米歇爾，這個失敗的革命者，晚年受馬拉托・普日和萊克留的影響，轉向了無政府主義。這種思想認為，無產階級不需要國家和政權，因為此二者意味著權柄，而權柄將會導致兄弟間的爭鬥，無產階級最終將有可能喪失熱情、勇敢和質樸。孫靜軒認為這些觀點是「荒謬的胡謅」，對米歇爾的思想轉變提出了嚴厲的批評。而鐵雷，則是勝利的革命者。他所面臨的，乃是「勝利之後」的問題。當無產階級掌握了國家和政權，他意識到戰鬥並沒有結束。可是，「敵人在哪裏呢？」鐵雷陷入了沉思，「說不定是黨員」。他已經準備好積極參加「不流血的階級鬥爭」。在這個敘事詩的篇終，詩人期待著與鐵雷重逢，在哪裏重逢呢？詩人說，「在那轟轟烈烈

[5]《黃河的兒子》，湖北人民出版社一九七八年版，第一八八頁。下引此詩，亦見此書。

的文化大革命」。可是，就是這個文化大革命，給所有中國人都帶來了噩夢。那麼，在經歷文化大革命之後，詩人又將如何看待米歇爾的思想轉變呢？

四

前文已有暗示，就在一九五八年，詩人迎來人生轉捩點，從一個煉獄到另一個煉獄，前後持續二十餘年。最初，詩人被化為右派，押送農場，接受改造。他的配偶李武珍很快就與他劃清界限斷絕關係。有資料顯示，在此前後，詩人乃是一個堅定而狂熱的左派，——對於政治而言，左派永遠是先鋒派和當權派。這個年輕左派積極參加反右運動，曾將很多文化界人士打成右派。當他發現身邊的傑出人物已經所剩無幾，卻突然產生了懷疑，於是放出話來：「他媽的，這個也是右派，那個也是右派，誰有本事把我也打成右派試試。」不久，他就成為全國五十萬右派之新丁，去到他此前的「敵人」們中間，在來自兩個相反方向的蔑視中，度過了四年孤島生涯：燒窯，伐木，打魚，造飯。這打魚的美差事，乃是長壽湖農場副場長羅廣斌的安排。沒有這個安排，詩人早就死了。長壽湖至今孤墳累累，記錄著群體性和時代性的可怕飢餓。一九六二年，改造告一段落。二十五年之後，亦即一九八七年九月，詩人憶及這段孤島生涯，寫出長詩《這裏，沒有女人》：一群男囚，好比半獸，赤條條，直挺挺，仰臥於沙灘，或是草地，每天猥談女人，然而他們卻都漸不能勃起，濃重的悲哀幾乎壓垮了整座孤島。對人的流放導致了對人性的流放。繼思想之後，肉體也被閹割。那只無形之手翻覆著整個宇宙。不僅是男人，女人也遭遇了相同的命運：一九八九年四月，詩人寫出的姊妹篇，《月亮的回憶》，可以為此作證。

一九六三年，詩人調入四川省作家協會。孰料喘息未定，文化大革命即已爆發，詩人再次奮勇，立志繼續作一個左派。在沙汀批鬥大會上，他甚至上臺煽了小說家的耳光。據說連瘋子當街辱罵領袖，他也能與之扭打不休。但是，相似的悲劇再次上演：詩人很快被列為重點審查對象。此種遭遇，與其恩人羅廣斌，及其長兄孫文波之死，讓他幡然有所悔悟。羅廣斌之兄羅廣文乃是國民黨第十六兵團司令官，但是兄弟揚鑣，前者後來成為《紅岩》的主要作者。羅廣斌曾在國民黨監獄渣滓洞和白公館挺過十四個月，卻只在重慶建工學院紅衛兵關押所挨過六天，便覷准一個機會跳樓而死。孫文波則是詩人的革命引路人，解放後娶了一個國民黨軍人遺孀，——這次跨階級的婚姻最終讓孫文波獲罪。他後來被打成「走資派」，受盡折磨，含恨辭世。一九七六年，文化大革命結束，對於孫靜軒而言，一個痛苦的反省時代卻剛剛開始。一九七九年，詩人迎來三件大事：一是喜娶得成都某印刷廠工人李平女士，二是參加到《星星》復刊編輯委員會，三是當選為四川省作家協會副主席。一九八〇年二月，他寫出短詩《故宮》，十月，又寫出長詩《一個幽靈在中國大地上遊蕩》，展示出強烈的批判性和憂患感。這兩首詩的主題詞都是「幽靈」，借自《共產黨宣言》卷首名句，「一個幽靈，共產主義的幽靈，在歐洲游蕩」，然而孫靜軒卻顯然另有所指。一九八一年，長詩在陝西某刊發表後，主編撤職，刊物回收，雜誌社關停，詩人則被授意公開發表檢討文章。然而此詩在海外引起巨大波瀾，臺灣、波蘭、俄羅斯等地區和國家的電臺爭相介紹，當然不乏利用式介紹。

五

事實上，更年輕的詩人更早亮劍。一九七八年十二月，《今天》創刊，一群突然冒出地面的青年詩人幾乎同時展示出全新的俄羅斯式對抗美學。第二年四月，該刊印行第三期，發表齊雲的《巴黎公社》，與詩人的同題材長篇敘事詩相比，此詩呈現出絕對另類的創造力，我們得承認，那就是為孫靜軒所無的現代性雛形。當然，詩人也已經敏感到新美學的崛起並表示了作為前輩的首肯，這有他與青年詩人們的友誼為證：而這種友誼，顯然建立在「心有戚戚焉」的隔代默契之上。在七十年代末八十年代初，前輩詩人持此種態度並非易事。「世界從來就是這樣／對於陌生的天才／總是閉著眼睛」：我們已經知道，開明如艾青，從一九七六年到一九八一年曾與北島時相過往，但是仍不免在從一九八一年到一九八三年連續發表的幾篇文章中，由含蓄到直白地表達過與孫靜軒截然相反的態度。在艾青與北島決裂後不久，一九八二年，孫靜軒卻與後者相會在岷江之畔。在此前後，詩人還與顧城、楊煉、舒婷、王小妮、徐敬亞、葉文福、傅天琳、歐陽江河、蕭開愚、吉狄馬加、翟永明、廖亦武、吉木狼格、石光華、冉云飛、聶作平等青年詩人結為忘年交，甚至還為這些詩人寫出若干獻詩，比如《小月亮》，《美之女神》，《只會愛，不會恨》，等等。對青年詩人作品，詩人多次坦言或有不懂，但是他知道這代人必有所恃。一九九二年十月，詩人論及吉木狼格，曾如此作結：「對吉木狼格的詩，我全然陌生，我不知道該予以肯定還是否定。但是我尊重他的創新精神。創新是一種勇敢的行為。」[6]兩代人之間心接神通的交往，給詩人帶來了巨大的愉悅；而一些青年詩人株連禍結的命運，也給他帶來了巨大的痛苦。一九九〇年春天，在樂山市郵電賓館裏，詩人目睹某事件後，忽然捶胸頓足，呼天搶地，大哭嚎啕，如喪考妣，正是為了一個，或者說為了兩個，四川青年詩人。在此前後，詩人蓄須明志，乃有典型的孫靜軒之臉，這張臉，到死都在哀挽著「絕食的雪人」和「魯智深式的超現實主義」[7]，表達著自己的等待、絕望和不可寬恕。由此可以見出，詩人具有強烈的「殺父」精神。東方文化擁有源遠流長的「殺子」傳統。父，意味著秩序、權威、命令和既得之利益；子，則意味著擾亂、創造、違抗和可能之轉機。詩人此種精神，具有明顯的西方文化特徵，其詩，《邁克爾・傑克遜》，還有《吹薩克斯的克林頓》，都可以作為注腳。

6 《讀吉木狼格》，《星星》一九九三年一期，第十頁。

7 洛夫《漂木》，《洛夫詩歌全集Ⅳ》，臺灣普音文化事業有限公司二〇〇九年版，第二一六頁。

六

一九八一年之後，詩人自憚於無形而無不在的寒意，忽然收斂了鋒芒。他關注著青年詩人的狂歡，卻又沒有走近那堆篝火。前文已有敘及，從一九七九年，詩人踏上了濱海城市之旅。一九八〇年一月，到北京；三月，赴濟南；四月，回肥城。從一九八一年十一月到一九八四年三月，詩人先後遊歷自貢、宜賓、樂山、永川、貴陽、渡口、昆明、綿竹、德陽和長江三峽。一九八七年十月，詩人先後訪問芬蘭、瑞典和俄羅斯。在此期間，詩人寫出大量紀遊詩和贈答詩，似乎又回到了抒情詩之故徑。

直到一九九一年一月，經詩人倡導，在成都雲露酒家召開了戴衛中國畫《鐘聲》同題詩會。戴衛，自號風骨堂，生於一九四三年，長於水墨和人物，或者說長於水墨人物，曾為長篇敘事詩《七十二天》作黑白插圖六幀。《鐘聲》完成於一九八八年，繪有五十個人物，代表五十億人類，均蒼發縞服，瞠目結舌，長身遙望外天，側耳諦聽神讖，表現了人類的孤獨感、驚悚感和渺茫感，是其代表作。當年四月，《星星》詩刊集中編發張新泉等十二位詩人的讀畫詩，——卻未見詩會倡導者的作品。以致或有認為，詩人已經才盡。一九九三年十一月，《星星》編發長詩《鐘聲》，我們才知道：早在一九八九年七月，詩人就寫出了此詩。這個時間上的延宕，既有個人的，也有歷史的原因。無論如何，這首長詩再次展示出強烈的批判性和憂患感，直承九年前兩首幽靈詩的精神之脈，——恰恰就是這九年裏，青年詩人們已經打造了中國現代詩的黃金時代。大約在完成《鐘聲》之後不久，詩人又寫出姊妹篇《二十一世紀》，以「凡有罪者禁止入內」作為題記。「警鐘如風／喪鐘如煙」互見於這兩首詩。至此，詩人已經站在「人類」的高度進行思考。他擺脫了中國語境的具體而微的磕絆，力圖揭露整個人類的罪孽，預言地獄、末日與上帝之死。這兩首詩語調激烈，筆墨酣暢，思想沉痛，議論沸揚，「如弩如箭高懸於我們的頭頂」。《二十一世紀》引發了詩人的世紀之思。直到幾年後他寫出巨型長詩《告別二十世紀》，我們才知道，包括《二十一世紀》在內的很多作品，都不過是《告別二十世紀》的準備：所有相關作品構成了一個龐大的互文。從這些作品或作品片斷來看，詩人多次言及，二十世紀是「我們的世紀」，而二十一世紀是「你們的世紀」。「你們」就是「孩子」。詩人自認為有罪者，唯願背著十字架，獨自在地獄裏探險；他恥於進入新世紀，同時仍寄望在新世紀裏人性再生而上帝復活。一九九八年，詩人曾將《告別二十世紀》自印百冊，因外在的苛察和封閉，可能只有三四十冊流傳於世。第二年十月，該詩在香港《開放》連載，再次在海外引起巨大波瀾。筆者未能得見該詩全豹，不敢妄作月旦評；著名學者林賢治先生似曾獲此機緣，且聽他的讀後感：

《告別二十世紀》是孫靜軒一生寫作中的最後一部長詩。全詩泱泱浸過一百年時光，容納眾多重大的國內外事件，有如江河入海，氣勢恢宏；雖然一覽無餘，卻也並不因此顯得單調。作為一首史詩，像這樣的篇幅，這樣的時空跨度，這樣的政治意識，實為中國新詩史上所未曾見。[8]

由此可見，詩人通過這部長詩，對自己「肯定－否定－否定之否定」的一生，以及置身其中的那個世紀，做出了全面而全新的剖斷。他用「最後以此為准」的語態，宣告了對自己此前所有作品以及內在觀點的覆照。

詩人關於世紀之思的作品均未署明成稿時間，——當其時，作品署明成稿時間，很容易被人拿來與時事相聯繫。而《告別二十世紀》並非詩人之絕筆則可以斷定無疑。詩人之絕筆，乃是長詩《千年之約》，「二〇〇二年苦春於射洪」，——詩人為射洪寫出的另外一首詩是《啊，苦楝樹》，乃是二十一年前親歷該縣大洪水之所作。而《千年之約》，則是詩人在當地詩人蒲小林的陪同下，謁陳子昂墓之所作，其手稿亦同時留贈後者。陳子昂，孫靜軒，兩顆孤心，千年如晤，展開了「無聲地對話」：挽與自挽，誰又能分得清楚？

[8] 《歸來者的歌》，林賢治《中國新詩五十年》，灕江出版社二〇一一年版，第一六五頁。

七

詩人之作品，在其生前即已譯成多種文字，在美、蘇、意、英、日、芬蘭和瑞典等國發表或出版。詩人自己亦甚誇負，二〇〇一年四月四日，他在成都杜甫草堂接受採訪時說，「我的詩超過了杜甫」，又說，「能獲諾貝爾文學獎的中國作家只有我」[9]。關於其作品，洪子誠、石天河、楊遠宏、蕭開愚、曹紀祖、林賢治等詩人和學者亦曾作過研究，尤以林賢治的研究較為深入，他曾經論及詩人的平民性、反專制精神、地緣政治興趣和美國式民主思想，同時指出其「作品難免粗糙」，——也許林賢治更看重的恰是前幾個方面，但是這幾個方面都很複雜，具體問題還需要具體分析，不能簡單地加以臧否。

今天看來，詩人的晚年涅槃讓他最終可以被稱為人道主義者和自由主義者，但是作為詩人，他始終處於「未完成」的狀態。其寫作，緊跟或者疏遠政治，都未能擺脫被異化的命運。無論是前期對美學的追求，中期對哲學的盲從，還是晚期對神學的皈依，他都沒有徹底實現獨立寫作理想。他在五十年代獲得詩的時候，丟掉了思想；在九十年代獲得思想的時候，又丟掉了詩：兩者

[9] 《四川青年報》，二〇〇一年四月五日。

總是未能得兼。他甚至還襲用被他反對的事物的形式感，來反對這些事物，換言之，他具有作為過渡人物所必然具有的所有「延異性」。當他晚年無限趨近獨立寫作理想的時候，卻又未能產生語言學的自覺。難以抑制導致了不可收拾：主觀之火賦予作品以過長的篇幅和過快的速度：泥沙俱下勢所難免。不管怎麼樣，詩人矢志不渝地錘鍊和看守著「誠實、熱情和文采」，用寫作挽回和再現了作為一個中國知識分子的良知與尊嚴，仍然在新詩的歷史，以及共和國的歷史上，產生了較為重要的影響。也許，其更大意義還在於用文本的尷尬性不斷地印證著個人與時代的關係：文本面貌之所以如此，之所以只能如此，乃是個人與時代相互擠壓的結果。

隨著時間的飛逝，後來者對其人的興趣將有可能遠遠超出對其詩的興趣。如果有人為之撰寫傳記，首先因為他是一個命運如此多舛的古人，其次才因為他是一個風格如此多變的詩人。

八

二〇〇三年六月三十日，詩人的心臟停止了跳動，享年七十三歲。書桌上攤開的回憶錄，原計劃一百萬字，最後僅完成三十萬字。治喪期間，中共四川省委宣傳部曾派專員弔唁，社會各界也自發送來無數花圈，很多青年詩人就著燭光徹夜朗誦著詩人的遺篇。後來，詩人被安葬於成都郊區長松寺公墓，藝術家謝淙泉為之鑄像，作家黃化石為之題刻，陪伴他的是鋼筆、詩集和火炬。

忽忽十虛年過去，迄未見有任何機構或個人整理出版其文集，更毋說出版其全集。倒是在二〇一一年一月，一個外省的學者，林賢治先生，乃重新編定《孫靜軒詩選》，列入忍冬花詩叢，交由花城出版社付梓。忍冬花詩叢同輯另有《邵燕祥詩選》，——詩人曾說自己與邵燕祥都是悲劇角色，現在，這兩個悲劇角色竟以這種方式重逢了。說到新版《孫靜軒詩選》，其開卷之作乃是森林抒情詩《致米亞羅》，此詩本有三十行，後面十四行卻被無端腰斬，於是只剩下了前面十六行。

這就像一個象徵，對於詩人屢被芟薙的生命。

二〇一二年五月十三日

且去塡詞：

讀《紀弦回憶錄》

中國詩人還沒有寫出過一部偉大的回憶錄；換言之，現有詩人回憶錄還配不上他們遭遇的苦難。「時間」和「現實」是一對磨盤，足以讓勇氣和以勇氣為前提的信史化為一小把齏粉。是的，有很多次，我們已經看到，詩人們具備了洞察能力，然而可怕的是，他們同時也具備了荒廢這種洞察能力的能力。而且，他們愈趨年邁，特別是愈趨成名，對於藝術的苛求反而愈趨放鬆。此種委頓局面，試比於俄羅斯文學裏偉大的回憶錄傳統，甚或其分支，偉大的遺孀回憶錄傳統，如何能夠望其項背？

考量胡適以來的歷史，最有可能寫出偉大回憶錄的詩人，當亦不下數位，紀弦就是其中之一。此翁生於一九一三年四月二十七日，歿於二〇一三年七月二十二日，終得享百歲遐齡。其人祖籍陝西，出生保定，長於揚州，曾流落香港、上海，後出徙臺灣，複定居美國，由富貴而饑寒，由流離而安閒，其閱歷不可謂不多舛而多艱。如紀弦果欲撰寫回憶錄，則不唯是一部新詩的通史，亦是一部中國乃至世界的斷代史。遠在一九六六年下年，或是一九六七年上年，紀弦還住在臺北龍江街，詩人瘂弦就已經當其面提出此類倡議。遲在三十餘年之後，亦即一九九七年五月，紀弦已有八十四歲高壽，方才動筆響應瘂弦的倡議，到二〇〇〇年十一月殺青，所獲者三卷五十余萬言，名之《紀弦回憶錄》。二〇〇二年一月，該書由臺北市文化局出資，並由聯合文學出版社付梓。然則，此書亦不得稱為偉大回憶錄，因為詩人終於沒有將對自由的追求與對某種狹隘政治觀的堅持區分開來，而個人意識的膨脹則嚴重影響了他對時人和時代的洞察，至於文風的誇張和自鳴得意，倒還在其次。但是，我們仍然發現，此書確實會在某些方面矯正並滿足我們的期待，筆者試圖圍繞紀弦個人史與新詩史的瘤結般的交錯，來展開這篇遲到的文章，並且稍稍瞻顧一下自己的青春：大約是在一九九三年前後，也許正當洛夫帶領的臺灣詩人團赴舊金山為紀弦祝賀八十大壽，筆者讀到詩人的複沓之詩《你的名字》，為其角度之刁，譬喻之奇，與乎節奏之美，而發出了難以掩抑的讚嘆。

一

紀弦本名路逾，自云乃是漢儒路溫舒之後，其父路孝忱卻以武功名世。值得一提的是其祖父路岯（字山夫，號笑逢，被稱為中憲公），性格孤傲狷介，作畫作詩以自給，有《葦西草堂詩草》二卷傳世。後來的事實證明，紀弦頗得隔代之遺傳。

一九二九年九月，紀弦考入武昌美術專科學校，只學一學期，就於次年轉入蘇州美術專科學校，其間因喪父而留級，後來畢業於一九三三年七月。這次轉校讓詩人遭遇到美學的保守派。蘇州美術專科學校校長顏文樑，早年留法，即以水彩和圖案享譽巴黎。其作品注重光與色，頗有印象主義「點畫派」之風，但在總體上仍堅持寫實主義。而紀弦卻認為，武昌美術專科學校推行的野獸派和後期印象主義才是正途。爭論由此而起。紀弦不準備屈服，「並且」，他甚至這樣回憶到，「對於未來、立體、構成、超現實等新興畫派，我也頗感興趣。」[1]從紀弦一九三四年所作自畫像，可以清楚看到現代風留下的齒痕。

大約就在轉校前後，紀弦開始寫新詩，其同學校友，徐京，王家繩，林家旅，亦有同好。紀弦早期筆名，「路易士」，即由林家旅的戲稱而來。紀弦之弟路邁，則用筆名「路曼士」，亦寫作亦翻譯。由此亦可見當時西風之盛。當年，紀弦曾集徐京與沈綠蒂之句，得到一首「虛無主義詩」：「管他媽的花謝花開，管他媽的春去秋來，我從女人的褲襠下，看見了一切的政治」，已經顯現出重要症候，「調侃」，以及「相對論」，此二種症候後來可以大體上標明紀弦的美學身分。

[1] 《紀弦回憶錄》卷一，臺灣聯合文學出版社二〇〇二年版，第四十三頁。下引詩文，凡未注明，均見此書。

然而，我們切不可認為，現代派的旗手紀弦生而為現代派。他本人亦供認，其二十歲前作品，深受當時新月派影響，「十之八九為格律詩」。查詩集《摘星的少年》所錄「民國十八年至二十一年作品」，尚存四首六行詩，可知事實確乎如此。新月派引英國維多利亞詩歌為圭臬，具有從浪漫主義向現代主義過渡的各種「延異性」，並引導彼時新詩形成了犬牙交錯的地質層。一者，部分新月派詩人開始豢養自己的象徵主義之獸，比如徐志摩之於波德萊爾，邵洵美之於魏爾倫，而同屬新月派的卞之琳甚至成為現代派的先驅者；再者，現代派的其他先驅者也自覺地從「新月派氛圍」出逃，在「形式」之外，試圖以內心的探秘作為對白話詩的反對和拯救，比如戴望舒，當他開始厭惡《雨巷》的音樂性，事實上就已經轉向法國象徵主義。對此已有公論，自然不必贅述。筆者想要說明的是，在此前後開始寫作的紀弦，不但沒有擺脫，甚至還服從和證明了新詩史上那個特殊階段的「延異性」宿命。

據紀弦自述，其早期作品，由於受到王家繩及其南京同學的影響，「偶爾還帶著點左傾的色彩」，由於作品散佚，已經難以印證；但是，後來他卻拒絕為左翼刊物投稿。

如要研究紀弦，以上兩點不可不察。

二

大約是在一九三三年底，或是一九三四年初，紀弦在上海四馬路現代書局買到戴望舒的第二本詩集《望舒草》，同時訂閱《現代》雜誌。戴望舒的第一本詩集，《我的記憶》，出版於一九二九年四月，從集內三輯作品來看，已經開始從音樂性向非音樂性緩慢轉變。《望舒草》則主要收錄新作品，也保留了《我的記憶》裏的非音樂性作品：這表明戴望舒對新詩美學模式的最後選擇。戴望舒的語言態度給路易士帶來了「更具決定性」的影響，讓他從新月派的「舊錦囊」裏一躍而出：他決定廢止格律詩，寫作自由詩。戴望舒在《望舒草》附錄《詩論零札》——此文作於一九三二年，原以《望舒詩論》為題，此前已在《現代》第二卷第一期發表——開宗明義就講到，「詩不能借重音樂，它應該去了音樂的成分」[2]；紀弦卻不排斥這個概念，他認為，「自由詩的音樂性高於格律詩的音樂性；訴諸『心耳』的音樂性高於訴諸『肉耳』的音樂性」。兩者的觀念是扡格的嗎？顯然不是：紀弦用反對的方式沿襲戴望舒。心耳肉耳之論，看似勝出一頭，實則仍未跳出戴望舒的軌轍。不管如何，從一九三四年開始，紀弦迎來他的自由詩時代，當年

[2] 《望舒草》，現代書局一九三三年版，第一一二頁。

《現代》五月號就刊出其新作品《給音樂家》，九月號又刊出其另一件新作品《時候篇》。從此一發而不可收。一九三五年春天，也有可能是夏天，在一個晴朗的下午，二十二歲的紀弦與三十歲的戴望舒在上海江灣公園坊見面了：「他臉上雖然有不少麻子，但並不很難看。皮膚微黑，五官端正，個子又高，身體又壯，乍見之下，覺得很像個運動家，卻不大像個詩人。」兩人一見如故。一九三六年四至六月，紀弦曾赴日本遊學。他狂熱地搜羅西書，借日本詩人堀口大學的譯詩集《月下之一群》，得到法國現代詩更多更直接的炙烤，「深受阿保裏奈爾（Guillaume Apollinaire）之影響」，自此眼界大開，戴望舒自然也越來越縛他不住。在東京，紀弦寫出《致或人》，此後不久又寫出《火災的城》，均自稱為超現實主義作品。很多年以後，紀弦也拒絕承認他的風格與戴望舒存有相似性：「一點兒痕跡都不見」。從種種信息來看，紀弦或認為戴望舒僅取法國象徵主義，而他兼收法國象徵主義和美國意象主義。「然則戴望舒給我的影響何在呢？曰：自由詩的精神而已。」我們不妨如此表述：前者是在觀念而不是風格上影響了後者。然而，觀念和風格之間的複雜因果又不免讓我對這種表述心存狐疑。戴望舒死於一九五〇年二月二十八日，享年四十五歲。到一九九〇年，紀弦寫下《安魂曲：戴望舒逝世四十周年祭》，一連寫了兩首，「附有後記，說明一切」。

這裏還要說說《現代》。該刊創刊於一九三二年五月，由施蟄存做主編，戴望舒和杜衡（本名戴巍，又有筆名蘇汶）做編輯。根據國民黨《上海市黨部宣傳工作報告》，當局曾認為這個雜誌具有「半普羅」性質[3]。然而就杜衡個人而言，他似乎不但要做到「非普羅」，而且要做到「非政治」，於是引發了關於「第三種人」的論戰。紀弦堅定不移地支持杜衡，他甚至認為杜衡之敵，魯迅，在論戰中已經被人利用。「較之施蟄存，杜衡是更加欣賞我的才華的」，所以當一九三五年十二月，紀弦出版第二部詩集，《行過之生命》，杜衡乃欣然作序，並為詩人的虛無主義作辯，「並不是虛無的思想造成這醜惡的二十世紀，而是醜惡的二十世紀造成這虛無的思想」。紀弦與杜衡就此結下友誼：一起避難香港，一起滯留上海，一起流亡臺灣，可謂如切如磋，如膠如漆，如兄如弟。但是杜衡也並未做到非左非右，其長篇小說，《叛徒》（在《現代》連載時以《再亮些》為題），曾得紀弦激賞，仍然堅持右翼立場。到臺灣後，他放棄文學，轉而研究經濟學，更加頑守右翼立場。杜衡死於一九六四年十一月十七日，享年五十七歲。紀弦稱之為「三十年代保衛文藝自由之英雄」、「一個傑出的小說家兼批評家」，——這可能含有友誼的拔擢。在《現代》詩人群中，紀弦與徐遲或許最為相惜。大約在三十年代，徐遲就曾寫有一首詩，《贈詩人路易士》[4]，說在紀弦的黑西服的十四個口袋裏都藏著詩，並且說，只有當紀弦握住他的手掌，他才能想到自己也能歌唱。此後兩人走上不同的道路，——紀弦認為是左翼詩人馬凡陀「拐走了」徐遲。一九八五年，當紀弦出版自選詩第八卷《晚景》，徐遲曾專門去信「對之

[3] 參讀王文彬《雨巷中走出的詩人——戴望舒傳論》，商務印書館二〇〇六年版，第八十二頁。
[4] 見藍棣之編選《現代派詩選》，人民文學出版社一九八六年版，第三五三至三五四頁。

大為讚美」。一九九三年，《紀弦詩選》在大陸出版，徐遲為之作序，認為這些作品「比現代派之現代派還現代派」，同時還盛讚其「宇宙意識」[5]，這一點，後文還將論及。一九九六年十二月十二日，徐遲在武漢同濟醫院跳樓自殺，享年八十二歲。紀弦在美國獲得消息後，十分悲痛，當月三十一日就寫下《哭老友徐遲》。徐遲生前自云有兩大恨事，——此處不便也不必再細說，而他與紀弦的經歷與命運，如果加以比較，還有誰不感嘆造化小兒的胡鬧？

一九三五年一月，《現代》改為綜合性雜誌，其後只出版兩期，就告停刊。到一九三六年十月，由戴望舒另主編《新詩》月刊出版。戴望舒出一百塊錢，紀弦、徐遲各出五十塊錢。後二者不願意擔任編委，實際上仍然參加編務。這個雜誌的新意和美意在於，終於跳出《現代》門戶，試圖從更大範圍來總結和展示現代派的成就。按照紀弦的譜系學，當時的先鋒詩人，可以大致按照居留之區域和作品之精神分為兩派，「南方詩派」與「北方詩派」，南方詩派即以《現代》詩人群為主，包括金克木、玲君、南星、侯汝華、陳江帆、陳時（注意：此人被紀弦目為「後起之秀」）、徐遲、路易士、戴望舒，北方詩派則包括卞之琳、孫大雨、梁宗岱、馮至、何其芳、林庚、曹葆華。可以看出，北方詩派以後期新月派為主，強調通過格律來實現克制的抒情。為了強調南方詩派已經率先喚起自由詩之魂，紀弦還強把居住在上海的邵洵美納入北方詩派，把居住在

5 參讀劉登翰、朱雙一《彼岸的繆斯：臺灣詩歌論》，百花洲文藝出版社一九九六年版，第一四〇頁。

北京的馮文炳（廢名）納入南方詩派。這是紀弦的蠻橫。紀弦認為，《新詩》創刊以後，北方詩派都漸漸「南方化」，而從一九三六年到一九三七年，「南方精神的勝利」，為新詩迎來一個收穫季。只有林庚是個例外，因為「在他寫了不少自由詩之後，忽又開起倒車來，發明了所謂的『四行詩』，而竟回到唐詩宋詞元曲的天地裏去了」。

值得注意的是，到了一九八八年下年，紀弦卻忽然開始寫俳句。這可能與他的留日經歷有關：俳句正是日本最為流行的格律詩。這樣，我們就看到有趣的場景：紀弦一邊寫俳句，一邊反覆自嘲：「使用了五七五俳句的形式，雖說東西寫得還算可以，但我不打算常用。因為俳句也是『定型詩』之一種，這違反了我一貫的『自由詩』的立場。」

三

戰事起了。

一九三七年七月，《新詩》出罷七月號，八月，《新詩》社特約印刷所就遭到日軍轟炸，徐遲詩集《明麗之歌》，以及李白鳳詩集《鳳之歌》，原稿以及校樣，均化為灰燼，再也不可覓回。紀弦帶著一家老小溯長江而西上，由上海而武漢而長沙而貴陽而昆明而河內而香港，一九三八年下年初到香港，就認識胡蘭成。胡蘭成曾如此記錄這次見面，「打仗的第二年，一天，路易士從雲南而來，在杜衡處見面了，是一位又高又瘦的青年，貧血的，露出青筋的臉，一望而知是神經質的。他那高傲，他那不必要的緊張、多疑、不安與頑強的自信，使我與他鄰居半年而不能丟開矜持」[6]。一九四二年夏天，紀弦回到上海，而胡蘭成早在一九三九年下年就已被汪精衛召去南京。彼時上海已淪陷，紀弦很快陷入困頓，曾赴南京拜見胡蘭成。胡蘭成喜歡簡靜安閒的裏巷生活，自云「沒有勸過一個人參加汪政府」[7]，並說他的朋友穆時英（新感覺派小說家）也是自己主動要求參加（後來遇刺了）。胡蘭成有沒有勸過紀弦，後者的表述很含混，接著就寫到，「他很尊重我的決定，並未加以強留」，兩人在丹鳳街石婆婆巷的胡公館裏，「只談文藝，不涉政治」。幾天後，紀弦回到上海。他亦承認此後多賴胡蘭成接濟。一九四三年，胡蘭成從南京回到上海，一九七四年，又從日本去往臺灣：這兩個時間段，紀弦是否與之來往，雙方回憶錄都沒有記載。

關於紀弦，胡蘭成（其人可廢）至少寫過兩篇文字（其文不可廢）：《周作人與路易士》，《路易士》，雖不及《今生今世》來得幽深靈異，卻也自是不凡，或可視為關於紀弦的最好的文字。胡蘭成認為，「路易士的詩在戰前，在戰時——戰後不知道會怎麼樣，總是中國最好的詩，

---

6 《路易士》，胡蘭成《中國文學史話》，上海社會科學院出版社二〇〇四年版，第一五九頁。下引胡蘭成觀點，凡未注明，亦見此書。

7 胡蘭成《今生今世》，臺灣遠景出版事業有限公司二〇〇九年版，第二四一頁。

是歌咏這時代的解紐與破碎的最好的詩」，又說，「《女神》轟動一時，而路易士的詩不能，只是因為一個在飛揚的時代，另一個卻在停滯的、破碎的時代」。胡蘭成獨拈出「破碎」一語，恰恰觸及痛癢，也許他已然明白，這正是現代主義的塊壞、瓜果和色香：啊，就這樣，紀弦勢必與民國時代一起「破碎」。紀弦亦言及，胡蘭成曾說其詩「深受法國象徵主義和美國意象主義之影響，然後又意識地擺脫之而有所獨創」，則不知出於何處。雖然胡蘭成對紀弦亦頗有微辭，比如個人主義，病態，讀書少，生活經驗缺乏，狹隘，固執，裝做驕傲，做作得很幼稚，等等，而紀弦仍然視之為知己：「胡蘭成評論小說，固然十分中肯，而對於詩，他也有獨到的見解」。

張愛玲也覺得紀弦做作，然而她卻認為胡適、劉半農、徐志摩、朱湘都上了絕路，反倒是紀弦似乎透出某種生機，斷言其部分作品「沒有時間性，地方性，所以是世界的，永久的」，評價之高，甚於胡蘭成[8]。奇怪的是，紀弦在回憶錄中反而並未敘及。

後來，有人指認紀弦為「汪派」之一員，並說他到臺灣後換筆名，正是為遁形。對此，紀弦力辯其無。回憶錄至此，居然破口大罵。據紀弦舉證，早在一九四五年抗戰勝利後，他想要個「胖」的筆名，遂改「路易士」為「紀弦」，並常以新筆名給《和平日報》寫稿。該報副刊主編恰是紀弦的老朋友徐淦。

[8] 參讀《詩與胡說》，張愛玲《流言》，中國科學公司一九四四年版，第一四一至一四七頁。

四

一九四八年十一月二十九日，紀弦移居臺灣，時年三十五歲。到一九五三年二月一日，主編《現代詩》創刊號出版。這是中國新詩史上的大事。

紀弦向來熱衷辦詩刊，曾於一九三四年辦《火山》，出版二期而止；一九三六年辦《菜花》，出版一期而止，同年辦《詩志》，出版三期而止；一九四四年辦《詩領土》，出版五期而止；一九四八年辦《異端》，出版二期而止；一九五一年辦《新詩周刊》，出版二十六期而止[9]；一九五二年再辦《詩志》，出版一期而止，乃是臺灣第一家新詩雜誌。《現代詩》似是這些詩刊合乎邏輯的結果。

然則事實並非全部如此：《現代詩》延續的乃是《現代》之香火。一九三五年，就在《現代》停刊當年，杜衡辦《今代文藝》，出版三期而止，施蟄存辦《文飯小品》，出版六期（紀

9 紀弦本人已經記不起《新詩周刊》出版期數。據張默《臺灣新詩大事紀要（一九〇〇至二〇〇二）》：「《新詩周刊》借《自立晚報》副刊版面創刊，每周一出版。至民國四十二年九月十四日休刊，共出刊九十四期。此為遷台後最早出現的一份新詩期刊，第一至廿六期由紀弦主編，第廿七期以後由覃子豪主編。」張默《臺灣現代詩筆記》，臺灣三民書局二〇〇四年版，第三三四頁。

弦誤記為十二期）而止，戴望舒辦《現代詩風》，出版一期而止；一九三六年，葉靈鳳辦《六藝》，出版三期而止，吳奔星、李章伯辦《小雅》，出版六期而止，戴望舒辦《新詩》，出版十期而止。從這些刊物可以看出，施蟄存、杜衡、葉靈鳳的趣味在於整個兒的文藝，而戴望舒則愈來愈堅持他的一門心思，或者說一門新詩。這些刊物（除《文飯小品》皈依明清性靈派）薪盡而火傳，遞交著被壓抑的現代性，對紀弦的雕鐫自是十分深刻。

到了一九五六年一月十五日，紀弦組建現代派，加盟者計有八十三人，後來又擴充到一百一十五人，方思、白荻、辛郁、林泠、林亨泰、蓉子、鄭愁予、羅門、羅馬等赫然在列。為了區別於三十年代現代派，紀弦把這個由他領銜的現代派稱為「後期現代派」，或「臺灣現代派」。同年二月一日，《現代詩》第十三期刊出由紀弦執筆的《現代派的信條》及《現代派信條釋義》，主張「橫的移植，而非縱的繼承」。從此以後，紀弦開始推動「新詩再革命」，提倡「新現代主義」（在不同場合和不同階段，他又稱為「後期現代主義」、「中國現代主義」或「東方現代主義」），終於將現代詩的火種播撒於臺灣，並延及香港、越南、菲律賓、新加坡和印度尼西亞，在二十世紀五六十年代結下累累碩果。這些已是常識，此處不必絮煩。值得注意的是臺灣赴美女學者奚密的觀點，可能會讓很多大陸學者感到意外：「五十年代到六十年代中期現代派所代表的現代詩並不是官方意識形態的表徵；恰恰相反，在詩的理論與實踐上均體現了對後者含蓄的批判和反抗。」[10]一九九六年五月，紀弦從美國回臺灣參加「百年來中國文學學術研討會」，三十一日，給汪啟疆頒發「八十四年度詩選獎」，余光中代表《八十四年度詩選》編委會致辭，卻特別向紀弦致敬：「中國新詩復興運動的火種，是由紀弦從上海帶到臺灣來的。紀弦當年大力提倡現代詩，為現代詩出錢出力，現代詩在臺灣逐漸形成氣候，才有像今天這樣輝煌的成就。」

可是紀弦自己卻認為，他從上海帶到臺灣來的火種，「是的，火種，火種」，卻是他「行囊裏有兩期《異端》」。異端社的發起人，除了紀弦，好像還有其弟路邁（路曼士），作小說時筆名「魯賓」或「魚貝」，作詩時筆名「田尾」的便是。異端社宣言由紀弦執筆，印在創刊號封面，強調「個性」與「自由」，反對並反對服務於「偶像」和「獨裁者」。現在看來，這份孤獨、匆忙而偏執的短命刊物，無論如何，難以確立為《現代詩》的前身，——而紀弦自己，也沒有完全踐行其宣言，他五六十年代所作政治抒情詩，比如《在飛揚的時代》、《向史達林宣戰》，可以作證；一九七五年四月五日後所作多篇詩文，尤其是長詩《北極星沉》，也可以作證。後來他亦未用反省來彌補既成。儘管連紀弦亦不免如此，臺灣詩人林亨泰卻認為《現代詩》已經將國民黨倡導的「戰鬥文藝」壓到最低限度了。

[10] 奚密《早期〈笠〉詩刊探析》，轉引自章亞昕《二十世紀臺灣詩歌史》，人民文學出版社二〇一〇年版，第一六二頁。下引林亨泰觀點出自《〈現代詩〉季刊與現代主義》，瘂弦觀點出自《現代主義：國際與本土——現代詩運的回顧與前瞻》，均轉引自此書。

一九六四年二月一日，《現代詩》出版四十五期而止。借此終刊號，紀弦再次發表其代表性文論《論移植之花》，以示終不悔。該刊又於一九八二年復刊，已與紀弦無涉。

要在這裏補充的是，現代派早期成員羅馬，其實就是商禽，他後來轉入《創世紀》詩社，在《現代詩》趨於式微之際，會同洛夫等人，取道紀弦曾有嘗試的超現實主義，終於促成了臺灣現代詩的柳暗花明。

五

現在必須談到紀弦和覃子豪的論戰。

這兩位詩人的美學分歧由來已久。上文已有提及，一九三六年四至六月，紀弦曾赴日本遊學。遊學期間，紀弦先後認識兩個四川詩人，一個李華飛，另一個覃子豪，三人時相過從，討論藝術。紀弦和覃子豪都很熱愛古典音樂，其他趣味則迴乎不同：畫家，紀弦喜歡馬蒂斯和畢加索，覃子豪則頗不以為然；詩人，覃子豪喜歡拜倫、雪萊、濟慈和雨果，紀弦則喜歡艾略特、波德萊爾、馬拉美、蘭波、魏爾倫、瓦雷裏和阿波利奈爾，「總之，他喜歡浪漫派，我喜歡象徵派就是了」。由此可見，後來的論戰並非偶然。

紀弦赴台不久，即與覃子豪重逢。一九五四年三月，覃子豪與余光中另成立藍星詩社。到組建現代派時，覃子豪亦拒絕接受紀弦的邀請。據余光中追述，藍星「是針對紀弦的一個『反動』」[11]。一九五六年四月，余光中發表所譯之史班德（Stephen Spender）之《現代主義派運動的消沉》。一九五七年八月，覃子豪發表《新詩向何處去》，針對紀弦主張，提出「六條正確原則」，紀弦答之以《從現代主義到新現代主義》、《對於所謂六項原則之批判》。一九五八年四月，覃子豪複發表《關於新現代主義》，紀弦複答之以《兩個事實》、《六點答覆》。關於這次論戰的具體過程及主要節點，大陸學者，比如古繼堂、劉登翰、章亞昕，已有比較深入的清理，簡而言之，就是「主知」與「抒情」的論戰。紀弦強調「主知」，認為「詩乃經驗之完成」。為了求得絕殺，雙方，尤其是紀弦，將觀點絕對化，頗不免意氣用事。紀弦愛養寵物，養過貓，養過狗，還養過鬥雞。彼時之紀弦，與所養之鬥雞，大體上可以引為同志了。胡蘭成曾說紀弦好比唐・吉可德，而《藍星》，不免成為一架倒黴的風車。值得敘及的是，雙方筆墨官司雖然如此熱辣，見面時卻依然禮節彬彬，言笑晏晏，亦堪稱詩歌史上的佳話。

對於紀弦的反抒情，反浪漫，反表現，反確定，反格律，今日也不消再辯得。但是紀弦在論戰中提出的另一個觀點，「無所為而為」，如劍懸頂，則尚未過時，「須知詩人兼充祭師、預言者、宣傳員、人道主義者，或是社會改良運動家的時代老遠地成為過去了」。

[11] 余光中《第十七個誕辰》，轉引自洪子誠、劉登翰《中國當代新詩史》，北京大學出版社二〇〇五年版，第三〇八頁。

論戰後雙方各各反省，均有所修正。一九六〇年，覃子豪為某青年詩人作《序》，亦轉而強調「以知性來淨化情感」[12]；一九六一年，紀弦發表《從自由詩的現代化到現代詩的古典化》，後來亦轉而強調「抒情與主知並重」。就在紀弦開始矯正其觀點的時候，亦即一九六一年，堅持絕對現代立場的洛夫卻又與余光中發生關於「虛無」和「現實」的論戰。這兩次論戰，其實都可以歸結為「現代」與「傳統」之爭，其結果亦很相似：雙方各各反省，均有所修正。洛夫後來亦認同筆者的觀點，即這種論戰可以視為洛夫與後來之洛夫，或者余光中與後來之余光中的跨時空辯駁，原是現代詩內部的和而不同[13]。瘂弦甚至認為，《現代詩》、《藍星》、《創世紀》共同「形成一個時代的風格」。一九六二年，紀弦宣布解散現代派。

覃子豪於一九六三年十月十日去世，享年五十一歲。十一日治喪。眾詩人公推紀弦撰寫並朗誦祭文，據云讀罷淚下如雨，「聽者無不為之動容」。紀弦還寫出好幾首悼詩，而以《休止符號》為最佳，後來還曾當眾稱之為「大詩人」。想來覃子豪亦必含笑於九泉。

12 參讀覃子豪《序》，雲鶴《憂鬱的五線譜》，臺灣以同出版社一九六〇年版。

13 參讀洛夫、胡亮《臺灣詩，「修正超現實主義」，時病：洛夫訪談錄》，方明編《大河的對話》，臺灣蘭台出版社，第二七三至二七四頁。

六

一九六三年五月，應「菲華文教研習所」之邀請，紀弦赴菲律賓講學，認識詩人莫靈樂小姐（Miss Morino），後者贈以茉莉花，居然使得詩人很快完成一首苦思難續的未竟之作：《M之回味》。這是詩人成名後與世界交流的開始。一九六九年八月，應尤蓀（Amado Yuzon）之邀請，紀弦再次赴菲律賓，參加「世界詩人大會」。其間，尤蓀和美國女詩人露脫（Lou Lu Tour）有意促進臺北代表團和蘇聯代表團接觸和對話，則亦不算閒話。兩次赴菲律賓，紀弦對這個民族的「色彩的良知」留下深刻印象。一九七〇年六月，應許世旭之邀，紀弦赴韓國，參加「第三十七屆國際筆會」。其間，曾聽取川端康成和林語堂的演講，並與韓國詩人許世旭、趙炳華等歡飲，與日本詩人草野心平邂逅，——紀弦曾翻譯過他的作品。一九七三年十一月，紀弦參與在臺灣籌辦「第二屆世界詩人大會」。此次大會，共有三十多個國家一百多位代表參加，包括美國女詩人瑪麗・納恩（Dr. Marie L. Nunn）和魏金蓀夫人（Dr. Rosemary C. Wilkinson），後者對此後歷屆「世界詩人大會」的召開頗耗心血。值得敘及的是，原臺灣詩人吳望堯，此次作為越南代表參加大會，期間與臺灣故友商議，欲以個人名義設立「中國現代詩獎」，得到廣泛響應。一九七四年六月，「首屆中國現代詩獎」出爐，授予紀弦特別獎。

一九七六年十二月二十八日，紀弦移居美國，時年六十三歲。此後朝暮徘徊於舊金山西海岸：不見臺灣，亦不見大陸。一九八一年七月，應魏金蓀夫人之邀請，紀弦就近參加在舊金山舉行的「第五屆世界詩人大會」。其間，紀弦獲得世界藝術文化學院（World Academy of Arts and Culture）榮譽博士學位。一九八五年十一月三十日，紀弦首次用英文寫出Foggy San Francisco（《多霧的舊金山》）一詩。自此以後，紀弦每有詩意，就必須先選擇使用何種語言，如果用英文來寫，就堅持用英文來醞釀和斟酌。他堅決反對先用漢語寫，再自譯成英文，認為那是「可恥行為」。紀弦將新寫的英文詩呈示魏金蓀夫人，後者遂建議他給《POET》投稿。該刊由印度詩人Dr. Krishna Srinivas主編，他也是世界詩社（World Poetry Society）主席。按規定，必須先加入世界詩社，方可在該刊發表作品。紀弦當即加入。恰好該刊的美國編輯就是瑪麗・納恩。世間之巧，人際之緣，往往便是如此。此後，紀弦就以加州詩人名義，頻頻在《POET》發表作品。而紀弦，也與瑪麗・納恩結下讓人歆羨的友誼。一九八七年四月，一九九一年八月，他們先後籌辦兩場朗誦會，朗誦者獨有一人，即是紀弦，聽者亦獨有一人，即是瑪麗・納恩，地點都在瑪麗・納恩之家：從Pacifica到Napa。紀弦還為瑪麗・納恩寫呈許多獻詩，其中有首《三人行》，將太平洋拉進來，加上二者，遂成三人行。在紀弦看來，太平洋是位王后，而瑪麗・納恩就是位公主，上帝把她安放在「青天，碧海，和金黃色的沙灘」之間。

然則紀弦與世界交流，似僅限於禮儀與日常，並未獲致詩學上的驚豔、獵奇與乎合金般的冒犯和錯綜。

九十年代初以來，很多大陸詩人亦去往美國。從紀弦的回憶來看，除老南、老劉、老夏及顧城夫婦外，他幾乎沒跟更多大陸詩人接觸，筆者原本甚為期待的某種對話也就無從發生。這也是令人遺憾的事情。

七

紀弦家族具有強大的繁殖能力，其兒女孫兒女曾孫兒女，總有數十人之多；而紀弦之創造能力，與之相比毫不遜色，到耄耋之年仍無衰退之勢。張默早就曾說紀弦作品「當在千首以上」[14]。而其晚期詩，最大收穫就是宇宙詩，一九八五年的《宇宙論》，一九八六年的《方舟》，即是代表，而一九八九年的《有一天》和《給後裔》，一九九一年的《玄孫狂想曲》、《空間論》，一九九三年的《宇宙誕生》，一九九五年的《物質不滅》、《恒星無常》、《早安哈伯》、《致木星女人》，一九九六年的《致水星》，一九九七年的《黑洞論》、《關於飛》，二〇〇〇年的《圓與橢圓》、《諸神之足球賽》，也很重要。就在二〇〇〇年，詩人編成自選詩第十一卷《宇宙詩抄》，這部詩集，可以視為他對一九四二年所作《摘星的少年》的衰年酬答。

[14] 張默編著《小詩選讀》，臺灣爾雅出版社一九八七年版，第八頁。

筆者之所以大量臚列紀弦晚期作品之目錄，主要原因在於，此類作品，大陸學者多所不知，很難得見。紀弦的宇宙詩乃是科學和神學從相互錯擾到達致和諧的結果。紀弦在少年時代，便對天文學產生過很大興趣；到一九七五年十月二十九日老母去世，乃遵照其生前願望，接受施洗，加入信義會。此二者，當是紀弦此類作品的內在的湧泉。

縱觀紀弦一生之作品，或可如此拈出其最著之特徵：曰調侃，曰相對論，曰神學和科學。

還有兩首詩必須稍作介紹：一九九二年所作《預立遺囑》，一九九九年所作《水火篇》（原名《死之設計》）。兩次，紀弦均明確交代須將其骨灰撒入太平洋。紀弦喜孜孜如是設想：千年之後，有一位美麗的姑娘，在舊金山海灣釣到一尾小魚，烹而食之，終得其靈性，於是成為一位傑出的詩人了。

八

回憶錄至二〇〇〇年而止，傳主之生命則至二〇一三年而止：據云死前猶呼釣魚島。從頭至今，紀弦都參與和見證了新詩的成長。再沒有其他詩人擁有同等資歷。那麼，其新詩譜系是如何梳構的呢？他曾用兩次演講來回答這個問題：一九八六年八月十六日，在舊金山演講《現代詩在臺灣》，一九八九年四月二日，又在桑尼維爾演講《何謂現代詩》。紀弦認為，新詩大約可以分為四個時期：萌芽時期（一九一九至一九三一），成長時期（一九三一至一九三七），消沉時期（一九三七至一九四九），復興時期（一九四九－）。後來他又認為，消沉時期之作品，不是傳單就是口號，只能算是「非詩」，於是對這個譜系進行調整，仍然分為四個時期：以胡適為代表的白話詩時期，以徐志摩為代表的格律詩時期，以戴望舒為代表的自由詩時期，以紀弦為代表的現代詩時期。而現代詩，亦可分為三個階段：格律詩的自由化（戴望舒），自由詩的現代化（紀弦），現代詩的古典化（鄭愁予，抑或余光中？）。可以看出，紀弦對馮至、艾青和卞之琳的無視，以及對於「隱秘的」西南聯大詩人群的無知。特別應當引起注意的是，紀弦甚至將大陸「朦朧詩」亦歸於「臺灣現代詩影響下的產品」。這種簡單的文學進化論讓人十分訝異。無論如何，紀弦終於將「今天下英雄惟使君與操爾」的雄視堅持到了最後。

附記：一九六三年四月，紀弦詩集《摘星的少年》由現代詩社再版。也許就在當年五月赴菲律賓講學期間，紀弦曾將這部詩集攜贈給雲鶴：後者就住在馬尼拉。一九八七年一月，雲鶴將此書轉贈給流沙河：後者正研究臺灣詩。後來，流沙河又轉贈給楊然，楊然則轉贈給筆者。花開花落幾十度，這本詩集才輾轉來到筆者面前，翻動發黃而變脆的紙頁，陡覺時空翻轉，永恒亦剎那，剎那亦永恒，便只好拋去禿筆，閒坐高樓，獨對西山一脈深黛。

二〇一四年一月二十七日

附錄　胡亮自編年譜

一九七五年　三月二日（農曆正月二十），出生於四川省蓬溪縣明月區太平鄉，後改為庭英鄉，現屬遂寧市蓬溪縣常樂鎮。雙親名諱胡克儉、牟玉春，母親頗具語言之潛賦。有姊名萍。

一九八一年　九月，就讀太平中心小學校。八歲起給父親寫信，自學繪畫，漸嗜讀書。

一九八八年　九月，就讀庭英初級中學校。當月二十日開始寫日記，延至一九九八年一月十八日歇筆。次年，父親退休還鄉，——我幾乎只得到一個五十五歲以後的父親。大量閱讀古典文學，初涉當代文學和外國文學。試寫詩與文論。完成《試論〈水滸傳〉之作者》。

一九九一年　六月，參加中考，進縣城，驚曆大洪水。九月，就讀蓬溪中等師範學校。大量閱讀現代詩歌和外國小說。創辦《楊柳風》詩刊。詩陸續載於《星星》、《青少年文學》、《初中生學習之友》諸刊，錄入《中國當代小詩大觀》。

一九九四年　九月，任教庭英中心小學校。沉溺古典音樂，耽讀明清小說，細品唐詩兩千首。

一九九六年　九月，就讀四川教育學院。竟日研究中西文學，涉獵古今藝術，學習現代批評。完成《「豐富和豐富的痛苦」：穆旦詩歌研究》。完成《小羊》（小說）。兩次赴阿壩，經汶川至理縣。

一九九八年　九月，任教蓬溪中學校。早課每為學生講授現代詩：從顧城、海子到駱一禾——這額外的講授似乎影響深遠，多年來，學生們不斷尋來相見。

一九九九年　六月十九日，結婚，妻名陳紅霞。從詩人稚夫處讀到大量現代詩。撰寫《新詩史》，完成數章後輟筆。

二〇〇〇年　七月二日，得子，名上，後易名為珈豪。同月，調縣人民政府工作，——自此後且去宦遊。十月六日，完成《組詩〈群像〉：詩與宗教的雙重臆測》，論及史幼波。

二〇〇一年　三月二十三日，完成《「他寫出了徹夜難眠的思想」》，論及梁小斌。四月二十五日，完成《長詩〈窗口〉：寬泛的主題學研究》，論及三原。文論載於《詩歌與人》等刊。

二〇〇二年　三月三十一日，完成《「請任命一匹新狼」：關於劉以林的虛擬對話》。約於同月，赴重慶，至大足。六月八日，再次驚曆大洪水。同月，完成《各行其是的寫作》，論及楊然、三原、稚夫、胡應鵬、白鶴林；此後陸續論及安遇、呂曆、何弗等其他同邑詩人。八月下旬，拜樂山大佛，登峨眉山至萬佛頂；赴廣西，經南寧、北海、桂林，舟行至陽朔；認識劉春。十二月二十四日，參觀安仁地主莊園；得楊然轉贈臺灣版詩刊及詩集八十餘冊，均系流沙河舊物。是年開始寫作《放鬆堂札記》。

二〇〇三年　四月一日，看望孫靜軒。同月底，調遂寧市人民政府工作。九月，協編《五人詩選》出版。同月二十五至三十日，翻越鷓鴣山，經馬爾康、紅原、九寨溝至黃龍；認識阿來。十二月二十七日，遊閬中古城。文論載於《星星》《伯樂》《第三說》諸刊。

二〇〇四年　三月十日，完成《短詩〈從內部逐漸減慢〉：闡釋與過度闡釋》，論及子梵梅。五月，應邀擔任九州出版社詩與詩學集刊《第三條道路》編委，——後來共出版三卷。六月九日，草成《凸凹：「一個人的戰爭」》。八月二十七至三十一日，翻越二郎山、夾金山，經瀘定、康定、塔公至丹巴。十月二十一至二十四日，翻越杜鵑山，再抵九寨溝。詩錄入《七〇後詩集》。

二〇〇五年　五月二至三日，應邀赴龍泉驛參加「中國詩歌流派論壇」；認識張新泉、R、馬莉、蔣藍，初見楊遠宏、史幼波。六月二十八日，子梵梅為作評論《胡亮，看見與被看見》。十月三十一至十一月六日，赴湖北、山東，經襄陽、武漢、濟南、東營、兗州、平邑、曲阜至泰安，登黃鶴樓，遊大明湖，登泰山至南天門。同月十九至二十一日，登西嶺雪山。同月二十七日，參觀自貢恐龍博物館。詩文載於《常春藤》（美國）《新大陸》（美國）諸刊。

二〇〇六年　一月十日，完成《短詩〈像杜拉斯一樣生活〉：主情與用典》，論及安琪。三月三至四日，赴廣西，至橫縣。三月二十七至二十八日，樹才來訪。四月七至八日，赴北京，參觀故宮博物院；認識梁小斌，初見莫非、安琪。同月，調市發展和改革委員會工作。五月十五至十七日，應邀赴龍泉驛參加「中國鄉村詩歌論壇」；認識藍棣之。七月十四日，完成《樹才：「灰燼中撥旺的暗火」》。七月二十四日，完成《中型詩〈空著〉：理性與非理性的「雜色織錦」》，論及老巢。八月一日，完成《短詩〈開元天寶遺事〉：關於「互文」的實驗報告》。十一月六至八日，赴都江堰，登靈岩山；認識潘頌德、王爾碑，偶遇杜穀。同月，應邀擔任《芙蓉錦江》編委，——印行四期後不再參與編務。十二月二十三至二十四日，應邀參加「『走進詩意的平樂』詩會」；認識柏樺、何小竹、小安、陳小蘗。文論載於《詩歌月刊》《第三說》諸刊。

二〇〇七年　二月，主編《元寫作》第一卷出版。三月二十一日，完成《組詩〈琥珀色的波蘭〉：「分鏡頭敘事」分析》，論及梁平。四月十六至十九日，赴重慶，舟行長江三峽，未晚留宿宜昌。五月十五至二十三日，赴河北、遼寧、山東，經石家莊、大連、旅順，渡過黃海的一小片洋面至山東半島，複經蓬萊、煙臺、威海至青島；認識燎原。六月五日，完成《車前子：「為文字」的寫作》。同月二十九日，拜訪柏樺。八月三十日，完成《莫非：「看守死亡和玫瑰的園丁」》。九月二十七日，應邀赴綿陽參加「首屆西蜀詩會」；認識啞石、楊曉芸、叢文。十月一至三日，經閬中、蒼溪、廣元至江油，途中留宿劍門關。同月三日晚，阿吾來訪。同月十八至十九日，洛夫伉儷來訪。同月，應邀擔任《星星》理論月刊編委，——後來共印行六十一期。文論載於《詩刊》《星星》《青年作家》《詩歌月刊》諸刊。

二〇〇八年

二月三日，完成《洛夫訪談錄》。三月八日，訪問慧恩書院；認識藍馬、楊黎、尚仲敏、吉木狼格。三月十七至二十日，應邀參加「第二屆羅江詩歌節」；認識吳思敬、芒克、李亞偉、田禾、路也、江非，初見潘洗塵；參觀三星堆遺址博物館。五月十二日，驚曆汶川大地震外圍餘波。同月二十日，協編《芙蓉錦江》「我們都是汶川人——紀念『五一二』大地震詩歌專號」。六月二日，呂曆攜某女詩人來訪，——兩年後，馬雁棄世，搜其遺照，方知當夜來訪者即是馬雁也。同月七日，編成《當代詩一百首》並撰成序言。同月，上派四川省發展和改革委員會工作，居留成都兩年。七月九日，認識向以鮮。九月二日，訪問毀滅和死亡之城：北川。同月二十三日，約見余夏云。十月二十六日，拜訪趙毅衡。同月二十九日，完成《趙毅衡訪談錄》。十一月四日，中國藝術批評網站（www.zgysp.com）辟出「胡亮作品專輯」。同月十二日，完成《藍馬訪談錄》。同月十五至十六日，赴陝西，經西安至臨潼，參觀秦始皇兵馬俑博物館。同月三十日，參觀成都金沙遺址博物館。十二月二十三日，詩生活網站（www.poemlife.com）辟出「胡亮：元批評」。是年以降，張丹時來問詩。詩文載於《星星》《第三極》《中國詩歌雙年選》諸刊，錄入《蘇州作家研究・車前子卷》等集。

二〇〇九年

三月十五日，認識霍俊明。四月十日，凸凹為作贈詩《潔本，或思想的銀匠——給胡亮》。五月十五至十八日，赴貴州，經安順至貴陽，參觀黃果樹瀑布；拜訪啞默。同月二十八日，應邀赴洛帶古鎮參加「第三屆中國鄉村詩歌節」；認識孫文波、李兵。六月十三日，完成《左邊是哪一邊——柏樺〈左邊〉閱讀札記》。七月十三至十五日，赴陝西，經西安至華陰，登華山至落雁峰；認識沈奇。同月二十二日，親歷五百年一遇之日全食。八月六至十一日，應邀參加「第二屆青海湖國際詩歌節」，赴青海，經西寧至湟源、尖扎，拜塔爾寺，觀青海湖，訪丹噶爾，遊坎布拉；悵望祁連，痛懷昌耀；認識胡安・赫爾曼（Juan Gelman，阿根廷）、傑曼・卓根布魯特（Germain Droogenbroodt，比利時）、梅丹理（Denis Mair，美國）、石江山（Yonathan Stalling，美國）、張默

（臺灣）、管管（臺灣）、食指、唐曉渡、張燁、周倫佑、宋琳、敬文東、沈葦、張清華、寒煙、伊沙、黃禮孩。同月二十八日，完成《「一個奇蹟，甚至是一個神蹟」：長詩〈漂木〉讜論》，論及洛夫。同月，與十六位當代批評家聯編《一九四九至二〇〇九：中國當代詩一百首》出版。九月七至十六日，赴山西，經太原、榆次、臨汾至晉城，沿太行山返太原，遊喬家大院，訪平遙古城，觀壺口瀑布；認識潞潞。十月七日，完成《啞默訪談錄》。同月十六日，完成《張默訪談錄》。同月二十三至二十六日，應邀參加「首屆洛夫國際詩歌節」，赴湖南，經長沙至衡南，登衡山至祝融峰；認識許世旭（韓國）、鬱乃（日本）、李翠瑛（臺灣）、黎活仁（香港）、謝冕、李元洛、龍彼德，初見任洪淵、陳仲義、葉櫓，重逢洛夫，歸程中與吳思敬長談；獨訪岳麓書院。同月，主編《元寫作》第二卷出版。十一月七日，完成《沈奇訪談錄》。詩文載於《星星》《詩選刊》《詩評人》《太陽詩報》《中國當代漢詩年鑒》諸刊，錄入《現實與物質的超越：第二屆青海湖國際詩歌節詩人作品集》等集。

二〇一〇年

三月二十五至二十八日，赴重慶，經武隆至鄰水。同月，主編《乘以三》出版。四月十二日，完成《挽張棗——兼及一種美學和一個時代》。五月六日，完成《非非主義與當代佛學無意識闡釋——讀〈藍馬圓來文論集〉，重證早年一個觀點》。同月二十日，偶遇流沙河。同月，參編《中國當代詩歌導讀（一九四九至二〇〇九）》出版。六月一日，完成《「白金和烏木的氣概，一種混血的熱情」——重讀〈青年詩人談詩〉》。七月二十五日，認識黃珂。十月二日，完成《我要反覆練習遲到——第二屆青海湖國際詩歌節側記》。同月十四至二十三日，赴新疆，至烏魯木齊，經卡拉麥裏、恰圖爾庫、北屯、布爾津、沖忽爾、克拉瑪依至石河子，登天山至天池，複飛喀什，經疏附、蓋孜峽谷、布倫口至帕米爾高原，北至阿爾泰山腹地，南至喀喇昆侖山麓；獨訪玉素甫·哈斯·哈吉甫墓。同月三十一日，完成《「隱身女詩人」考：關於若干海子詩的傳記式批評》。十一月五日，孫文波、啞石、李龍炳來訪。同月十日，在新浪網開通「半張嘴：胡亮博客」，兩年後關閉。

同月十二日，完成《「這是什麼樣的沼澤，又是什麼樣的陷入者」》。同月二十二日，認識阿紫。同月二十六至二十八日，應邀赴江油參加「首屆太白詩會暨第三屆七〇後詩歌論壇」，認識柏明文、李海洲、徐淳剛、範倍、育邦、朱巧玲、簡單、那勺、世中人、江雪、楊鎮瑜、張永偉、馬嘶、胡子博、曹東、姚彬，初見阿翔。詩文載於《創世紀》（臺灣）《詩探索》《星星》《山花》《詩》《詩歌研究動態》《太陽詩報》諸刊，錄入《大河的對話：洛夫訪談錄》（臺灣）、《母語的白天與黑夜》諸集。

二〇一一年

一月二十四日，完成《回到帕米爾高原——亞洲腹地的詩歌之旅》。二月一日，完成《讀江非〈花椒木〉》。三月，應邀擔任「中國當代詩歌獎（二〇〇〇至二〇一〇）」評委。四月一日，蔣浩來訪。同月二十一至二十三日，應邀參加「中國詩人漢中行·當代詩歌精神重建主題研討會」，赴陝西，經勉縣至漢中；認識李震、李小洛；與安琪夜步長談。同月二十四日，認識薩仁圖婭、藍藍、馬新朝、李笠。同月二十九日，完成《面對著寫作面對著什麼——元寫作詩學漫筆》，後來經胡志國譯為英文。五月五日，得瞻安岳毗盧洞、圓覺洞摩崖造像。同月二十二日，完成《誰的洛麗塔——洛麗塔詩學的敘述學分層》。七月十六日，應邀赴成都參加「三重奏：詩歌研討暨朗誦會」，認識趙卡、余幼幼。同月二十五日，初見子梵梅。同月，應邀擔任「西峽詩會·首屆中國桂冠詩歌獎」評委。同月，參編《中國當代詩歌導讀（二〇一〇）》出版。十月四日，參加阿野組織之詩人雅集，——此後，阿野屢屢組織雅集，重現昔日梵雲山宜園雅集之盛景：「無乎宜而又無乎不宜者也」。同月十五至十六日，應邀參加「回顧與展望：新世紀詩歌座談會」，赴重慶，至榮昌；認識華萬里、金鈴子。十一月五至八日，赴安徽，經屯溪、宏村、西遞至滁州，登黃山至光明頂，登琅琊山至醉翁亭。同月八至十一日，赴江蘇，經南京至揚州，遊秦淮河，賞瘦西湖；拜訪葉櫓。十二月一日，完成《你是誰，為了誰：質詰新詩現代性》。文論載於《西部》《詩探索》《詩林》《星星》《詩歌月刊》諸刊，附驥安遇詩集《後來我們說》。

二〇一二年　一月十一日，完成《詩人之死》，論及海子、駱一禾、方向、戈麥、顧城、麥可、馬驊、余地、馬雁，——乃自察既無詩才，亦無論才，勉有史才而已。同月二十九日，完成《「被拋棄的自由」——讀沈奇〈天生麗質〉》。四月五日，完成《涪江流域詩群：傳統、生態與特徵》，論及叢文、胡續冬、蔣浩、楊曉芸等。五月十三日，完成《孫靜軒》。同月，組稿在《詩歌EMS》推出「藍馬詩歌快遞：竹林恩歌」。八月二十六日，趙野、海波來訪。九月三日，李亞偉、廖希、胡小波來訪。同月，主編《元寫作》第三卷出版，刊發叢文新譯托馬斯•特蘭斯特羅默（Tomas Transtromer，瑞典）詩集《巨大的謎團》、胡志國新譯約翰•阿什貝利（John Ashbery，美國）長詩《凸面鏡中的自畫像》及子梵梅、張丹、阿野、蒲小林作品，——從此確定該刊之板塊與版式。十月一日，回歸故里，祭拜祖墳，陳家灣山凹榛莽斷路，禽獸忘機，幾已不辨矣。十一月九至十一日，應邀參加「西安財經學院文學創作與文體研究中心揭牌儀式暨沈奇詩集《天生麗質》學術研討會」，赴陝西，經西安至終南山麓，參觀陝西省歷史博物館；認識楊匡漢、謝有順，重逢謝冕，偶遇娜夜、古馬。同月二十二至二十四日，赴重慶，經南川至黔江，歸途留宿金佛山。同月三十至十二月一日，重逢柏樺。同月，應邀擔任「中國當代詩歌獎（二〇一一至二〇一二）」評委。文論載於《詩刊》《詩探索》《當代詩》《星星》《揚子江評論》《青春》《新詩》《世界詩人》諸刊，錄入《蓬溪縣志一九八六至二〇〇五》，附驥沈奇詩集《天生麗質》。

二〇一三年　二月二十一至二十二日，赴自貢，逛古街，看燈會，恍覺四面皆瓊瑤、兩人即神仙。三月二十九日，認識安德。同月，組稿在《詩探索》推出「孫靜軒研究」專輯。四月二十日，驚曆蘆山大地震外圍餘波。同月，參編《中國當代詩歌導讀（二〇一一至二〇一二）》出版。五月二十三至六月一日，應邀參加「中國當代詩歌獎頒獎盛典暨長沙九詩人詩歌研討會」，赴湖南，經長沙至岳陽、汨羅，複至張家界、鳳凰，登岳陽樓，入洞庭湖，拜屈子祠，探武陵源；認識夢凌（泰國）、晴朗李寒、鄧朝暉、易彬、程一身、左岸，初見草樹、趙思運。同月二十九至三十日，遭遇本地有記錄以來最大暴雨，街衢變澤國，車馬如漂杵。七月十一日，認識彌賽亞。同月二十二至二十七日，赴重慶、湖北，經忠縣、酆都、宜昌至武當山鎮，登石寶寨，登武當山至金頂，同行者妻與子。八月五至六日，認識阿伍，與李亞偉夜飲長談。同月，主編《元寫作》第四卷出版，刊發胡志國首譯蓋瑞・施耐德（Gary Snyder，美國）長詩《溪山無盡》及楊曉芸、安德、阿伍、阿野、三原作品。九月六至七日，赴成都，參加愛思青年公益發展中心思想聚會（Idea Meeting）「黑暗中對話」（Dialogue in the dark）活動，盲聽樹才、安德烈・汗尼克（Andreas Heinecke，德國）、周迪之演講；參加「北島新書發布會暨詩歌朗誦會」，認識北島、翟永明、王寅、郭力家、林克、春樹，重逢柏樺、李亞偉、藍馬。同月，編成《永生的詩人：從海子到馬雁》。十月十二日，赴青白江，至龍王廟，訪問李龍炳。同月三十一日，編成《力的前奏：四川新詩九十九年九十九家九十九首》並撰成序言。十一月四至五日，占得震卦：當懼雷霆，不喪匕鬯。文論載於《今天》（香港）《西部》《詩探索》《讀詩》《大昆侖》《現代禪詩探索》諸刊，附驥《沈奇詩學論集》。

二〇一四年

一月三至四日，赴成都，參加愛思青年公益發展中心思想聚會「詩歌之美」活動，聽取樹才、小安、王寅、何小竹等人之演講及朗誦。同月二十七日，完成《「且去填詞」：讀〈紀弦回憶錄〉》。二月十五日，阿野為作贈詩《遇見友誼》。同月，主編《元寫作》第五卷出版，刊發晴朗李寒首譯伊琳娜・赫羅洛娃（Ирина ХРОЛОВА，俄羅斯）長詩《鏡子》及陸憶敏、阿伍、余孟秋、安遇作品。三月七至十一日，應邀參加「鼓浪嶼申遺系列活動之『詩說鼓浪嶼』活動暨第五屆鼓浪嶼詩歌節」，赴福建，經廈門、南靖至漳州，遊訪土樓群；認識楊小濱、蒼耳、老皮、顏非，初見向衛國、康城，重逢子梵梅；與周倫佑長談。四月二日，拜訪柏樺。同月二十二日，沈奇來訪。同月二十八日，完成《「他一度而永遠就是俄爾甫斯」》，論及阿野。同月三十日，霍俊明來訪。五月八日，訪問廣漢覃子豪紀念館。同月十四日，完成《序言：為向以鮮〈唐詩彌撒曲〉作》。同月二十日，認識北望。六月六日，赴成都，參加趙野詩歌朗誦會，認識石光華。同月，編成《出梅入夏：陸憶敏詩集》。文論載於《詩探索》、《漢詩》、《大昆侖》諸刊。

後記

本書共收錄文論十四篇，附錄一篇，全部關乎詩歌，間亦涉及小說：最早的一篇完稿於二〇〇九年六月，最晚的一篇完稿於二〇一四年一月，可以稱為近作集；最長的一篇三萬字，最短的一篇三千字，不妨視為雜貨鋪。

我的鄉賢，清代大詩人張問陶，他於一八〇九年編定《船山詩草》，並在那篇百字短序中發出過這樣的感慨，「觀存者之有不必存，知刪者之有不應刪矣」，或可傳達我此時此地的想法和心情。

關於書名，有必要作個解釋。德國哲學家海德格爾認為，在無詩意語言的喧嚷中，荷爾德林的詩歌猶如曠野之鐘，然而，任何對這些詩歌的闡釋都脫不了是一場鐘上的降雪。對於筆者而言，海德格爾當然難以企及；然而筆者論及的詩人，則不乏荷爾德林式人物。只不過，海德格爾的擔憂，沒有在他那裏，卻在筆者這裏最終得到驗證：也許闡釋之雪真的篡改了晚餐時分的鳴響。

此書所收文論之絕大部分曾先後發表於《今天》（香港）、《詩探索》、《當代詩》、《詩刊》、《西部》、《漢詩》、《星星》、《詩林》、《青春》、《世界詩人》、《元寫作》等刊物，經手發表的主要是吳思敬教授和潘洗塵先生，還有沈奇、吉狄馬加、孫文波、宋琳、沈葦、樹才、張執浩、商震、唐詩、野鬼、南鷗、育邦、蔣浩諸君：感謝他們的關注。

還要感謝宋醉發先生拍攝小影，蔣浩先生、楊小濱先生促成出版。

謹以此書芹獻母親牟玉春女士。

胡亮

二〇一四年三月二十一日

白玉蘭且開且落

語言文學類　PG1245　文學視界74

闡釋之雪
——現代詩人評論集

作　　者／胡　亮
責任編輯／段松秀
圖文排版／楊家齊
封面設計／蔡瑋筠

發 行 人／宋政坤
法律顧問／毛國樑　律師
出版發行／秀威資訊科技股份有限公司
114台北市內湖區瑞光路76巷65號1樓
電話：+886-2-2796-3638　傳真：+886-2-2796-1377
http://www.showwe.com.tw
劃撥帳號／19563868　戶名：秀威資訊科技股份有限公司
讀者服務信箱：service@showwe.com.tw
展售門市／國家書店（松江門市）
104台北市中山區松江路209號1樓
電話：+886-2-2518-0207　傳真：+886-2-2518-0778
網路訂購／秀威網路書店：http://www.bodbooks.com.tw
國家網路書店：http://www.govbooks.com.tw

2015年1月　BOD一版
定價：360元

國家圖書館出版品預行編目

闡釋之雪：現代詩人評論集 / 胡亮著. -- 一版. --
臺北市：秀威資訊科技, 2015.01
面；　公分. -- (文學視界；PG1245)
BOD版
ISBN 978-986-326-304-3 (平裝)

1. 中國文學 2. 文學評論 3. 文集

820.7　　103022498

讀者回函卡

感謝您購買本書，為提升服務品質，請填妥以下資料，將讀者回函卡直接寄回或傳真本公司，收到您的寶貴意見後，我們會收藏記錄及檢討，謝謝！

如您需要了解本公司最新出版書目、購書優惠或企劃活動，歡迎您上網查詢或下載相關資料：http:// www.showwe.com.tw

您購買的書名：＿＿＿＿＿＿＿＿＿＿＿＿＿＿＿＿＿＿＿＿＿＿＿＿

出生日期：＿＿＿＿＿年＿＿＿＿＿月＿＿＿＿＿日

學歷：□高中（含）以下　□大專　□研究所（含）以上

職業：□製造業　□金融業　□資訊業　□軍警　□傳播業　□自由業

　　　□服務業　□公務員　□教職　□學生　□家管　□其它＿＿＿

購書地點：□網路書店　□實體書店　□書展　□郵購　□贈閱　□其他

您從何得知本書的消息？

□網路書店　□實體書店　□網路搜尋　□電子報　□書訊　□雜誌

□傳播媒體　□親友推薦　□網站推薦　□部落格　□其他＿＿＿＿＿

您對本書的評價：（請填代號　1.非常滿意　2.滿意　3.尚可　4.再改進）

封面設計＿＿　版面編排＿＿　內容＿＿　文／譯筆＿＿　價格＿＿

讀完書後您覺得：

□很有收穫　□有收穫　□收穫不多　□沒收穫

對我們的建議：＿＿＿＿＿＿＿＿＿＿＿＿＿＿＿＿＿＿＿＿＿＿＿＿

＿＿＿＿＿＿＿＿＿＿＿＿＿＿＿＿＿＿＿＿＿＿＿＿＿＿＿＿＿＿

＿＿＿＿＿＿＿＿＿＿＿＿＿＿＿＿＿＿＿＿＿＿＿＿＿＿＿＿＿＿

＿＿＿＿＿＿＿＿＿＿＿＿＿＿＿＿＿＿＿＿＿＿＿＿＿＿＿＿＿＿

請貼
郵票

11466
台北市內湖區瑞光路 76 巷 65 號 1 樓

秀威資訊科技股份有限公司 收

BOD 數位出版事業部

....

（請沿線對折寄回，謝謝！）

姓　　名：________________ 年齡：________ 性別：□女 □男

郵遞區號：□□□□□

地　　址：____

聯絡電話：(日) ________________ (夜) ________________

E-mail：____